Milliardenschwer und unerkannt

EIN MILLIARDÄR VOLLER LEIDENSCHAFT
Blake

J. S. SCOTT

Ebenfalls von J. A. Scott

Ein Milliardär voller Leidenschaft – Die Serie:

Entfesselte Leidenschaft (Buch 1 der Serie erzählt die Geschichte von Simon und Kara)

Das Herz des Milliardärs ~ Sam (Buch 2)

Die Erlösung des Milliardärs ~ Max (Buch 3)

Der Milliardär und sein Spiel ~ Kade (Buch 4)

Ein Milliardär außer Kontrolle ~ Travis (Buch 5)

Ein Milliardär ohne Maske ~ Jason (Buch 6)

Milliardenschwer und ungezähmt ~ Tate (Buch 7)

Milliardenschwer und ungebunden ~ Chloe (Buch 8)

Milliardenschwer und unerschrocken ~ Zane (Buch 9)

Milliardenschwer und unerkannt ~ Blake (Buch 10)

Die Sinclairs – Die Serie:

Kein gewöhnlicher Milliardär (Buch 1)

Der verbotene Milliardär (Buch 2) **(ab Ende Juli 2017 erhältlich)**

Die Walker-Brüder – Die Serie:

Lass los! (Buch 1) **(ab Mitte Oktober 2017 erhältlich)**

Inhalt

Prolog

Blake

Heiligabend, vor zwölf Jahren...

Was zum Teufel mache ich da gerade?

Inmitten eines Schneesturms fror ich mich auf der Suche nach einem von zu Hause fortgelaufenen Mädchen zu Tode, noch dazu am Heiligen Abend. Was mich jedoch wirklich sauer machte war die Tatsache, dass es sich um ein achtzehn Jahre altes Gör handelte, das ich noch niemals besonders gemocht hatte.

Schon während unserer Kindheit hatte ich ihr den Spitznamen Cruella de Vil gegeben und dieser war mir so in Fleisch und Blut übergegangen, dass ich mich beinahe nicht mehr an ihren wahren Namen erinnern konnte: Harper Lawson. Sie war das zweitjüngste Mitglied der Lawson Familie, die schon mit uns Colters befreundet war, solange ich mich erinnern konnte.

Deshalb bin ich jetzt am Heiligen Abend hier draußen und friere mir die Eier ab.

Es gab wenig, das ich *nicht* für meine Mutter tun würde. Doch in jenem Moment wünschte ich mir, sie nicht so sehr zu lieben. Ich war noch nie in der Lage gewesen, meine Mutter bekümmert zu sehen. Und da die Mutter der verzogenen Range ihre beste Freundin war, sorgte sich meine Mutter natürlich.

Nennen Sie mich getrost einen Idioten, doch ich hatte mich freiwillig für diese Quälerei zur Verfügung gestellt, nur um nicht ständig den gestressten Gesichtsausdruck meiner Mutter vor Augen haben zu müssen.

Ich hatte Harper Lawson seit Jahren nicht mehr gesehen, obwohl sie in einem kleineren Ort lebte, nicht weit von unserem Heimatort Rocky Springs, Colorado entfernt. Ich hatte Ferien vom College und Harper hatte gerade die High School abgeschlossen. Glücklicherweise hatte meine Mutter ihre Versuche aufgegeben, mich und die beiden Harper-Mädchen zu einer Freundschaft zu drängen, während ich noch die High School besuchte, als ich ihr schließlich verraten hatte, wie unsympathisch Harper auf mich wirkte, weil sie ausgesprochen hinterhältig war. Ihre jüngere Schwester Danika war viel netter, doch auch sie hatte ich nicht oft zu Gesicht bekommen. Gelegentlich waren mir zwar die Lawson-Brüder über den Weg gelaufen, doch weil wir verschiedene Schulen besuchten, kannten wir keinen von ihnen besonders gut.

Nur über Harper hatte ich mich immer schon maßlos geärgert. Sie hatte sich immer wie ein kindlicher Diktator verhalten und mit dem Reichtum ihrer Eltern geprotzt, als ob der sie zu etwas Besserem machte als alle anderen. Es hatte sie auch nicht beeindruckt, dass die Colters ebenfalls wohlhabend waren. Sie war gleichbleibend eklig zu jedem gewesen, mit dem sie während ihrer Kindheit in Kontakt gekommen war.

Meiner kalten, ungemütlichen Reise durch den Schnee nach zu urteilen hatte sie sich kein bisschen verändert.

Ich lächelte zynisch, als sich meine Gummistiefel durch die tiefen Schneeverwehungen auf dem Gehsteig pflügten, hielt ich es doch für unglaublich, dass Harper sich tatsächlich im Obdachlosenheim von Denver aufhalten könnte, nach dem ich während einem der ungemütlichsten Schneestürme, die wir seit langem erlebt hatten, Ausschau hielt.

Offensichtlich war sie von zu Hause fortgelaufen, nachdem ihre Eltern dem endlosen Ausgeben von Geld, das sie nicht selbst verdient hatte, einen Riegel vorgeschoben hatten. Sie hatten ihr die Kreditkarten abgenommen, außerdem den brandneuen Sportwagen, den sie anlässlich des High School-Abschlusses bekommen hatte, sowie den Großteil ihrer unnötigen Erwerbungen, da sie kein Interesse daran zeigte, das College zu besuchen. Offensichtlich hatte sie sich eingebildet, wegen des Reichtums ihrer Eltern keine Ausbildung zu benötigen. Ihre Zukunft hatte sie sich wahrscheinlich dahingehend ausgemalt, einfach nur reich und prominent zu sein.

Verflucht! Wie ich reiche Kinder mit solch einer Haltung hasste! Ich saß mir den Hintern im College platt und nicht einziges der Colter-Kinder hatte sich jemals auf seinem reichen Hintergrund ausgeruht. Wir alle arbeiteten an unseren beruflichen Karrieren und bauten uns eine eigene Zukunft auf. Wir besaßen eine Menge Geld, doch nicht ein einziger von uns hatte jemals für sich in Anspruch genommen, einfach nur der Muße zu frönen.

Soweit ich gehört hatte besuchten die Lawson-Brüder das College. Doch Harper wollte augenscheinlich nicht so hart arbeiten.

Wirklich, irgendwie erstaunte es mich, dass ihre Eltern nicht schon früher bemerkt hatten, wie selbstsüchtig ihre Tochter war.

Nachdem den Lawsons einmal bewusst geworden war, wie verwöhnt Harper eigentlich war und dass sie niemals daran gedacht hatte, irgendeine Art höherer Bildung zu erwerben, hatten sie sich schließlich entschlossen, ihr den Geldhahn zuzudrehen. Harper hatte sofort rebelliert und war von zu Hause weggelaufen. Na ja, theoretisch gesehen war sie *keine* Ausreißerin. Sie war bereits achtzehn, also nicht mehr minderjährig. Doch gewiss benahm sie sich so.

Wer zum Teufel läuft von zu Hause weg, nur weil Mama und Papa einem das Auto und die Kreditkarten abgenommen haben?

»Sie ist immer noch ein verzogenes Gör«, schimpfte ich verärgert vor mich hin, während ich weiter durch das Schneetreiben stapfte und die Kälte begann, meine Winterjacke und meine Jeans zu durchdringen. »Wenn Mutter nicht so außer sich gewesen wäre, hätte ich warm und gemütlich daheim bleiben und Weihnachten mit meiner eigenen Familie feiern können, anstatt mir wegen anderer Leute den Kopf zu zerbrechen.«

Unglücklicherweise sorgte sich Aileen Colter um jeden. Meine Mutter war einer der fürsorglichsten Menschen, die ich kenne, und hielt unsere Familie zusammen, seitdem mein Vater vor Jahren gestorben war. Sie war so gut mit Harpers Mutter befreundet, dass sie der Gedanke entsetzte, die junge Frau könnte sich in dem Schneesturm verirren.

Was für ein Trottel ich doch war! Die traurige Miene meiner Mutter hatte mich dazu getrieben, trotz des zu erwartenden Schneesturms in Rocky Springs in einen Helikopter zu springen, der mich nach Denver bringen sollte, nur um ein widerliches Küken zu suchen, das ohne ihren luxuriösen Wagen und ihre Kreditkarten nichts mit sich anzufangen wusste.

Schließlich fand ich das Obdachlosenheim, dankbar für die Wärme, die mich empfing, sobald ich erst einmal eingetreten war.

Überall sah ich Körper, die meisten schlafend auf Isomatten und Decken auf dem Fußboden. Ich wusste, dass die Obdachlosenheime wegen des Wetters überfüllt waren.

Ich musterte die Menschen, die den Boden belagerten. Einige schliefen, doch viele saßen mit einer Decke um sich gewickelt aufrecht da.

Mir wurde das Herz schwer, als ich all diese Leute in ihren zerrissenen Kleidern sah und der Gestank ihrer ungewaschenen Leiber in meine Nase drang.

Konnten sie am Heiligabend nicht etwas Besseres erwarten? Der Anblick erinnerte mich daran, wie glücklich ich mich schätzen konnte. Die Colters waren unverschämt reich und da mein Vater bereits von uns gegangen war, war der Reichtum auf uns Kinder und meine Mutter übergegangen.

Im reifen Alter von zweiundzwanzig Jahren war ich bereits wohlhabend, doch nicht für einen einzigen Moment war es mir in den Sinn gekommen, *nicht* zu arbeiten oder das College abzuschließen. Mein Vater war ein gebildeter Mann gewesen und ich wusste, dass er sich das Gleiche für all seine Kinder gewünscht hätte. Mein Zwillingsbruder Marcus hatte das Erbe meines Vaters weitergeführt, während wir anderen geschäftig unsere Zukunft planten und weiter zum College gingen. Marcus hatte das schlechteste Los gezogen. Er versuchte, weiter die Schule zu besuchen und gleichzeitig die internationalen geschäftlichen Verbindungen unseres verstorbenen Vaters aufrechtzuerhalten. Sobald mein Zwillingsbruder seinen Abschluss gemacht hätte, würde er die Welt bereisen.

Und verdammt... ich würde ihn vermissen.

»Kann ich Ihnen helfen? Ich fürchte, wir haben keinen Platz mehr«, ertönte eine weibliche Stimme leise und mitfühlend.

Die Frau mittleren Alters lächelte mich an, ein teilnahmsvolles Lächeln, das ich nicht verdiente.

»Nein Madam«, erwiderte ich abwehrend und wollte ihr erklären, dass sie mich nicht beherbergen musste. »Ich suche jemanden. Ich brauche keines ihrer Betten in Anspruch zu nehmen.«

Ich fummelte in meiner Manteltasche herum und zog das neueste Foto von Harper hervor, das anlässlich ihres High School-Abschlusses aufgenommen worden war. »Haben Sie dieses Mädchen gesehen?«

Die Frau nahm das Foto entgegen und betrachtete es aufmerksam. »Kommt mir irgendwie bekannt vor. Doch ich kann sie nicht so recht einordnen. Wir haben viele junge Leute aufgenommen.«

Ich nahm das Foto und steckte es in meine Tasche zurück. »Hätten Sie etwas dagegen, wenn ich mich ein wenig umsehe?« *Mein Gott!* Ich hoffte, der Tipp, dass Harper sich hier aufhielt, würde sich nicht als Flop erweisen.

Die völlig überarbeitete Frau zuckte mit den Schultern. »Gern. Suchen Sie Ihre Freundin! Ich würde es begrüßen, Weihnachten einen einsamen Menschen weniger zu sehen.«

Ich nickte und ging in dem großen Saal herum, während ich all die verzweifelten Gesichter um mich herum musterte. Schließlich warf ich einen zweiten Blick auf eine einsame Frau, wobei ich beinahe den Gedanken aufgegeben hatte, es könnte sich um Harper handeln.

Die junge Frau besaß zwar die gleichen blonden Haare und war ungefähr im gleichen Alter, doch alles andere... stimmte nicht überein. Ich näherte mich ihr. Sie saß auf der anderen Seite des Raumes mit dem Rücken gegen die Betonwand und hatte frierend die Arme um ihren Körper geschlungen.

Als ich nahe genug war, konnte ich sehen, dass sie geweint hatte. »Harper?«, sprach ich sie laut aus mehreren Metern Entfernung an und sogleich drehte sie den Kopf und blickte zu mir auf.

Sie runzelte die Stirn und wischte sich die Spuren der Tränen von den Wangen. »Colter?«

Ich nickte, unfähig, meinen Blick von dem gequälten Ausdruck in ihren Augen und der Verzweiflung, die ich darin sah, abzuwenden.

Mein Gott! Es *war* wirklich Harper, doch sie entsprach nicht im Geringsten ihrem schicken Image. Statt Designerkleidung trug sie nun eine vergammelte Jeans. Auch Schmuck konnte ich nicht an ihr entdecken, nicht einmal den diamantenen Anhänger oder die Ringe, die ihre Eltern ihr gelassen hatten, wie ich wusste. Und ihr engelgleiches Gesicht zeigte keine Spur von Make-up. Ihr blondes Haar fiel ihr in natürlichen Wellen bis auf die Schultern hinab, was mir weit besser gefiel als die elegante Frisur, die das Foto zeigte.

Ich kauerte mich neben sie. »Ich bin hier, um dich nach Hause zu bringen. Deine Familie ist krank vor Sorge.«

Sie schüttelte den Kopf. »Ich kann nicht dorthin zurückkehren.«

»Doch, das kannst du«, sagte ich bestimmt. »Es gibt nur ein Problem. Wir müssen heute vielleicht in Denver übernachten. Ich bin mir nicht sicher, ob wir bei diesem Wetter nach Rocky Springs zurückfliegen können. Doch zumindest können wir dieses Bett freigeben, damit jemand anderes es benutzen kann.«

Sie nickte langsam und erhob sich. »Das wäre gut. Gerade jetzt brauchen so viele Menschen eine warme Bleibe. Ich werde mit dir gehen.«

Ich nahm sie einfach bei der Hand, da sie so verloren wirkte, und führte sie zum Ausgang des Obdachlosenheims. Der Frau, die es betrieb, gab ich eine reiche Spende, bevor ich Harper nach draußen zog. Sie hatte sich zuvor ihre Jacke geholt, die für das gegenwärtige Wetter nicht annähernd warm genug wirkte.

Als ich sie zu dem Hotelzimmer geleitete, das ein paar Häuserblocks entfernt war und das mein Bruder Marcus für mich hatte buchen können, bevor ich mit der Suche nach Harper begonnen hatte, erinnerte ich mich plötzlich daran, dass es das einzig verfügbare Hotelzimmer in Denver gewesen war. Aufgrund des Schneesturms und der Feiertage war alles ausgebucht.

Sobald wir das Zimmer in dem heruntergekommenen Hotel betreten hatten, informierte ich sie: »Wir müssen uns das Zimmer teilen. Es war das einzige freie Hotelzimmer, das wir finden konnten.«

Sie zuckte mit den Schultern. »Das macht mir nichts aus.«

»Harper, alles wird gut werden. Sobald der Hubschrauber fliegen kann, werden wir dich nach Hause bringen.« Ich mochte sie zwar nicht, doch ihre bedrückte Stimmung flößte mir Mitleid ein.

»Mama, Papa und meine älteren Brüder werden mir die Hölle heißmachen«, stellte sie fest. »Sie wollten, dass ich gehe.«

Obwohl es im Zimmer ziemlich warm war, zitterte sie.

Ich versuchte, die Kaffeemaschine in Gang zu bringen, als ich antwortete: »Sie wollten nicht, dass du gehst. Sie wollten, dass du erwachsen wirst.«

Die Kaffeemaschine zischte, bevor sie schließlich den Kochvorgang startete. Der kleine Raum war nicht gerade großzügig eingerichtet. Ein kleiner Fernseher stand neben der Kaffeemaschine auf einer billigen, braunen Konsole. Des Weiteren gab es ein Doppelbett mit dem schrecklichsten, in den knalligsten Farben gehaltenen Bettüberwurf, den ich jemals gesehen hatte. Außer zwei kleinen Nachttischchen und einem winzigen, wackligen Tisch mit zwei ebenso abgenutzten Stühlen beherbergte das Zimmer keine weiteren Möbel.

Ich machte mir Sorgen, wie das Badezimmer wohl aussehen würde. Ich hatte eingecheckt, meine Reisetasche im Zimmer abgestellt und mich beinahe sofort auf die Suche nach Harper begeben. Jetzt äugte ich vorsichtig durch die Tür des Badezimmers und entdeckte zwar keinen Luxus, doch immerhin eine Dusche und eine Toilette, und ich nahm erleichtert zur Kenntnis, dass es sogar einigermaßen sauber wirkte.

Als der Kaffee fertig war, verteilte ich ihn auf zwei Becher und reichte Harper einen davon. »Hier. Ich weiß nicht, ob du Zucker und Milch magst.«

»Danke«, sagte sie leise, setzte sich an den schmalen Tisch und trank ihren Kaffee schwarz. »Wie ist es dazu gekommen, dass sie dich beauftragt haben, mich zu suchen? Ich hätte dich beinahe nicht wiedererkannt. Ich habe dich seit unserer Kindheit nicht mehr gesehen.«

Ich setzte mich ihr gegenüber und stellte meine eigene Tasse auf den Tisch, um meine Jacke auszuziehen und meine Mütze abzusetzen. »Fast jeder in der Stadt hat nach dir gesucht. Deine Eltern fürchteten, du wärst entführt worden oder hättest dich im Schneesturm verirrt.«

»Es überrascht mich, dass es sie interessiert«, erwiderte sie missmutig.

Ich öffnete meinen Mund, um sie zu fragen, ob sie glaubte, ihre Eltern hätten aufgehört, sich um sie zu sorgen, nur weil sie ihr die Kreditkarte abgenommen und ihrem verwöhnten Gör eine Lektion erteilt hatten. Doch ich schloss meinen Mund wieder, als ich die Tränen sah, die aus ihren wunderschönen smaragdgrünen Augen tropften.

»Sie lieben dich«, antwortete ich stattdessen schlicht. Plötzlich wollte ich sie trösten, was höchst ungewöhnlich für mich war, wenn es um Harper ging. Meist... wollte ich ihr einfach nur aus dem Weg gehen.

»Ich glaube, ich verstehe das jetzt. Ehrlich, nachdem ich gesehen habe, wie andere Menschen leiden, fühle ich mich wie ein Miststück, mein warmes, behagliches Zuhause verlassen zu haben«, gab sie offen zu. »Ich habe alles verdient, was meine Eltern und Brüder zu mir gesagt haben.«

»Warst du während der ganzen Zeit im Obdachlosenheim?« Ich wusste, dass sie seit mehreren Tagen vermisst wurde.

»Ja. Ich bin mit dem Bus nach Denver gefahren, aber ich hatte nur wenig Bargeld dabei. Dann begann der Sturm und ich wusste nicht, wohin ich gehen sollte.«

Mein Herz zog sich zusammen, als ich die Traurigkeit in ihrer Stimme hörte. »Deine Mutter sagt, du hättest deinen Schmuck bei dir gehabt. Und zuletzt wurdest du in einem Designer-Hosenanzug gesehen.«

»Meinen Schmuck habe ich einer Familie gegeben, die ihre Unterkunft verloren hat«, gestand sie in heiserem Flüsterton. »Sie hatten nichts und sie brauchten eine Bleibe. Das Baby hat gefroren, deshalb habe ich ihnen meine Decke überlassen.«

Ich hatte nicht erwartet, so etwas aus Harpers Mund zu hören, und starrte sie verblüfft an. Doch schnell hatte ich mich erholt und fragte: »Und deine Kleidung?«

»Seide«, erklärte sie angewidert. »Es war so kalt, dass ich die Spendenkiste im Obdachlosenheim durchwühlt habe, um etwas Wärmeres zu finden.«

Ich runzelte die Stirn. »Harper, ist alles in Ordnung mit dir?«

Sie blickte zu mir auf und schüttelte langsam den Kopf. »Ich habe nie zuvor bemerkt, wie viele obdachlose Menschen es gibt, so viele Familien, die es nicht schaffen, ihr Zuhause zu behalten. Ich bin sogar noch niemals zuvor in diesem Viertel von Denver gewesen. Es ist so... traurig.«

»Also hast du alles verschenkt, was du hattest, um einer armen Familie beim Überleben zu helfen? Du hättest den Schmuck selbst verpfänden können«, schlug ich vor, überrascht, dass sie das nicht getan hatte.

»Ich konnte es nicht übers Herz bringen. Das waren Geschenke meiner Eltern. Also habe ich beschlossen hierzubleiben, bis ich etwas auf die Beine gestellt hätte. Aber als ich die Familie getroffen habe, die so verzweifelt war, konnte ich sie nicht mehr in die Kälte schicken. Ich hoffe, sie haben ein Zimmer gefunden.«

Sie klang so mutlos, dass ich mich beeilte zu antworten: »Gewiss ist es ihnen gelungen. Erst seit gestern Abend ist alles vollkommen ausgebucht.«

Natürlich konnte ich das nicht mit Gewissheit behaupten, doch wie zum Teufel konnte ich sie weiter ihrem Kummer überlassen, ob ihr Opfer der Familie geholfen hatte, ein Dach über dem Kopf zu finden oder nicht? Nach dem zu urteilen, was ihre Mutter mir über Harpers Schmuck erzählt hatte, musste der genügend Geld eingebracht haben, um die Familie für einige Zeit über Wasser zu halten.

Ich konnte immer noch kaum glauben, dass Harper, das selbstsüchtige, eklige, verzogene Kind, mit dem ich mich einst gezwungenermaßen hatte abgeben müssen, derselbe Mensch war, den ich jetzt vor mir hatte.

Sie seufzte und umklammerte ihre Kaffeetasse. »Ich hoffe, es geht ihnen gut.«

»Du hast dich verändert«, platzte es ohne nachzudenken aus mir heraus.

Harper warf mir ein trauriges Lächeln zu, bevor sie an ihrem Kaffee nippte. Dann stellte sie die Tasche auf den Tisch zurück. »Vielleicht bin ich erwachsen geworden. Im Moment hasse ich mich selbst.«

»Warum?«

»Weil ich mir, bevor ich in diesem Obdachlosenheim gelandet bin, niemals die Mühe gemacht habe, mich umzusehen und die Menschen um mich herum wahrzunehmen. Ich bin in einer privilegierten Welt aufgewachsen und dort geblieben. Ich denke, meine Eltern haben mir einen Gefallen getan. Wenn ich all die Menschen sehe, die sich tatsächlich um obdachlose Familien kümmern und die anderen, die es so schlimm erwischt hat, erkenne ich, was für ein Miststück ich immer gewesen bin.«

Ihre aufrichtige Erklärung und Selbstbezichtigung berührte mich auf eine Weise, die mein Herz bluten ließ. Es tat mir leid, dass sie auf solche Art so unvermittelt in die Realität gestoßen worden war. Sie war erst achtzehn Jahre alt und nachdem sie so lange von ihren Eltern beschützt worden war, musste die Verzweiflung, deren Zeugin sie geworden war, ernüchternd und traumatisierend auf sie gewirkt haben.

Auf verschiedenste Art hatten auch die Eltern sich fehlerhaft verhalten. Mein Vater war zwar vor etlichen Jahren gestorben, doch meine Mutter hatte uns immer wieder auf unsere Verpflichtung hingewiesen, uns um die vom Schicksal weniger Begünstigten zu kümmern. Dieses Bewusstsein war uns von Kindesbeinen an antrainiert worden.

Wir hatten freiwillig in Suppenküchen gearbeitet.

Wir alle engagierten uns mit Begeisterung in Wohltätigkeitsorganisationen.

Wir spendeten zu Weihnachten Spielzeug.

Und keiner von uns vergaß jemals das Leid auf dieser Welt.

Was zum Teufel hatten sich Harpers Eltern gedacht? Gewiss, sie besaßen ein Vermögen, doch ihre Kinder vor den rauen Seiten des Lebens zu schützen, damit hatten sie Harper keinen Gefallen erwiesen.

»Wenn du deine Fehler erkennst, bist du kein Miststück«, versicherte ich ihr mit heiserer Stimme. Wirklich, ich bewunderte sie dafür, dass sie gegenüber jenen Menschen in Not ihre Augen und ihr Herz geöffnet hatte.

Doch ebenso war ich geschockt, dass sie sich jetzt um andere Menschen kümmerte.

Ich hatte Harper seit unserer Kindheit nicht mehr gesehen, aber sie war zu einer wunderschönen jungen Frau herangereift und viel attraktiver, wenn sie sich offen und verwundbar zeigte – so wie eben jetzt in diesem Moment.

»Danke«, sagte sie nachdenklich, »aber ich glaube nicht, dass ich deine Bemühungen wert bin, mich in einem besseren Licht zu sehen.«

Während ich meine Kaffeetasse leerte, dachte ich, dass sie wirklich etwas Aufmunterung bräuchte. Sie wirkte ziemlich erschüttert und deprimiert.

»Ich muss deine Familie anrufen. Möchtest du mit ihnen sprechen?«

In ihren Augen flackerte Panik auf. »Noch nicht. Bitte! Ich weiß, dass ich ihnen gegenübertreten und für mein Verhalten geradestehen muss. Aber ich brauche noch ein bisschen Zeit.«

Ich nickte, denn ich verstand ihre Verwirrung. »Kein Problem. Ich lasse sie wissen, dass du in Sicherheit bist und dass ich dich sobald wie möglich nach Hause bringe.«

Ich erhob mich, zog mein Handy aus der Tasche und tätigte ein paar Telefonanrufe.

Später am Abend...

Ich lag mit Harper im Bett und fragte mich, ob sie schlief. Während des Abends war es mir zunehmend schwerer gefallen, die Anziehungskraft zu ignorieren, die diese neue und zum Guten veränderte Frau auf mich ausübte, die ich an diesem Abend kennengelernt hatte.

Da es Heiligabend war, hatte ich sie überreden können, eine der wenigen geöffneten örtlichen Kneipen zu besuchen und einfach ein bisschen mit mir abzuhängen, nachdem wir dort zu Abend gegessen hatten. Sie hatte mir mehr über ihre Erfahrungen mit den Obdachlosen erzählt und wie verängstigt sie gewesen war, als sie keine weitere Möglichkeit mehr gesehen und sich allein in das Obdachlosenheim begeben hatte, um sich zumindest warm und sicher fühlen zu können.

Im Gegenzug erzählte ich ihr viel über meine Vergangenheit und teilte Erlebnisse mit ihr, die mir seit langem nicht mehr zu Bewusstsein gekommen waren.

Ich hegte keine Zweifel – Harper *hatte* sich verändert. Ich hatte meine Gedanken ihren Eltern telefonisch mitgeteilt und sie hatten sich selbst an einigen der Probleme mit ihrer Tochter die Schuld gegeben. Meine Mutter hatte ich ebenfalls angerufen, um ihr zu sagen, wie sehr ich sie liebte und dass ich hoffte, am nächsten Tag wieder bei meiner Familie zu sein.

Ehrlich, ich hatte heute Abend die Zeit mit Harper so genossen, dass es mich wirklich nicht kümmerte, wann ich wieder zu Hause sein würde. All meine Geschwister würden sich noch bis nach Neujahr in der Gegend aufhalten und ich musste feststellen, dass ich gern länger Harpers Gesellschaft in Anspruch genommen hätte als ich sollte.

In jedem Augenblick, in jeder Sekunde, die ich mit ihr verbracht hatte, war mein Schwanz so hart wie Stein gewesen. Er weigerte sich einfach, das explosive chemische Gemisch zu ignorieren, das zwischen Harper und mir zu brodeln begann. Der Sog wurde stärker und stärker. Als ich sie in einem meiner Ersatz-T-Shirts erblickt hatte, die ich nach Denver mitgenommen hatte, hatte ich beinahe die Kontrolle verloren.

Sie hatte etwas benötigt, in dem sie schlafen konnte, und ich hatte ihr mein T-Shirt gegeben.

Das war ein verteufelter Fehler gewesen.

Zu viel Haut.

Zu viele Fantasien.

Zu lange lag ich hier und dachte an jene gut geformten, nackten Beine, die sich um meine Taille wickelten, während ein Orgasmus ihren Körper erschütterte.

Mich verlangte danach, Harper leidenschaftlich zu ficken, ich war jedoch fest entschlossen, meine Begierde zu ignorieren. Trotz alledem weigerte sich mein Verstand, diese Anziehungskraft zu unterdrücken, und mein Schwanz tat es ihm gleich. Er war hart wie ein Stein, obwohl ihre nackten Gliedmaßen jetzt unter Decken verborgen waren. Aber, verflucht nochmal, ich konnte sie mir immer noch lebhaft vorstellen. *Dachte sie überhaupt noch an mich?* Soweit ich wusste, schlief sie bereits.

»Bist du wach?«, flüsterte sie leise.

Ignoriere die Frage, Colter! Gib keine Antwort! Täusche vor zu schlafen!

»Ja«, antwortete ich unbekümmert.

»Kann ich näher an dich heran rutschen?«, fragte sie mit flehender Stimme.

Sie hatte immer noch Angst und saß immer noch in Denver fest. Sie war verletzlich und ich wusste, ich war nur hier, um mit ihr zu reden. Doch etwas in mir wollte es nicht an diesem Punkt enden lassen.

»Komm her!«, forderte ich sie auf und öffnete meine Arme, sodass ich sie halten konnte.

Sie rückte näher an mich heran und zu meiner Überraschung schwang sie ein Bein über meine Hüften und klammerte sich an mich, als wäre ich ihre Zuflucht in einem Sturm. Ihr Kopf ruhte auf meiner Brust und ihre Arme waren um meine Schultern geschlungen, so klebte ihr Körper in seiner vollen Länge an meinem.

Ihr Bein lag gerade oberhalb eines sehr harten Schwanzes und als ich meine Arme um ihren zitternden Körper schlang, war ich nur noch von dem einen Wunsch besessen, sie wieder glücklich zu machen.

Also gut... ich wollte sie auch ficken. Aber mein Beschützerinstinkt war ebenso stark.

»Danke«, sagte sie mit einem leisen, zufriedenen Schnurren. »Du bist so warm.«

Unbestritten, ich loderte wie ein Feuer. Durch den dünnen Stoff meines T-Shirts konnte ich ihre Brustwarzen spüren und das Bein auf meinen Hüften entzündete erregende Fantasien, die ich nicht kontrollieren konnte.

»Besser?«, erkundigte ich mich mit vor Begehren brechender Stimme.

»Viel besser«, sagte sie selig und wand sich in meinen Armen.

»Nicht bewegen!« Meine Stimme klang barsch und ich hasste mich dafür.

Sie hob den Kopf. »Stimmt etwas nicht?«

War es möglich, dass Harper *so* naiv war? Ich wollte ehrlich zu ihr sein. »Ich bin gern hier mit dir. Ich will dich im Arm halten. Aber mein Gott! Ich sehne mich so verzweifelt danach, dich zu ficken, dass ich mich kaum beherrschen kann. Wenn du anfängst, dich in meinen Armen zu bewegen, befürchte ich, die Kontrolle über mich zu verlieren. Du bist eine wunderschöne Frau, Harper.«

»Ich fühle mich auch von dir angezogen«, gestand sie in einem gedämpften Flüsterton. Sie redete, als ob sie sich erst jetzt ihres Verlangens bewusst geworden war, und ihre Unschuld machte mich halb wahnsinnig.

»Warst du schon einmal mit einem Jungen zusammen?«

»Verabredungen. Küsse. Nicht viel mehr.«

»Warum nicht?«

»Ich habe niemals dieses sonderbare Flattern im Bauch gehabt, wie ich es bei dir verspüre. Ich wollte niemals mehr von den Jungs, mit denen ich ausgegangen bin.«

Ich schluckte heftig, als ich erkannte, dass sie noch Jungfrau war. *Mein!*

Ich wollte, dass diese Frau auf eine Art mir gehörte, die sie noch nie zuvor mit einem anderen Mann erlebt hatte.

»Warte, bis du den richtigen Mann findest«, riet ich ihr und hätte ihr am liebsten versichert, dass *ich* der Richtige für sie war.

Doch höchstwahrscheinlich spielten lediglich meine Hormone verrückt. Ich war zweiundzwanzig Jahre alt und wollte so oft wie möglich flachgelegt werden. Seit dem letzten Mal waren bereits Monate vergangen. Ich hatte zwar keine feste Freundin, doch auf dem Campus wurde wild herum gefickt. Seit Kurzem war ich jedoch vollkommen davon in Anspruch genommen, mich auf die Abschlussprüfung vorzubereiten. Vielleicht beklagte sich mein Schwanz auch nur darüber, dass er in diesen Tagen nur selten zum Einsatz kam.

Harper fuhr zögernd mit ihren Händen durch mein Haar und streckte sich, um mir einen äußerst süßen Kuss auf den Mund zu geben. »Mehr gibt es dazu nicht zu sagen. Ich empfinde heute zum ersten Mal auf diese Weise. Ich will dich.«

Im selben Moment hatte ich mich bereits auf sie gerollt. »Um Himmels willen, sag so etwas nicht!«, knurrte ich und mein Herz schlug wie wild, als ich ihre weichen Kurven unter mir spürte. »Ich habe mich nicht mehr unter Kontrolle, Harper.«

Das war noch untertrieben. Mein Atem ging so heftig, dass mir die Brust schmerzte.

»Dann lass dich gehen! Ich bin achtzehn Jahre alt. Ich will erleben, wie es sich anfühlt, mit einem Mann zu schlafen«, schmeichelte sie, griff mit den Fingern in mein Haar und zwang meinen Kopf auf sie hinunter.

Das war zu viel… ich verlor die Kontrolle.

In dem dämmrigen Mondlicht, das ins Zimmer fiel, konnte ich ihr Gesicht sehen und ich konzentrierte mich auf ihre Lippen und stieß auf sie hinab, um sie zu verschlingen, so wie ich es während des ganzen Abends schon hatte tun wollen.

Ich küsste sie, als ob mein Überleben davon abhinge, und genau so fühlte ich mich auch.

Harper schien mit mir zu verschmelzen und stöhnte leise gegen meine Lippen, ein Geräusch, das mein Verlangen nur noch mehr anheizte, der erste Mann – der einzige Mann – zu sein, der sie in Besitz nahm.

Als ich mich aus diesem leidenschaftlichen, wollüstigen Kuss löste und mich mit meinem Gewicht auf meine Arme stützte, hechelte ich wie ein überhitzter Hund. *Mein Gott! Was zum Teufel geschieht mit mir?*

»Ich. Kann. Das. Nicht!« Jedes Wort schmerzte mich und riss mir die Eingeweide entzwei.

»Was? Warum nicht?« Harper klang verwirrt. Doch schien sie heftig erregt zu sein, was mich beinahe umbrachte.

»Du bist noch Jungfrau. Ich kann das nicht.«

»Ich bin noch Jungfrau, weil ich noch niemals mit einem Mann zusammen sein wollte. Nicht, dass ich mich für die Ehe hätte aufsparen wollen. Es ist nur so, dass... mich noch niemals ein Junge genügend erregt hat, um den Wunsch in mir zu erwecken.«

Ich stöhnte. »Sag nicht so etwas!«

»Aber es ist die Wahrheit«, widersprach sie. »Bitte! Mach weiter! Damit ich mich weiterhin so gut fühle. Es gefällt mir.«

Ich wollte, dass sie sich so gut fühlte, dass sie für jeden anderen Mann ruiniert wäre. Für immer!

Ich rollte mich an ihre Seite und ließ meine Hand langsam an ihrem Schenkel hinauf wandern. Als ich ihr zartes, seidenes Höschen berührte, unterdrückte ich einen wilden Aufschrei. Es war getränkt mit ihren Säften. »Du bist so feucht.«

»Ich sehne mich so nach dir, dass es wehtut«, wimmerte Harper leise.

»Ich weiß, Baby. Das ist in Ordnung.« Ich ließ meinen Finger unter den elastischen Bund ihres Höschens schlüpfen und glitt mit ihm zwischen ihre Schamlippen. Ihre seidige Hitze brachte mich beinahe um den Verstand. »Ich vertreibe den Schmerz«, versprach ich, während ich ihr das Höschen auszog und es neben das Bett auf den Boden warf.

»Versprochen?«, fragte sie schüchtern.

Ich setzte mich aufrecht hin und griff nach dem Saum meines T-Shirts. »Ich verspreche es. Aber ich brauche dich nackt.«

In einer Geste des Vertrauens hob sie die Arme und erlaubte mir, ihr das T-Shirt auszuziehen. Sobald es sich zu dem Höschen auf dem Fußboden gesellt hatte, starrte ich sie entzückt im Mondlicht an.

Ihre weichen Kurven und ausladenden Brüste ließen meinen Mund trocken werden und mein Schwanz drohte, den Reißverschluss meiner Jeans zu sprengen. Mein Oberkörper war nackt, doch meine Jeans hatte ich im Bett anbehalten, um sie nicht zu erschrecken.

»Willst du dich nicht auch nackt ausziehen?«, fragte sie drängend.

Oh zum Teufel, nein! Nicht jetzt. Ich würde im Bruchteil einer Sekunde in ihr sein. »Noch nicht.«

»Was willst du denn dann machen?«

»Dich betrachten«, antwortete ich ehrlich. »Noch niemals habe ich eine Frau auf diese Art begehrt. Es ist auch für mich ein erstes Mal.«

»Du bist aber keine Jungfrau mehr«, wandte sie ein.

»Definitiv nicht«, stimmte ich lächelnd zu. »Aber mit dir ist es... anders, Harper.«

»Weil ich noch niemals zuvor mit einem Mann zusammen gewesen bin?«

Ich schüttelte den Kopf. »Nein. Weil du du bist.«

Ich konnte meine Gefühle nicht erklären. Verflucht, ich verstand sie ja noch nicht einmal selbst.

Meine Hände zitterten ein wenig, als ich ihre Brüste umfasste und beide Brustwarzen mit den Daumen reizte. Sie waren bereits hart, doch sie wurden zu kleinen Spitzen, als ich meinen Kopf senkte und an jeder von ihnen saugte. Ich versuchte, langsam vorzugehen.

Sie bog den Rücken durch und ergriff meinen Hinterkopf, um mich noch näher an sie heranzuziehen. »Ja«, stieß sie leise hervor.

Ihre Haut fühlte sich warm und seidig an und ich konnte nicht genug davon bekommen, sie zu streicheln. Ich hörte, wie sie den

Atem anhielt, als ich knabbernd und leckend über ihren Bauch hinab wanderte und sie so viel wie möglich reizte.

Denk daran, dass sie Jungfrau ist, Blake! Denk daran!

Mein Schwanz pulsierte vor Begierde, als ich endlich meinen Kopf zwischen ihren Schenkeln vergrub und genau dort war, wo ich sein wollte. Ihr wollüstiger Duft berauschte mich und ich sog ihn tief in mich hinein. Dann spreizte ich ihre Beine und glitt mit meiner Zunge zwischen ihre Falten, um ihre angeschwollene Klitoris zu finden.

»Oh mein Gott! Was tust du da?«, schrie sie auf.

Ihre Stimme klang eher erregt als verstimmt, deshalb überhörte ich ihre Frage und tauchte mit meiner Zunge noch tiefer in ihre Muschi, sodass ich mehr Druck auf das kleine Nervenbündel ausüben konnte. Ich wusste, das würde sie zum Kommen bringen.

Gierig leckte ich sie und verlor mich in ihrem verzückten Stöhnen. Ich labte mich an ihrer Erregung und berauschte mich an Harpers Geschmack, ihrer Nähe und ihren Geräuschen.

Dann drang ich mit meinem Zeigefinger in sie ein und es raubte mir den Atem, wie eng sie war. Das hielt mich jedoch nicht davon ab, mir vorzustellen, wie sich ihre glitschige Hitze um meinen Schwanz schloss. Als ich einen zweiten Finger in sie hineingleiten ließ, um ihre enge, kleine Muschi zu weiten, damit sie mich nach einiger Zeit würde aufnehmen können, begann sie, ihre Hüften zu bewegen.

Hinein und hinaus. Hinein und hinaus. Meine Zunge reizte auch weiterhin ihre empfindliche Knospe, während meine Finger sie behutsam fickten.

Triumphierend spürte ich, wie sie meine Haare ergriff und meinen Kopf fester zwischen ihre Schenkel presste, während ihr Stöhnen lauter und lauter wurde.

»Bitte! Lass mich kommen!«, keuchte sie.

Es gefiel mir, sie betteln zu hören, doch mehr als nach meinem nächsten Atemzug sehnte ich mich danach, ihren Wunsch zu befriedigen.

Sie drückte ihre Muschi gegen mein Gesicht und ich tauchte mit Zunge und Fingern immer heftiger in sie ein und übte den Druck aus, den sie brauchte, um zum Höhepunkt zu gelangen.

»Jaaaa!«, schrie sie auf, als ihr Körper zerbarst, und zerrte so sehr an meinen Haaren, dass es wehtat. Die Wände ihres Tunnels zogen sich fest um meine pumpenden Finger zusammen.

Als sie von der Höhe des Orgasmus herunterkam, beruhigte ich ihr bebendes Fleisch mit meiner Zunge und glitt erst von ihr hinunter, als ich wusste, dass die Wellen ihrer Verzückung verebbten.

Sie schlang ihre Arme um mich und drückte mich. »Ich kann es nicht fassen, dass du das getan hast. Ich dachte, die meisten Jungs hassen das.«

Statt einer Antwort küsste ich sie und ließ sie ihre eigenen Säfte von meinen Lippen kosten, bis ich nach Luft schnappen musste. »Wie kann man als Mann etwas hassen, das so gut schmeckt?«, neckte ich sie.

»Es war erstaunlich«, stieß sie atemlos hervor. »So bin ich noch nie gekommen.«

»Also hat dich schon einmal ein Mann zum Höhepunkt gebracht«, grollte ich im Scherz, obwohl es mich keineswegs begeisterte, dass ein anderer Mann sie berührt hatte.

»Nein. Aber ich masturbiere«, erklärte sie offen. »Das tut doch jeder.«

Ich grinste. Definitiv gefiel mir die Vorstellung einer sich selbst befriedigenden Harper.

»Ich auch«, antwortete ich heiser. »Doch das ist kein Ersatz.«

»Das weiß ich doch nicht«, sagte sie aufreizend.

»Du wirst es wissen«, versicherte ich ihr mit rauer Stimme, während ich mich aufs Bett kniete, um den Reißverschluss meiner Jeans zu öffnen.

»Nein! Lass mich das machen!«, verlangte Harper, setzte sich aufrecht hin und wischte meine Hände beiseite. »Lass mich dich berühren!«

Gütiger Himmel! Wie sehr ich mir wünschte, sie alles erkunden zu lassen, was sie wollte, doch ich würde nicht in der Lage sein, diese weichen Hände lange auf meinem steinharten Schwanz zu ertragen. Ich griff in die Tasche meiner Jeans und zog ein Kondom hervor, das ich seit Monaten in meiner Brieftasche mit mir herumtrug. Vielleicht war es eine Vorahnung gewesen oder einfach nur Wunschdenken, dass ich es in die Hosentasche gesteckt hatte, bevor wir zum Essen ausgegangen waren.

Harper legte ihre Hände auf meine Schultern und ließ sie dann über meine Brust wandern. »Du bist ein prächtiger Mann«, sagte sie ehrfurchtsvoll.

Oh verdammt, ich bin verloren. Der unschuldige Ton in ihrer Stimme ließ mich beinahe ohne Vorspiel kommen.

»Es gefällt mir, wie gut du gebaut bist, ohne diese angeschwollenen Bodybuildermuskeln zu haben«, fuhr sie fort, während sie meinen Reißverschluss vollständig öffnete.

»Kampfsport«, erklärte ich ihr knapp, denn ich war vollkommen darauf konzentriert, was sie mit ihren Händen anstellte. »Ich trainiere seit meiner Kindheit.« Ohne große Mühe hatte sie mir die Jeans auf die Oberschenkel hinabgezogen und mein Schwanz war endlich frei und richtete sich in voller Größe vor ihr auf.

»Oh mein Gott!«, stieß sie hervor. Da war er wieder, dieser ehrfurchtsvolle Tonfall. »Der ist aber... groß.«

»Ich bin insgesamt groß«, erklärte ich und fühlte mich beinahe schlecht, weil ich definitiv einen überdurchschnittlich großen Schwanz besaß.

Sie versuchte, ihre Hand um meinen Schaft zu schließen, doch es gelang ihr nicht. Dann streichelte sie dessen seidige Haut und fuhr mit dem Daumen über den empfindlichen Kopf, wobei sie einen Tropfen Feuchtigkeit auf der Spitze verrieb. Ich musste mir auf die Lippen beißen, um ihr nicht Einhalt zu gebieten. »Wenn du so weitermachst, überlebe ich nicht, Baby«, bemerkte ich ruppig.

Beginnend an der Wurzel fuhr Harper mit ihren Fingern den Schaft hinauf und wieder hinunter. Ich wusste, dass sie das absichtlich tat. Sie versuchte, mich zu erregen. Und bei Gott, es funktionierte. »Das reicht«, knurrte ich, warf mich auf sie und hielt ihr die Handgelenke über ihrem Kopf zusammen. »Du geilst einen Mann ganz schön auf«, beschuldigte ich sie.

»Ich habe noch nie einen Mann erregt«, erwiderte sie in einem neugierigen und humorvollen Tonfall.

»Ich kann nicht mehr warten, Harper. Jetzt!«

»Ja, bitte!«

Hastig zog ich mir das Kondom über und drehte mich dann wieder zu ihr, um ihr weiches, heißes Fleisch unter mir zu genießen. Ich liebkoste die Innenseite ihrer Schenkel, bis sie sich zu winden begann. »Es wird nicht leicht sein. Wahrscheinlich wird es wehtun.« Mein Unterleib schmerzte vor Verlangen und mein Schwanz flehte mich an, mich tief in ihr zu vergraben, doch ich wollte ihr auf keinen Fall wehtun.

»Das ist mir egal«, erwiderte sie bestimmt. »Fick mich jetzt! Sofort!«

Ich musste lächeln und beugte mich zu ihr hinunter, um meinen Mund auf ihren hinabzusenken. Innerhalb von Sekunden entflammte der Kuss zu rotglühender Hitze und ihre Zunge wurde fordernd, während sie sich mit meiner duellierte. Ich löste mich von ihren Lippen, knabberte an der empfindlichen Haut ihres Halses und leckte dann mit der Zunge über ihr Fleisch.

Ungeduldig griff ich nach unten und brachte mich in Position. Dann drang ich mit einem einzigen festen Stoß in sie ein. Jeder Muskel in meinem Körper spannte sich an, während ich mich zwang stillzuhalten, bis sich ihre Muskeln gedehnt und sich an meine Größe angepasst hatten. Ich hatte noch nie zuvor eine Frau entjungfert, doch ich dachte mir, dass es besser wäre, wenn sie den anfänglichen Schmerz mit einem Mal hinter sich bringen konnte.

Ich hatte einen Widerstand gespürt und dann das Nachgeben ihres Fleisches, als ich bis dorthin vorgestoßen war, wohin noch kein anderer Mann gelangt war.

Es war das Aufregendste, was ich jemals erlebt hatte. Bis ich ihren Schmerzensschrei hörte.

»Harper! Sag etwas! Ist alles in Ordnung?«, fragte ich ängstlich und kuschelte mein Gesicht an ihren Hals.

»Dein Schwanz ist zu groß«, beklagte sie sich keuchend.

Ich konnte nicht anders. Ich musste lachen. »Darüber hat sich bis jetzt noch keine Frau beschwert, Baby.«

»Dann bin ich eben die Erste«, erwiderte sie hochmütig. »Er ist zu groß.«

Harpers alter Stolz war aufgeflammt und ich hätte nicht behaupten können, unglücklich darüber zu sein. Ich rollte ein kleines bisschen mit den Hüften. »Ab jetzt wirst du das nicht mehr sagen.«

»Doch«, widersprach sie, doch ihre Stimme klang jetzt eher unsicher anstatt schmerzgeplagt.

Ich fuhr fort, an ihrem Hals zu knabbern, während ich mich behutsam zurückzog und mich dann ebenso vorsichtig wieder in ihr vergrub. »Nein«, beharrte ich und ein tiefes Stöhnen drang aus meiner Kehle, während ich es genoss, wie sich ihre festen inneren Muskeln um meinen Schwanz klammerten.

Harper schlang ihre Arme um meinen Hals. »Dann zeig es mir!«

»Geht es dir jetzt gut?« *Mist! Bitte, lass jetzt alles in Ordnung sein!*

»Ich glaube ja.«

Ihr Griff um meinen Hals verstärkte sich und ich begann, mich in einem langsamen Rhythmus zu bewegen. Dabei versuchte ich, möglichst behutsam zu sein, während ich mich doch gleichzeitig danach sehnte, sie zu ficken, bis wir beide erschöpft und gesättigt wären.

»Schön«, murmelte sie, hob ihre Beine und wickelte sie instinktiv um meine Taille.

Meine verfluchten Fantasien wurden wahr!

Die Begierde zehrte an meinem Unterleib, als ich gleichmäßig in sie hinein und hinaus pumpte und mein Verlangen unterdrückte, sie hart und schnell zu ficken und so meinen Besitzanspruch zu untermauern. Denn nach dieser Nacht würde ich nicht mehr fähig sein, sie gehen zu lassen, dessen war ich mir absolut sicher.

»Fester!«, drängte sie. »Halt dich nicht zurück! Bitte!«

»Ich will dir nicht wehtun«, knurrte ich mit zusammengebissenen Zähnen.

»Du wirst mir wehtun, wenn du mich nicht fester fickst. Ich brauche dich!«

Alles, was ich hören musste, waren diese drei Worte: *Ich brauche dich!*

Ich umfasste ihre Pobacken und gab ihr genau das, was sie wollte, genau das, was ich seit dem Moment gebraucht hatte, in dem meine

Fantasien über sie begonnen hatten. Ich hämmerte in sie hinein, bis mein Kopf sich zu drehen begann und fleischliche Wollust meinen Verstand übernahm. *Harper Lawson gehörte mir und niemand würde sie mir jemals wegnehmen.*

Unsere Körper bewegten sich im Einklang. Sie bog sich mir entgegen, wenn mein Schwanz in ihre glitschige, enge Muschi eindrang. Unsere schweißnassen Körper glitten erotisch aneinander, als sie unter mir erbebte, dem Orgasmus nahe.

Ich zwängte einen Arm zwischen uns und rieb ihre Klitoris mit ausreichendem Druck, um sie zum Höhepunkt zu bringen. »Komm für mich, Harper! Du musst kommen!«

Ich spürte, wie sich der Druck aufbaute und dass mein Körper kurz vor der Explosion stand. Sie warf den Kopf wild hin und her und stieß unzusammenhängende Schreie aus.

Erleichtert fühlte ich, dass ihr Orgasmus begann. Ihre Nägel gruben sich in meinen Rücken und drückten mir ihren Stempel auf. Ich genoss jeden verdammten Augenblick. Ihre Wildheit und Leidenschaft fluteten zu mir zurück und ich stieß immer und immer wieder in sie hinein und ließ mich von ihrem Höhepunkt mitreißen, als ihre bereits verkrampften Scheidenwände meinen Schwanz molken.

Sie krallte sich in meinen Rücken, während feurige Erlösung meinen Körper schüttelte. Ich griff in ihre Haare, um ihren Kopf ruhig zu halten, und küsste sie mit einer Intensität, die ich nicht kontrollieren konnte. Verzweifelt wollte ich sie irgendwie als die Meine brandmarken.

Dann lagen wir da, ein Haufen ineinander verwickelter Gliedmaßen, und versuchten, zu Atem zu kommen. Ich rollte mich von ihr hinunter, blieb jedoch eng an sie gedrückt liegen, beide Arme um ihren zitternden Körper geschlungen, während ich immer noch nach Luft schnappte.

Nach einer Weile löste ich mich von ihr, um ins Badezimmer zu gehen und mein Kondom zu entfernen. Stirnrunzelnd betrachtete ich das Blut, Harpers Blut, auf der Oberfläche des Gummis.

Ich warf es in den Mülleimer und fühlte gleichzeitig Scham und Ehrfurcht, dass sie mir etwas so Besonderes geschenkt hatte.

Mir? Blake Colter?

Niemand hatte je irgendetwas für mich aufgegeben und diese Tatsache vergrößerte meinen Wunsch, Harper bei mir zu behalten.

Schnell hatte ich mich gesäubert und kehrte zum Bett zurück. Harper war eingeschlafen und atmete tief und gleichmäßig. Vorsichtig kletterte ich ins Bett, wobei ich versuchte, sie nicht aufzuwecken, und schlüpfte neben sie.

Ich stützte meinen Kopf mit dem Ellbogen und beobachtete sie im Schlaf. Ihr zerzaustes Haar verdeckte ihr Gesicht zur Hälfte, doch ich konnte sehen, dass sie mit einem süßen Lächeln auf ihrem engelsgleichen Gesicht eingeschlafen war.

Und mein Gott, sie sah wunderschön aus.

Sie sah aus, als ob sie... mir gehören würde.

Ich glitt unter die Decke und Harper suchte instinktiv nach mir, schob ein Bein über meine und bettete ihren Kopf auf meine Brust.

Ich legte die Arme um sie und bewachte ihren Schlaf. Bald schon war auch ich eingeschlafen, ohne mich noch einmal zu bewegen, als mein erschöpfter Körper der Dunkelheit des Schlafes Einzug gewährte.

»Soll ich wirklich nicht mit dir hineingehen?«, fragte ich Harper fürsorglich, als wir vor ihrem Haus ankamen.

Im Laufe der vergangenen Nacht hatte sich der Sturm gelegt und wir hatten mit dem Hubschrauber nach Hause zurückfliegen können. Sie lebte in dem Rocky Springs am nächsten gelegenen Städtchen, daher waren wir direkt von der Landebahn auf dem Colter-Gelände zu ihr nach Hause gefahren.

Sie schüttelte langsam den Kopf. »Nein. Dies wird mit Sicherheit ein gefühlsgeladenes Wiedersehen. Und ich muss meinen Eltern allein gegenübertreten.«

»Ruf mich aber an!«, drängte ich und schob ihr den Zettel in die Tasche, auf dem ich bereits meine Telefonnummer für sie notiert hatte. Ich hatte meine Nummer bereits zuvor in ihrem Handy gespeichert und sie halb im Scherz als »Mein neuer Freund« betitelt.

»Das werde ich. Danke für gestern und die vergangene Nacht.« Sie befreite sich von ihrem Sicherheitsgurt und lehnte sich zu mir herüber, um mich sanft zu küssen. »Ich werde es nie vergessen.«

»Das reicht nicht«, brummte ich und zog sie für einen längeren, intensiveren Kuss an mich.

»Ich werde dich bald anrufen«, versicherte sie atemlos.

»Das hoffe ich«, erwiderte ich drängend.

Ich beobachtete sie, wie sie aus dem Wagen stieg. Sie trug Jeans und unter der Jacke wieder eins von meinen T-Shirts.

»Hey«, rief ich, gerade als sie die Beifahrertür schließen wollte.

»Was?«, fragte sie neugierig.

»Frohe Weihnachten, Harper!«

Sie schenkte mir ein zittriges Lächeln, bevor sie antwortete: »Frohe Weihnachten, Marcus!«

Ich brauchte einen Moment, bevor ich ihre Bemerkung vollkommen verarbeitet hatte, und währenddessen war sie bereits zur Haustür gelaufen und ins Haus geschlüpft.

»Marcus? Sie glaubt, mit meinem Zwillingsbruder geschlafen zu haben?«, überlegte ich laut.

Zornig und verletzt lief ich ihr hinterher, doch dann hielt ich inne, weil ich wusste, sie war gerade dabei, sich mit ihren Eltern auseinanderzusetzen. Zwar war die Verwechslung leicht aufzuklären, doch es zehrte an mir, dass sie mich bei der ersten Gelegenheit, bei der sie meinen Vornamen benutzte, bei einem falschen Namen genannt hatte. Es war ja nicht ihre Schuld. Vielleicht war ich lediglich so besitzergreifend, weil ich ihr Erster war. *Überaus besitzergreifend.*

Zugegeben, mein um einige Minuten älterer Zwillingsbruder sah mir zum Verwechseln ähnlich. Doch es gefiel mir überhaupt nicht, dass sie mich bei seinem Namen nannte.

Mist! Ich sollte es ihr wirklich sagen. Ich wollte nicht, dass sie weiter daran glaubte, mit meinem Bruder geschlafen zu haben.

Ich legte den Gang ein und machte mich auf den Rückweg. Ich wusste, ich musste die Situation so schnell wie möglich klären, und hoffte, sie würde mich baldigst anrufen.

Harper

»Ich liebe die Ausverkäufe nach Weihnachten«, sagte ich zu meiner Schwester Danica, als wir am nächsten Tag die Hauptstraße entlangschlenderten.

Ich hatte bereits ein ausgiebiges Gespräch mit meinen Eltern geführt, das mit vielen heilsamen Tränen geendet hatte. Sie bewiesen mir ihr Vertrauen, indem sie mir mein Auto und meine Kreditkarten zurückgaben, und ich war fest entschlossen, mein Glück nie wieder als selbstverständlich anzusehen.

Ich würde das College besuchen und wusste genau, wie ich meine Zukunft gestalten wollte.

»Trotzdem scheinst du nicht sehr am Einkaufen interessiert zu sein«, bemerkte Dani. »Stimmt etwas nicht?«

Und bevor ich es bemerkte, erzählte ich ihr bereits alles, was sich zwischen mir und Marcus Colter abgespielt hatte.

»Ruf ihn an!«, drängte Dani mich. »Wahrscheinlich wartet er sehnsüchtig darauf, etwas von dir zu hören.«

»Das werde ich. Ich muss nur erst einen klaren Kopf bekommen.«

»Harper? Danica?«

Meine Schwester und ich drehten unsere Köpfe herum, um zu sehen, wer uns da ansprach. Ich lächelte, als ich Aileen Colter erkannte, Marcus Mutter. »Hi. Schön, dich zu sehen«, erwiderte ich. Jetzt standen wir alle vor dem Lederwarengeschäft, aus dem Aileen gerade herausgekommen war.

Nach einer kurzen Umarmung blickte sich Aileen um und seufzte dann. »Ich wollte, dass ihr meinen Sohn Marcus begrüßt, aber es sieht so aus, als ob er... beschäftigt ist.«

Meine Augen folgten ihrem Blick und landeten direkt auf Marcus Colter. Gekleidet in einen maßgeschneiderten Anzug mit Krawatte ähnelte er so gar nicht dem Marcus von gestern. Ich brauchte einen Moment, um zu verinnerlichen, dass er gerade mit einer hübschen Brünetten flirtete und sie küsste.

»Offensichtlich«, murmelte ich vor mich hin. »Er sieht äußerst... beschäftigt aus.«

»Seine neue Freundin, die er im College kennengelernt hat«, erläuterte Aileen.

»Großartig«, erwiderte ich gespielt begeistert.

Ich fühlte mich innerlich krank und hätte mich am liebsten in einem Loch verkrochen, um mich für immer darin zu verstecken.

»Er hat eine Freundin?«, erkundigte sich Dani.

»Ja. Sie ist nett. Ich hoffe, an dieser neuen hält er für eine Weile fest. Marcus wechselt seine Freundinnen so oft. Ich glaube nicht, dass er überhaupt Zeit hat, sie richtig kennenzulernen.«

Ich konnte meinen Blick nicht von dem Paar abwenden und erinnerte mich daran, wie süß er sich noch gestern mir gegenüber verhalten hatte.

»Wirklich, lassen wir ihnen ihren Spaß. Ich bin sicher, ich werde ihn ein anderes Mal treffen.« Ich wandte mich an meine Schwester. »Dani, wir müssen gehen!« Ich war mir bewusst, dass meine Stimme voller Panik war, doch ich konnte es nicht verhindern.

Dani warf mir einen verständnisvollen Blick zu. »Ich bin soweit.«

»Es war nett, dich zu sehen, Aileen.«

Ich schleppte mich mit meiner Schwester zum Auto zurück und kletterte hinein. Ich schaute nicht zurück, aus Angst, am Ende noch einmal mit ansehen zu müssen, wie Marcus eine andere Frau küsste, nur einen Tag, nachdem er mir meine Jungfräulichkeit genommen hatte.

Ich umklammerte keuchend das Lenkrad und konnte Dani kaum hören, als sie zornig zu mir sagte: »Er ist ein Arschloch. Ich kann nicht glauben, dass er mit dir so intim geworden ist, obwohl er doch eine Freundin hat.«

»Ist schon in Ordnung«, erklärte ich steif und startete den Motor. »Er hat mir ja nichts versprochen.«

»Das ist nicht in Ordnung und du weißt das auch«, widersprach sie.

Ich saß einen Augenblick so da, meinen Blick starr auf das vor mir parkende Auto gerichtet. Der Schock, Marcus mit einer anderen gesehen zu haben, ließ meine Hände zittern. Meine Gefühle für ihn waren zu frisch, zu zerbrechlich, zu... wichtig. »Du hast Recht«, antwortete ich mit bebender Stimme. »Es geht mir nicht gut.«

Und schon brach ich in Tränen aus und schluchzte herzerweichend. Der an mir begangene Betrug schüttelte meinen Körper und ich legte meine Stirn auf das Lenkrad. Meine Schwester versuchte, mich zu trösten, während ich all meinen Schmerz aus mir herausließ.

Blake

Ich wartete acht verdammte Tage darauf, dass Harper mich anrief.

Kein Anruf. Kein Besuch.

Kein Lebenszeichen.

Nicht ein einziges Wort von der Frau, die am Heiligen Abend meine Welt erschüttert hatte.

Ich musste eigentlich auf den Campus zurückkehren, doch zuerst wollte ich herausfinden, was geschehen war. Ich musste wissen, ob es ihr gut ging.

Ich hatte ihr den Freiraum zugestanden, um den sie mich gebeten hatte. Doch jetzt konnte ich keine Distanz mehr halten.

Ich wusste, dass ich mich selbst belog, wenn ich vorgab, *nur* wissen zu wollen, ob alles mit ihr in Ordnung war. In Wahrheit musste ich ihr schönes Gesicht wiedersehen. Ich wollte sie zum Abschied küssen und ihr sagen, dass ich ihr helfen würde, falls sie meine Unterstützung bräuchte.

Der primitive Mann in mir wollte sich sicher sein, sie zu besitzen – bevor ich Colorado verlassen musste. Ich wollte mich vergewissern, dass wir zusammen waren, selbst wenn wir für eine Weile örtlich voneinander getrennt sein würden.

Ich klingelte an ihrer Haustür, leicht nervös bei dem Gedanken, wie sie reagieren würde, wenn sie mich auf ihrer Türschwelle stehen sehen würde.

Ja, ich hatte gewusst, dass sie Zeit gebraucht hatte, um mit ihren Eltern zurechtzukommen, doch hatte ich ehrlich nicht erwartet, dass sie so lange brauchen würde, um mich anzurufen. Das machte mich mehr als nur ein bisschen nervös.

Die Tür öffnete sich und ich schöpfte Hoffnung, als eine Frau erschien. Doch meine Begeisterung legte sich, als ich ihre Schwester Dani erkannte.

Ich hatte Danica immer für die »nette« Schwester gehalten. Wenn wir uns als Kinder getroffen hatten, war Danica immer netter und höflicher als Harper gewesen.

Wie auch immer, ihr finsterer Blick, mit dem sie mich von oben bis unten verächtlich musterte, besorgte mich.

»Was willst *du* denn?«, fragte sie feindselig, als ob ich ihr schlimmster Feind wäre.

»Ich bin auf dem Weg zur Universität und möchte gern Harper sehen, bevor ich gehe.«

»Sie ist nicht hier und glaub mir, du bist der Letzte, den sie sehen möchte«, erwiderte sie zornig.

Ich runzelte die Stirn. »Warum?«

»Du hast ihr das Herz gebrochen, Arschloch!«, beschuldigte mich Dani mit vor Verachtung eisiger Stimme. »Du hast sie belogen. Du hättest es ihr sagen müssen. Wir sind in der Stadt deiner Mutter über den Weg gelaufen. Sie hat uns die Wahrheit gesagt.«

Oh, Mist!

Mein Magen drehte sich herum, als ich erkannte, dass meine Mutter Harper wahrscheinlich erklärt hatte, dass es nicht Marcus gewesen war, der sich angeboten hatte, nach Denver zu fahren, um sie zu suchen. Es war nicht Marcus, der mit ihr geschlafen hatte. Es war nicht Marcus, der verrückt nach ihr war.

»Ich wollte ihr erklären ⊠«

»Spar dir das!«, gab Dani mit einem beschützerischen Knurren zurück. »Sie will dich nicht wiedersehen. Sie wird darüber hinwegkommen und jemand Ehrliches finden. Sie hat sich geändert und braucht einen Mann, der sie zu schätzen weiß.«

»Ich mag ⊠«

»Schwachsinn! Eine Frau, die du magst, belügst du nicht.«

»Ich habe nicht wirklich gelogen. Sie hat mich nie gefragt«, verteidigte ich mich und fragte mich, warum ich jemals Dani für die höflichere der Lawson-Schwestern gehalten hatte.

»Sie *hätte* nicht erst fragen müssen«, erwiderte Dani bissig. »Sie verdient jemand Besseres als dich. Geh zurück an die Uni und fick dort alle Frauen! Aber lass meine Schwester in Ruhe!«

Ich musste einen Schritt zurückweichen, als Dani die Tür vor meinem Gesicht zuschlug.

Ich überlegte, gegen die Holztür zu hämmern, bis sie zurückkommen und mir sagen würde, wo ich Harper finden konnte, doch dann fiel mir ein, dass ich mich *wirklich* nicht davon überzeugt hatte, ob sie wusste, wer ihr die Jungfräulichkeit nahm. Marcus und ich ähnelten uns wie ein Ei dem anderen. Es war mir nur nicht in den Sinn gekommen, dass sie vielleicht nicht wusste, dass ich... ich war.

»Verdammt!«, fluchte ich laut, als ich zu meinem Wagen zurückging, wütend auf mich selbst, sie nicht früher kontaktiert zu haben. Ich hätte wissen sollen, dass etwas nicht stimmte, und mit jedem Tag, der vergangen war, hatte sich die Situation noch mehr verkompliziert.

Eilig sprang ich in mein Auto, um dem bitterkalten Wind zu entkommen, und startete den Motor.

Verdammt, sie war noch Jungfrau gewesen und vielleicht hatte es sie geschockt herauszufinden, dass der Mann, von dem sie gedacht hatte, dass er ihr erster gewesen war, sich als jemand anderes herausgestellt hatte.

Würde sie darüber hinwegkommen?

Würde sie mich nach einer Weile anrufen und verstehen, dass ich nicht mit Absicht gehandelt hatte?

Ich gab Gas und der Wagen kam ein wenig ins Schleudern, als ich ihn auf der vereisten Straße wendete.

Noch niemals hatte ich mich so unvernünftig benommen wie im Moment und ich schwor mir auf der Stelle, dass ich Geduld aufbringen würde. Falls sie mich nicht anrufen würde, würde ich versuchen, sie zu erreichen. Ich konnte ein sturer Hund sein und ich wollte Harper so sehr, dass ich warten würde... auch wenn es eine Ewigkeit dauern würde, bis sie auf mich zukam.

Ich machte mich auf den Weg zur Uni, denn die Pflicht rief, und nicht in einer Million Jahren hätte ich vermutet, dass es zwölf Jahre dauern würde, bis ich das Gesicht meiner wunderschönen Weihnachtsjungfrau wiedersehen würde. Und dass wir, als wir uns endlich wiedersahen, beide vollkommen andere Menschen waren und nichts mehr so war wie früher.

Kapitel 1

Harper

Zwölf Jahre später...

»Ist mir egal, ob die Gruppe sich aufgelöst hat. Trommel sie wieder zusammen! Ich brauche dich, um meine Schwester zu retten«, erklärte ich Marcus Colter gereizt.

Ehrlich, es hatte mich alle Überwindung gekostet, die ich aufbringen konnte, mich nach all diesen Jahren an Marcus zu wenden, doch meine jüngere Schwester war mir wichtiger als mein Stolz. Was bedeutete es schon, dass wir vor mehr als einem Jahrzehnt *etwas* miteinander hatten? Danicas Leben stand auf Messers Schneide und ich wollte verzweifelt ihr Leben retten, was die Tatsache *beinahe* bedeutungslos erscheinen ließ, dass Marcus mir einst mein Herz gebrochen hatte.

»So geht das nicht«, stellte Marcus stoisch fest und trank einen weiteren Schluck von dem bernsteinfarbenen Alkohol in seinem Glas, was auch immer das sein mochte. Ich trank kaum einmal etwas, daher konnte ich mich nicht gerade als Kenner von alkoholischen Getränken bezeichnen.

»Doch, so *könnte* es funktionieren. Ich brauche dich für eine einzige weitere Mission.« Meine Stimme verriet einen Hauch von Verachtung, was ich hasste, jedoch nicht verhindern konnte.

Ich hatte noch niemals jemanden um etwas angebettelt und es missfiel mir besonders, dass ich jetzt gezwungen war, ausgerechnet Marcus Colter um etwas zu bitten. Ich hatte mir den Hintern aufgerissen, um meine Ausbildung durchzuziehen, sodass ich niemals von dem Geld meiner verstorbenen Eltern abhängig sein würde. Ich wollte niemals auf ein Zuhause oder die Erfüllung meiner Grundbedürfnisse verzichten müssen und ich versuchte, denjenigen Menschen zu helfen, die es nicht so gut getroffen hatten wie ich.

Daher kostete es mich erhebliche Überwindung, nach all den Jahren, die wir uns nicht gesehen hatten, zu Marcus Colter zu kriechen. Ich hatte mir selbst in den Hintern treten müssen, um ihn aufzusuchen, und ihn anzuflehen ging mir gegen den Strich.

Ich war keineswegs wieder zu der Prinzessin geworden, die ich vor meinem achtzehnten Geburtstag gewesen war. In der Tat hatte ich mir meine Unabhängigkeit erworben. Meine Brüder nannten mich nun ihre »ruhige Schwester« und Dani »die Unruhestifterin«. Ich war mir ziemlich sicher, dass dies mit den Berufen zusammenhing, die meine Schwester und ich gewählt hatten. In meinem Beruf erledigte ich meist alles allein, während Danica mit den Menschen über brisante Themen diskutieren *musste*.

Nur innerhalb meiner Familie konnte ich meinen Stolz vollkommen aufgeben und versuchen zu vergessen, dass mich Marcus vor zwölf Jahren betrogen hatte, als ich noch kaum erwachsen war.

»Deine Schwester war sich der Risiken voll bewusst«, stellte Marcus fest, was ihn mir recht unsympathisch erscheinen ließ.

Gewiss *war* sich meine jüngere Schwester Danica der Risiken bewusst gewesen, als sie Auslandskorrespondentin geworden war, doch sie engagierte sich so leidenschaftlich für ihren Job, dass sie sich einfach nicht vorsichtig genug verhielt. Jetzt war sie von Terroristen gefangen genommen worden und nachdem ich mehrere Wochen lang die Regierung um Hilfe angefleht hatte, blieben mir nicht mehr viele Möglichkeiten. Augenscheinlich war unsere Bundesregierung vor meiner Kontaktaufnahme noch nicht einmal darüber informiert gewesen, dass sie entführt worden war, und zögerte, voreilige Schritte zu unternehmen.

Verdammt, die Bundessicherheitspolizei war *alles andere* als schnell oder waghalsig. Ich wusste sehr gut, dass meine Schwester ohne ein schnelles Eingreifen sterben konnte, und damit konnte man aus Washington nicht so bald rechnen.

Es ging ja nicht um einen ihrer Lieben, der jeden Moment getötet werden konnte.

Es ging nicht um ihre Schwester, Tochter oder Freundin, die im Moment unaussprechlichen Qualen ausgesetzt sein konnte.

Keiner von ihnen wachte in kalten Schweiß gebadet auf, weil er davon geträumt hatte, was seiner Schwester auf feindlichem Gebiet widerfahren konnte.

Hurensöhne!

Ich versuchte, meine Angst und meinen Zorn unter Kontrolle zu halten, als ich erwiderte: »Ja. Sie kannte die Risiken. Doch das bedeutet nicht, dass sie sterben will oder verdient zu sterben. Ich bitte dich nur um einen einzigen weiteren Einsatz.« Ich war verzweifelt und Marcus wirkte vollkommen ungerührt, deshalb entschloss ich mich, etwas anzusprechen, von dem ich mir geschworen hatte, es nicht ins Spiel zu bringen. »Nachdem du mir meine Jungfräulichkeit genommen und dann nach Rocky Springs zu deiner Freundin zurückgekehrt bist, als ob nichts geschehen wäre, würde ich meinen, das wäre das Mindeste, was du für mich tun kannst.«

Zum Teufel, ich spielte meine *letzte* Karte aus, indem ich versuchte, Marcus Schuldgefühle zu wecken, sodass er seine aufgelöste private Hilfsorganisation PRO – eine Gruppe von fähigen Männern – für einen weiteren Einsatz wieder zusammenbrachte. Ich bat ihn ja nicht darum, diese Gruppe für immer bestehen zu lassen. Ich wusste, dass das unmöglich war. Ich wollte lediglich, dass er noch ein einziges Mal aktiv wurde, um eine Geisel zu retten – meine kleine Schwester.

Ich hatte mein Erlebnis mit Marcus nicht einmal erwähnen wollen. Das war das Letzte, worüber ich mit ihm hätte reden wollen. Meine Güte, der Vorfall lag mehr als zwölf Jahre zurück. Doch ich war außer mir und meine Angst um Dani war so groß, dass ich wahrscheinlich, falls nötig, sogar auf die Knie gefallen wäre, um Marcus anzubetteln.

Gott sei Dank fühlte ich absolut nichts mehr für diesen Mann. Bevor ich bei Marcus Haus in Rocky Springs angekommen war, hatte ich halb befürchtet, dass ich noch immer diesen erregenden Funken spüren würde, eine so heiße Flamme, die mich damals dazu getrieben hatte, einen One-Night-Stand mit ihm zu haben. Ich hatte zum ersten Mal mit einem Mann geschlafen und es niemals vergessen, was mir später mein Herz gebrochen hatte.

Jetzt brachte ich dem Mann, den ich um Hilfe für meine Schwester anbettelte, keinerlei Gefühle mehr entgegen – außer Ungeduld. Um ehrlich zu sein fand ich seine übertriebene Ruhe ziemlich ärgerlich, denn ich selbst war so angespannt, dass ich kaum atmen konnte.

»Kannst du das wiederholen?«, fragte Marcus ruhig.

Ich starrte ihn an. »Nein, ich werde es nicht noch einmal aussprechen. Du weißt genau, was passiert ist.«

Falls er versucht, mich mit diesem Thema von meinem Ziel abzulenken, so werde ich den Köder nicht schlucken.

»Hilf mir auf die Sprünge!«, verlangte er.

Als ob er sich nicht daran erinnern könnte, was damals geschah?

Wenn das der Wahrheit entsprach, hatte ich eine lange Zeit damit verbracht, verletzt zu sein, während der Mensch, der meinen Schmerz verursacht hatte, den Vorfall als so unbedeutend empfunden hatte, dass er sich noch nicht einmal daran erinnern konnte.

»Vergiss es einfach! Ich hätte nicht einmal versuchen sollen, dich um Hilfe zu bitten«, antwortete ich mit einer vor Ekel triefenden Stimme.

Hurensohn! Es mochte vielleicht vor langer Zeit geschehen sein, doch ich hätte angenommen, mich in das sexuelle Vergnügen einzuführen, wäre zumindest *irgendwie* wert, sich daran zu erinnern.

Es spielt keine Rolle, Harper.

Ich musste Ruhe bewahren. Was vor zwölf Jahren zwischen mir und Marcus geschehen war, war jetzt nicht wichtig. Ich hatte es nur angesprochen, um ihn auf die gewisse Verbindung zwischen uns aufmerksam zu machen, sodass er genügend motiviert wäre, meine kleine Schwester zu retten.

Ich wollte doch nur meine Schwester zurückhaben. Ich wollte sie sicher bei mir haben. Jedes Mal, wenn Dani außer Landes gegangen war, hatte ich mir Sorgen gemacht, und nach mehreren Jahren der Beunruhigung über ihre Sicherheit war mein schlimmster Albtraum wahr geworden.

Dani war entführt worden. Irgendwo in Syrien wurde sie von einer unbekannten Rebellengruppe als Geisel gehalten. Vor Kurzem hatte die Spezialeinheit eine Gruppe von Geiseln aus diesem feindlichen Gebiet gerettet, doch Dani war nicht unter ihnen gewesen.

Das verstärkte die Vermutung des Militärs, dass Dani nicht wirklich gefangen gehalten wurde.

Mein Bruder Jett hatte eine Lösegeldforderung erhalten und wir waren sofort dazu bereit gewesen, es ihren Entführern auszuzahlen, um Dani zurückzubekommen. Es war uns egal, dass es sich um eine andere Rebellengruppe in einem anderen Gebiet handelte, eine kleine Gruppe Guerillakämpfer, deren Existenz der US-Regierung nicht einmal bekannt war. Meine Schwester schwebte in Gefahr und es spielte keine Rolle, welche Irrsinnigen sie in ihrer Gewalt hatten. Doch als es zur Geldübergabe hatte kommen sollen, waren die Rebellen nicht erschienen. Und Dani ebenso wenig.

Hatten sie sie bereits getötet?

War es ihnen nicht möglich gewesen, die Grenze zu überqueren, um meinen Bruder zu treffen?

Hatten sie gedacht, in eine Falle zu tappen, und sich entschlossen, das Treffen ausfallen zu lassen?

Hatten sie uns missverstanden?

Wir hatten niemals die Möglichkeit erhalten, das herauszufinden.

Die Kommunikation war abgebrochen und ich befürchtete, meine Schwester wäre uns für immer verloren.

An diesem Punkt hatte mein Bruder Jett vorgeschlagen, Marcus und die PRO ins Spiel zu bringen. Da er einst ein Mitglied des privaten elitären Bergungsteams unter Marcus Colters Führung gewesen war, wusste mein Bruder besser als jeder andere, wie gut sie gewesen waren. Während ihrer mehrjährigen Existenz war es ihnen niemals misslungen, eine Geisel zu finden und zu befreien... außer der Gefangene war bereits tot.

Unglücklicherweise war die Gruppe enttarnt worden, ebenso wie alle ihre Mitglieder. Da ihre Identitäten und ihre private Arbeit entlarvt worden waren, hatte die Gruppe sich aufgelöst. Mein Bruder war unter den Verletzten der letzten und einzigen gescheiterten Mission gewesen, die die ganze Welt auf sie aufmerksam gemacht hatte.

»Ich habe nicht *direkt* abgelehnt, dir zu helfen«, gab Marcus schließlich zur Antwort.

»Treib keine Spielchen mit mir, Marcus! Entweder rettest du Dani oder nicht«, erklärte ich wütend. Dieser Mann hatte in der Vergangenheit mit meinen Gefühlen gespielt und das würde ich nicht noch einmal zulassen.

Mittlerweile war ich älter und um einiges klüger.

»Wie ich schon sagte, es ist nicht so einfach. Weder dein Bruder noch ein anderer Mann, unser Pilot, der ein verdammt wichtiges Mitglied des Teams war, sind einsatzbereit. Beide waren Spezialisten, die unseren Erfolg mitbestimmt haben. Vielleicht kann ich sie jedoch ersetzen, um diesen Rettungsversuch zu wagen.«

Ich beobachtete ihn und hielt den Atem an, als ich seinen nachdenklichen Gesichtsausdruck sah.

Verdammt! Er war immer noch attraktiv, auch wenn er ein Arschloch war. Nicht, dass ich etwas von der Chemie gespürt hätte, die vor Jahren zwischen uns gebrodelt hatte, doch in seinem maßgeschneiderten Anzug mit Krawatte, dem perfekt geschnittenen Haar und dem Dreitagebart auf seinem ausgeprägten Kinn war Marcus Colter äußerst gut aussehend.

Schade nur, dass seine grauen Colter-Augen diese tödliche Kälte ausstrahlten.

»Bitte«, flehte ich ihn schließlich an. »Ich muss Dani lebend zurückbekommen.«

»Wenn ich sie rette, muss sie mit ihrem Hintern in den Vereinigten Staaten bleiben«, knurrte er. »Ich sehe sie bei jedem verdammten heißen Geschehen, an dem ich mich selbst ebenfalls aufhalte. Sie ist eine wahre Nervensäge.«

»Ihr beide habt euch getroffen?«, erkundigte ich mich, denn es interessierte mich, wie die beiden miteinander umgegangen waren.

Marcus Gesichtsausdruck wirkte gequält, als er antwortete: »Viel zu oft. Wenn auf der Welt in einem Gebiet ein Problem besteht, ist deine Schwester stets dort zu finden.«

Ich wusste, dass Marcus die ganze Welt bereiste, doch mir war nicht bewusst gewesen, dass er jemals Dani über den Weg gelaufen war. »Darin besteht ihr Job. Sie ist eine fantastische Berichterstatterin«, verteidigte ich sie.

Marcus stieß einen männlichen Seufzer aus. »Sie läuft dem Tod hinterher.«

Ich lächelte, denn er klang genauso wie meine älteren Brüder. Sie alle hassten den Beruf, den Dani für sich gewählt hatte, doch niemand hatte sie je zurückhalten können. Mir gefiel ihre Arbeit auch nicht, doch ich hatte eingesehen, dass ich sie nicht davon abhalten konnte, ihrer Leidenschaft zu folgen. Es würde das Leben geradezu aus ihr heraussaugen.

»Also wirst du gehen?«, fragte ich nervös.

»Sobald ich ein Team zusammengestellt bekomme«, stimmte er zu, während er sich über sein Kinn fuhr, als ob er bereits überlegte, wie er das bewerkstelligen könnte.

»Danke«, stieß ich atemlos hervor. »Dafür stehe ich in deiner Schuld.«

»Ich denke, dass du mir deine Jungfräulichkeit geschenkt hast, war mehr als genug«, erwiderte er trocken.

»Ich dachte, du würdest dich nicht mehr daran erinnern«, bemerkte ich und fing seinen stählernen Blick auf, als er sich gegen den Schreibtisch in seinem Heimbüro lehnte.

»Vielleicht kommt die Erinnerung zurück«, sagte er abwesend.

»Es tut mir leid, dass es dir nicht genügend wichtig erschienen ist, um dich sofort daran zu erinnern«, erwiderte ich sarkastisch. In Wahrheit verletzte es mich, dass er sich nicht an etwas erinnerte, das für mich eine solch große Bedeutung gehabt hatte. Doch offensichtlich war es für ihn nur ein unbedeutendes Zwischenspiel gewesen.

Er musterte mich mit einem leicht schelmischen Grinsen von Kopf bis Fuß. »Oh, ich bin mir ziemlich sicher, dass es sehr erinnerungswürdig war.«

Ich wusste nicht genau, was er meinte, doch ich hielt seinem Blick stand, erleichtert, dass ich absolut nichts empfand.

Meine Erinnerungen waren alles, was mir von unserem Zusammensein geblieben war. *Dieser* Marcus war nicht derselbe junge Mann, mit dem ich Jahre zuvor geschlafen hatte.

Oh, er war immer noch gut aussehend, doch er hatte ein raues, brutales Benehmen, das mir Unbehagen einflößte. Ich konnte ihn mir nicht mehr als denselben Mann vorstellen, der mich wie ein schelmischer Junge angelächelt und mich zum Lachen gebracht hatte, als ich so unglücklich gewesen war.

Einen kurzen Moment lang trauerte ich um den jungen Mann, der er gewesen war.

Doch dann erkannte ich, dass auch ich mich im Laufe der Jahre verändert hatte.

Jeder von uns beiden war das Produkt des jeweiligen Erwachsenenlebens, das wir geführt hatten. Offensichtlich waren wir nun höchst unterschiedliche Menschen. Auf verschiedenste Weise ließ mich diese Loslösung von ihm... frei fühlen.

»Wie ist es überhaupt dazu gekommen, dass du diese Rettungstruppe aufgestellt hast?«, erkundigte ich mich neugierig.

Bevor meine Eltern vor sieben Jahren bei einem Autounfall ums Leben gekommen waren, hatte mich meine Mutter stets über die Colters auf dem Laufenden gehalten.

Eigentlich hatte es mich jedoch gar nicht besonders interessiert, denn ich pflegte mit keinem von ihnen näheren Umgang.

Also gut... vielleicht *hatte* ich ihr gut zugehört, doch sie sprach selten von Marcus, weil dieser meist unterwegs war. Über Tate, Chloe oder Zane war ich besser informiert. Ab und zu hatte sie auch Blake erwähnt, der vor dem Tod meiner Eltern noch kein Senatsmitglied gewesen war. Er hatte eine Zeit lang im Abgeordnetenhaus gedient, doch danach seinen Sitz aufgegeben, als er das erforderliche Mindestalter erreicht hatte, um sich als Senator zu qualifizieren.

Blake Colter war wahrscheinlich einer der politisch ambitioniertesten Männer, die ich je kennengelernt hatte, und er war ein brillanter Senator, soweit ich gehört hatte. Zwar hatte ich ihn seit unserer Kindheit nicht mehr gesehen, doch ich empfand immer noch Gewissensbisse, weil ich ihn als Kind immer so übel behandelt hatte. Ich war nicht gerade nett zu ihm gewesen, doch damals hatte ich mich beinahe jedem gegenüber wie ein Miststück benommen.

Schließlich antwortete Marcus. »Fragst du, warum ein Haufen Milliardäre sich zusammentut, um tatsächlich etwas Anständiges zu vollbringen?«, erkundigte er sich trocken.

»Nein, das überrascht mich nicht. Immerhin war Jett auch daran beteiligt. Ich bin lediglich neugierig, wie diese Idee zustande kam. Ich meine, du bist geschäftlich unterwegs, weil du dich um deine internationalen Belange kümmern musst. Doch was hat dich dazu getrieben, in Betracht zu ziehen, in fremden Ländern solch gefährliche Aktionen zu starten?«

»Was hat dich dazu veranlasst, Architektin zu werden und dann kostenlos deine Dienste anzubieten, um Obdachlosenheime zu bauen?«, gab er zurück. »Das ist nicht gerade das, woran eine reiche Frau denken würde.«

Nett! Er hatte tatsächlich meine Frage mit einer Gegenfrage beantwortet. Das war eine hervorragende Umgehungstaktik, doch ich war nicht gewillt, ihm eine Antwort zu geben.

»Ich verdiene an anderen Aufträgen«, verteidigte ich mich. »Und ich denke, du kennst meine Gründe für mein soziales Engagement.«

Marcus zog eine Braue in die Höhe, stellte jedoch keine weiteren Fragen mehr. »Ich habe mich engagiert, weil ich eine Menge von Politik und Kultur anderer Länder verstehe. Glaub es oder nicht, aber ich besitze ein Herz.«

Seinem gereizten Tonfall nach zu urteilen war ich mir nicht sicher, ob tatsächlich ein Organ in der Brust dieses Mannes schlug, doch ich antwortete: »Aber es hat sich um verdeckte Operationen gehandelt.

Und du warst immerhin der Organisator. Wie war das möglich als Geschäftsmann, der seine internationalen Unternehmungen abwickelt?«

Marcus zuckte mit den Schultern. »Mein Team hat mir alle Unterstützung gegeben, die ich benötigte. Es war nicht so schwierig.«

Seine bewusst unklare Antwort ärgerte mich, doch wenn er nicht über sein Privatleben sprechen wollte, würde ich ihn nicht dazu drängen. Ich brauchte ihn für eine einzige Sache: das Leben meiner Schwester zu retten.

Es waren zwölf Jahre vergangen, seit er mir meine Jungfräulichkeit genommen hatte, und wir mussten uns nicht unbedingt erneut kennenlernen. Wir mussten lediglich in Danis Interesse miteinander auskommen.

Ich zappelte ungeduldig auf der Stelle, gut einen Meter von ihm entfernt, und verlagerte mein Gewicht von einem Fuß auf den anderen. »Also gut, weißt du schon, wann es ungefähr losgeht?«

»Wir müssen erst einige Überlegungen anstellen«, erklärte er. »Ich werde mit Jett reden und ihn fragen, ob er sich denken kann, wo sie sich befindet und wer sie möglicherweise gefangen hält, während ich die Vorbereitungen treffe. Es wird nicht lange dauern. Höchstens ein oder zwei Tage.«

Im Augenblick erschienen mir selbst vierundzwanzig Stunden wie ein ganzes Leben, doch ich nickte zustimmend. *Ehrlich, welche Wahl hatte ich noch?* Außerdem machte seine Antwort Sinn. Ein kleines Team konnte auf keinen Fall in ein gefährliches Land eindringen, ohne vorher Informationen zu sammeln und einen Plan zu entwerfen. Wahrscheinlich wollten sie auf jeden Fall vermeiden, Aufmerksamkeit zu erregen.

»Bitte bring sie lebend zurück!«, flehte ich, während mir die Tränen über die Wangen liefen.

Er nickte knapp. »Ich werde mein Bestes tun.«

Ich wandte mich zum Gehen und hatte gerade die Tür erreicht, als er mir nachrief: »Harper?«

Ich drehte mich herum, um ihn anzusehen. »Ja?«

»Es tut mir leid, was geschehen ist. Ich meine, nicht dass es passiert ist, sondern dass ich dich verletzt habe. Das wollte ich nicht.«

Für mich war das jetzt Vergangenheit, daher antwortete ich: »Schon gut. Ich hätte mir nur gewünscht, du hättest mir gesagt, dass du eine Freundin hattest. Damals hat es mir wehgetan. Doch ich bin seit Jahren darüber hinweg.«

Das entsprach zwar nicht ganz der Wahrheit, doch seitdem ich nur Minuten zuvor durch diese Tür getreten war, hatte sich mein Schmerz vermindert. Überraschenderweise spürte ich nicht den kleinsten Hauch der Anziehungskraft, die ich damals empfunden hatte.

»Trotzdem möchte ich mich dafür entschuldigen. Ich war jung und dumm«, sagte er barsch.

»Nicht nötig. Ich bin wirklich darüber hinweg«, erwiderte ich lässig, während ich die Tür öffnete, rasch hindurchging und sie dann wieder hinter mir schloss.

Vor der Tür musste ich breit grinsen. Ich hatte es geschafft und war endlich über Marcus Colter hinweg.

Ich musste mich nicht mehr mit Fragen quälen.

Keine Schatten mehr über meinem Kopf.

Ich musste mich nicht mehr fragen, ob ich ihm für immer nachtrauern würde.

Ich war frei.

Wenn ich mich nicht so um meine kleine Schwester gesorgt hätte, wäre ich entzückt gewesen.

Mit einem dümmlichen Lächeln auf meinen Lippen lief ich zu meinem BMW Geländewagen, sprang hinein und startete den Motor. Der Winter verzog sich nur mühsam aus Colorado und die Temperaturen waren immer noch unangenehm.

Während ich meine Hände aneinanderrieb, um sie zu wärmen, sagte ich laut vor mich hin: »Es ist vorbei. Marcus Colter gehört der Vergangenheit an.«

Der älteste der Colters mochte vielleicht der Traum einer jeden jungen Frau gewesen sein, doch *ich* träumte nicht mehr von ihm. Und darüber war ich verdammt glücklich.

Wie lange hatte ich mich selbst dafür gehasst, dass ich immer noch an ihn dachte, obwohl er ein vollkommenes Arschloch war, ein Frauenheld, der sich kaum an eine Nacht erinnerte, die ich niemals hatte vergessen können.

Oh ja, ich hatte versucht, ihn zu verachten, aber gelegentlich konnte ich nicht verhindern, an sein unwiderstehliches Lächeln, seine Geduld und seine Freundlichkeit in jener Nacht zu denken. Doch dann hatte ich gelernt, dass alles, was ich als idealistischer Teenager für echt gehalten hatte, für ihn nur eine willkommene Gelegenheit gewesen war, mit einer Frau zu schlafen.

Ich wartete darauf, dass der Motor warm wurde, und musste nur ein wenig frieren, bevor ich spürte, wie sich die Sitzheizung erwärmte und die Ventilatoren warme Luft ins Auto bliesen.

Jetzt, nachdem ich Marcus wiedergesehen hatte und wir beide älter waren, spürte ich nicht einen Hauch der alten Wärme. Offensichtlich hatte er es aufgegeben, sich hinter falschem Charme zu verstecken.

Niemals mehr würde ich mich fragen müssen, ob ich für ihn noch dasselbe empfand wie vor zwölf Jahren.

Denn das war nicht der Fall.

Das einzige Gefühl, das ich aufgebracht hatte, war die Ungeduld, meine Schwester aus der Gefahr zu retten.

Ein oder zwei Tage.

Solange konnte ich warten.

»Bitte, bleib am Leben!«, flüsterte ich vor mich hin. Wenn meiner besten Freundin und kleinen Schwester etwas zustoßen würde, würde ich es nicht überleben. Dani und ich hatten beinahe unser ganzes Leben lang aneinander gehangen und waren uns nach dem Tod unserer Eltern noch näher gekommen. Sie war nur ein Jahr jünger als ich, daher bestand nur ein geringer Altersunterschied zwischen uns, trotzdem hatte ich niemals aufgehört, sie als meine kleine Schwester anzusehen. Ich wollte sie immer noch beschützen und sie verließ sich immer noch auf mich.

Aus irgendeinem Grund fühlte ich mich etwas besser, seitdem ich wusste, dass Marcus versuchen würde, sie zu retten. Ich mochte ihn zwar nicht, doch ich wusste, wie gut Marcus und sein Team sein würden, sobald mein Bruder Jett sich an der Operation beteiligen würde. Ich hoffte nur, sie würden Danis Aufenthaltsort ausfindig machen und sie schnell zurückbringen können.

Ich seufzte, legte den Gang ein und machte mich auf den Rückweg zum Colter-Resort, in dem ich mir ein Zimmer gemietet hatte, um mit Marcus Colter reden zu können.

Seltsamerweise hasste ich ihn noch nicht einmal mehr.

Ich empfand absolut nichts außer der Hoffnung, dass er mir helfen würde, Dani zu finden.

Es erleichterte mich unglaublich, dass Marcus Colter mich emotional nicht mehr bewegen konnte.

Der Mann, der mir meine Jungfräulichkeit genommen hatte, erschien mir jetzt wie ein Fremder und ich fand das sonderbarerweise ganz in Ordnung.

Kapitel 2

Marcus

Man musste nicht gerade ein Schnelldenker sein, um die angebliche Verbindung zwischen Harper und mir zu enträtseln. Oder vielmehr... zwischen *einem anderen jungen Mann* und Harper, weil ich so sicher wie das Amen in der Kirche nicht mit ihr geschlafen hatte. Ich hatte nicht zu viele Fragen stellen wollen, doch ich war mir ziemlich sicher, dass es mein Zwillingsbruder Blake gewesen war, der ihr die Jungfräulichkeit genommen hatte. Wer sonst hätte es sein können?

Vielleicht hätte ich Harper sofort aufklären sollen, doch ich war nicht der Typ Mann, um unüberlegte Entscheidungen zu treffen. Blake hatte mit Sicherheit seine Gründe für sein Verhalten gehabt.

Offensichtlich hatte sich mein äußerst sauberer Senator-Zwilling vor Jahren für mich ausgegeben. Die Frage lautete lediglich... warum?

Mein Bruder hasste es, sich für mich auszugeben. Verdammt, ich konnte ihn verstehen. Manchmal hasste ich es selbst, ich zu sein. Blake war immer der nette Junge gewesen, derjenige, der keine Mühen scheute, um jemandem zu helfen. Und ich? Ich war das egoistische Arschloch und ich wusste es. Ich hatte mich damit abgefunden. Doch nicht immer gefiel es mir.

Auf verschiedenste Weise hatten mich meine Reisen um die Welt härter werden lassen und weniger mitfühlend. Wenn ich jede traurige Situation, die ich gesehen habe, an mich herangelassen hätte, hätte ich niemals überlebt. Wenn ich wie Blake gewesen wäre, wäre ich bereits vor Jahren an blutendem Herzen gestorben. Also hatte ich es aufgegeben, mich um Dinge zu kümmern, die ich nicht ändern konnte, und begonnen, an Projekten zu arbeiten, die eine Veränderung bewirken konnten. Wenn mich das zum Arschloch abstempelte... nun gut. Wenn mich das kalt machte, dann konnte ich damit leben. Auf keinen Fall jedoch konnte ich mich von den entsetzlichen Situationen zerstören lassen, die ich erlebt hatte.

Ich verließ mein Büro und lief die Treppe hinauf, begierig, mich meiner Geschäftskleidung zu entledigen. Ich war gerade erst von meiner Geschäftsreise aus Tokio zurückgekehrt, als Harper Lawson aufgetaucht war, augenscheinlich schlecht gelaunt und außer sich.

Während ich mich umkleidete und mir eine Jeans und einen dicken Pullover anzog, ging ich in Gedanken noch einmal unser Gespräch durch. Ich hatte gelernt, Informationen in meinem Gedächtnis zu speichern und einzuordnen, daher erinnerte ich mich an jedes einzelne Wort. Vielleicht hatte ich ihr den Eindruck vermittelt, dass ich zögerte, Dani zu helfen, doch in Wahrheit hätte ich mich ohnehin auf die Suche nach der verrückten weiblichen Korrespondentin begeben.

Ich hatte nicht übertrieben, als ich Harper erzählt hatte, ihre Schwester an beinahe jedem Krisenherd gesehen zu haben, den ich aufgesucht hatte.

Kein Wunder, dass mich Danica immer gehasst hatte. Sie glaubte, ich hätte ihre Schwester entjungfert und wäre dann mit einer anderen Frau ins Bett gehüpft.

Ich war zwar niemals besonders höflich zu anderen Menschen gewesen, doch war ich auch niemals besonders grob mit Harpers Schwester umgegangen... bis sie mich die ersten Male, als wir uns über den Weg gelaufen waren, ungerechtfertigterweise beleidigte. Danach war die Jagd eröffnet gewesen und wir hatten versucht, einander so oft wie möglich fertigzumachen. Ich musste zugeben, dass es mir zum Vergnügen geworden war, Danica Lawson sprachlos oder gar wütend zu sehen. Sich mit ihr zu streiten war beinahe so gut wie Sex. Na ja, nicht *genauso* gut, doch äußerst unterhaltsam und es gab tatsächlich wenig, was mich noch amüsierte.

Sie nannte mich ein Riesenarschloch – eine Beleidigung, die vielleicht einen Funken Wahrheit enthielt.

Ich erklärte ihr, sie wäre gefährlich und einfältig, weil ich wusste, dass es sie ärgerte.

Ehrlich, sie war wahrscheinlich eine der gewieftesten Frauen, die ich je kennengelernt hatte, doch es irritierte mich maßlos, dass sie an jedem Ort auftauchte, von dem sie eigentlich hätte flüchten müssen, als ob man ihr Feuer unter den Hintern gelegt hätte.

Ich hatte Harper schwerlich verraten können, dass ich als Spezialagent für die CIA arbeitete. Außer meiner Familie wusste niemand davon. Ich hatte mich jedoch niemals als Spion betrachtet... nicht unbedingt. Ich zog es vor, mich als Informationssammler anzusehen, der sich zufälligerweise viel im Ausland aufhielt und über eine große Anzahl an Informanten und Kontakten in den besagten Regionen verfügte.

Ich war doch kein James Bond. Beinahe überall, wo ich hinging, hatte ich *tatsächlich* Geschäfte abzuwickeln. Für die CIA arbeitete ich, weil ich es leid war, meine Freunde in internationalen Krisengebieten sterben zu sehen, nur weil sie dort lebten oder sich geschäftlich dort aufhalten mussten.

Meine jetzt aufgelöste Rettungsmannschaft, die PRO, hatte ich gegründet, weil sich einst einige Freunde in Not befanden hatten und befreit werden mussten, wohlhabende Geschäftsleute, die von Rebellen entführt worden waren. Aus Ex-CIA-Leuten, SEALs und FBI-Agenten hatte ich eine bunt zusammengewürfelte, aber perfekt funktionierende Gruppe zusammengestellt, die alle speziellen Fähigkeiten aufzuweisen hatte, die nötig waren, meine Freunde aus der Gefangenschaft zu befreien. Sie hatten überlebt und danach waren wir von mehreren verschiedenen Ländern gebeten worden, auch andere Geiseln zu retten.

Solange es uns möglich war, führten wir so eine Operation nach der anderen durch. Doch dann, während eines üblen Einsatzes, auf den wir uns niemals hätten einlassen sollen, flog unsere Tarnung auf.

Harpers Bruder Jett war schwer verletzt worden. Und ein anderes Mitglied hätte beinahe sein Leben verloren. So blieb uns keine andere Wahl, als unsere Aktionen einzustellen. Da unsere Identitäten bekannt waren und die PRO nicht länger verdeckt arbeiten konnte, wäre es für die Leute unseres Teams zu gefährlich geworden. Außerdem wusste ich, dass wir nicht annähernd so effektiv arbeiten konnten, wenn wir nicht mehr im Geheimen operierten.

Und jetzt musste ich noch ein weiteres Mal versuchen, mich in ein Gebiet zu begeben, dem die meisten Menschen sich nicht einmal nähern wollten.

Was zum Teufel hatte Dani in Syrien gemacht?

Sie war vielleicht mutig und waghalsig, aber keineswegs dumm. Ich wusste, dass sie aus der Türkei Bericht erstattete, doch ich hatte nichts davon gewusst, dass sie die Grenze überschritten oder das auch nur in Erwägung gezogen hatte.

Oh zum Teufel, ja! Ich *würde* sie nach Hause zurückbringen. Doch jetzt war ich mehr denn je ein weiteres Mal auf Blakes Hilfe angewiesen. Glücklicherweise hielt er sich zu einer späten Winterpause vom Kongress zu Hause auf und ich musste ihn bitten, sich für mich auszugeben.

Niemand durfte wissen, dass ich unterwegs war. Mit unbekanntem Ziel zu verreisen wäre, als ob ich eine rote Fahne schwenken würde, die signalisierte, dass ich wieder im Rettungseinsatz war. Solange ich mich hier in Rocky Springs aufhielt, oder den Leuten dies weismachte, konnte ich schwerlich außer Landes sein.

Ich schüttelte den Kopf, während ich mir die Schuhe anzog. Dann holte ich meine Brieftasche aus meiner Anzughose und steckte sie in die Gesäßtasche meiner Jeans.

Ich musste mit Blake reden und ich musste es jetzt tun.

Je schneller ich alles organisiert haben würde, desto schneller konnte ich diese verrückte Frau wieder in die Staaten zurückbringen.

Ich fragte mich kurz, ob ich es irgendwie schaffen könnte, ihr Leben zu retten, und fuhr mir frustriert mit der Hand durch die Haare. Ich machte mir mehr Sorgen als ich es eigentlich wegen einer Frau tun sollte, die bereitwillig für ihren Job ihr Leben riskiert hatte.

Sicher, sie war sich der Risiken bewusst gewesen. Daran hegte ich keinen Zweifel. Doch der Gedanke, sie in den Händen von Rebellen zu wissen, die sie ohne die geringsten Gewissensbisse töten könnten, verstärkte meine Eile.

Innerhalb von Minuten saß ich bereits in meinem Wagen auf dem Weg zu Blakes Ranch.

»Wann zum Teufel hast du Harper Lawson gefickt?«, fragte ich meinen Bruder, während ich mir in seinem Wohnzimmer einen Drink mixte.

Ich war in Rekordzeit an seinem Haus angekommen. Ich liebte schnelle Fahrzeuge und hatte eins meiner schnellsten benutzt.

»Was?« Blake sah mich stirnrunzelnd an und ließ sich aufs Sofa fallen.

Ich konnte sehen, dass mein Zwillingsbruder draußen auf seiner Zuchtfarm gewesen war. Seine Jeans war alt und abgetragen und den alten Pullover hätte man schon entsorgen sollen, nachdem Blake das College beendet hatte.

Was er an Rindern so faszinierend fand, konnte ich wirklich nicht verstehen.

»Du hast mich sehr wohl verstanden«, sagte ich ruhig und setzte mich ihm gegenüber in einen Sessel. »Sie ist heute bei mir erschienen und hat mich um Hilfe gebeten. Ihre Schwester Dani wurde... gefangen genommen. Aus irgendeinem Grund hat sie die Wahnidee, dass ich ihr einst die Jungfräulichkeit genommen habe, und dafür hasst sie mich. Was zum Teufel hast du getan?«

Blake war nicht gerade dafür bekannt, ein Unruhestifter oder Frauenheld zu sein. Eigentlich konnte ich mich noch nicht einmal daran erinnern, wann er zum letzten Mal eine Freundin gehabt hatte. Falls er sich nicht in D.C. aufhielt, um dort seine Verpflichtungen als Senator zu erfüllen, war er hier auf seiner Ranch mit dem Versuch beschäftigt, neue und verbesserte Zuchtlinien seines Viehs zu kreieren.

»Das ist schon Jahre her«, knurrte er. »Sie war kaum erwachsen.« Ich zog eine Braue in die Höhe angesichts seines gereizten Tonfalls. Mein Bruder war nicht der Typ Mann, eine Jungfrau zu ficken und sie dann sitzen zu lassen. »Was ist geschehen?«

»Kannst du dich an das Jahr erinnern, als sie von zu Hause weggelaufen ist?«

Ich nickte. Ich *erinnerte* mich. Damals hatte ich gerade eine neue Freundin und absolut keine Lust, mich mitten in einem Sturm nach Denver zu begeben und meine hübsche Freundin zurückzulassen. Das Mädchen war nicht lange mit mir zusammen gewesen. Verdammt, ich erinnerte mich noch nicht einmal mehr an ihren Namen. Doch damals hatte keine von ihnen mehr als ein oder zwei Monate mit mir verbracht.

Blake wand sich unbehaglich hin und her. »Nachdem ich sie aufgespürt hatte, mussten wir wegen des Sturms eine Nacht in Denver miteinander verbringen. Wir hatten Sex. Ende der Geschichte.«

Interessant. Er wollte nicht über diesen Zwischenfall mit Harper sprechen.

Ich schüttelte den Kopf. »Nicht ganz das Ende. Warum denkt sie, ich wäre es gewesen?«

»Ich habe nicht vorgetäuscht, du zu sein. Sie hatte mich nur für dich *gehalten*. Als ich sie besuchen wollte, bevor ich zur Universität zurückkehren musste, war sie weg. Ich habe niemals die Chance gehabt, ihr die Wahrheit zu sagen.«

»Du hast sie nie wiedergesehen?«

»Nein«, erwiderte Blake in bitterem Tonfall. »Ich habe monatelang versucht, sie anzurufen, aber sie ist niemals ans Telefon gegangen. Ich vermute, dass sie schließlich ihr Telefon oder ihre Nummer gewechselt hat, weil mit der Zeit die Verbindung unterbrochen war.«

»Ihre Schwester hasst mich. Harper hasst mich. Ich nehme an, nur weil du mit Harper herumgevögelt hast.«

»Ich habe keineswegs mit ihr gespielt. Sie ist gegangen. Sie hat niemals auf Wiedersehen gesagt. Sie hat niemals mit mir Kontakt aufgenommen. Wie hätte ich es ihr erklären können?«

»Also, du wirst eine neue Chance bekommen. Ich muss diesen Auftrag durchführen, Blake. Und niemand darf wissen, dass ich weg bin.«

»Oh, zum Teufel, nein! Ich dachte, nach deinem letzten Einsatz mit der PRO hättest du aufgehört!«

»Willst du denn, dass ich Dani der Gnade von syrischen Rebellen überlasse?«, fragte ich beiläufig, überrascht, wie viel Gefühl Blake plötzlich zeigte, selbst wenn es *negativer* Art war. Gewöhnlich sprach er nicht gern über Frauen. Und ganz gewiss hatte ich meinen Zwillingsbruder noch niemals wegen einer Frau so durcheinander gesehen.

Bedächtig schüttelte er den Kopf. »Falls Dani etwas geschieht, könnte es Harper umbringen. Aber dir steht noch nicht einmal mehr ein Team zur Verfügung.«

»Ich werde eins aufstellen«, erwiderte ich zuversichtlich. Ich hatte bereits eine ziemlich gute Idee im Kopf, durch wen ich die zwei verletzten Teammitglieder ersetzen konnte. Und diese letzteren beiden würden eine andere Aufgabe übernehmen können, insbesondere in diesem speziellen Fall, in dem es um Danica Lawsons Befreiung ging. Der Großteil der Jungs hatte zumindest schon mal von ihr gehört, doch ich war mir ziemlich sicher, dass die meisten sie *persönlich* kannten, so wie ich selbst auch. Sie war bekannt für ihre Reportagen aus Krisengebieten und weibliche Korrespondenten gab es nicht gerade wie Sand am Meer. Sie war eine von wenigen.

»Wie zum Teufel willst du überhaupt erst in das Land hineingelangen? Mein Gott, Marcus... das wird gefährlich werden.«

Ich warf meinem Bruder ein schiefes Lächeln zu. »Ich habe schon schlimmere Situationen durchgestanden. Zuerst einmal muss ich Danis Aufenthaltsort ausfindig machen.«

»Ich helfe dir, so gut ich es kann«, stimmte Blake widerstrebend zu. »Wie war Harper denn so?«

Der Hauch von Verletzlichkeit in seiner Stimme erweckte meine Aufmerksamkeit und ich bemerkte, wie nervös er dreinschaute. »Wütend. Besorgt. Allein die Tatsache, dass sie erwähnt hat, ich hätte ihr vor über zehn Jahre die Unschuld geraubt, zeigt mir, wie verzweifelt sie sein muss.«

»Du warst es nicht«, brummte Blake. »Ich war es.«

Hm... dieses Thema schien ihn äußerst zu berühren. »Ich weiß. Ich hätte mich an den Vorfall erinnert, wenn wirklich ich es gewesen wäre. Sie ist eine wunderschöne Frau.« Ja, ich reizte ihn, doch nach all den Jahren, die vergangen waren, verblüffte mich seine heftige Reaktion. Zum Teufel, er verhielt sich, als ob es erst gestern geschehen wäre.

»Hast du sie angefasst?«, erkundigte er sich mit rasselnder Stimme.

»Nein. Aber was wäre, wenn ich es getan hätte? Ihr beide wart nicht wirklich zusammen.«

Blake schoss einen tödlichen Blick auf mich ab. »Tu das nicht! Spiel nicht mit ihr!«

Ich unterdrückte den Wunsch, ihn anzugrinsen. »Nein, ich werde sie nicht anrühren. Aber ich würde es begrüßen, wenn du die Verwechslung aufklären würdest.«

»Es tut mir leid«, antwortete Blake heiser. »Ich habe nie geglaubt, dass sie jemals hierher zurückkehren würde, da ihre Eltern doch gestorben sind, oder dass ich ihr jemals wieder gegenüberstehen würde. Ich hätte auch nie erwartet, dass du sie jemals wiedersehen würdest.« Er machte eine Pause, bevor er fragte: »Warum hast du ihr nicht einfach die Wahrheit gesagt? Du hättest doch wissen müssen, dass ich es war.«

Ich zuckte mit den Schultern. »Das war nicht meine Aufgabe. Ich kannte nicht alle Tatsachen und außerdem wollte ich sie nicht noch wütender machen. Nur zu deiner Information... ich weiß zwar nicht genau, was passiert ist, doch offensichtlich hat sie mich mit meiner damaligen Freundin gesehen, direkt nachdem du mit ihr geschlafen hattest. Sie glaubt, du hast sie lediglich für einen One-Night-Stand benutzt und bist dann wieder zu deiner Freundin zurückgekehrt.«

»Mist!«, explodierte Blake. »Kein Wunder, dass sie nicht mit mir reden oder meine Anrufe entgegennehmen wollte. Ich hätte sie suchen und ihr einfach die Wahrheit sagen sollen. Ich hatte aber angenommen, sie würde den Vorfall bereuen oder hätte einfach kein Interesse, mit mir zu reden. Ich wusste nicht, dass sie dich mit einer anderen Frau gesehen hat.«

»Falls dir das ein besseres Gefühl gibt: Sie ist über dich hinweg. Außerdem war ich nicht mit einer *anderen* Frau zusammen. Damals war ich meiner Freundin treu.«

Blake setzte sich das Getränk an die Lippen und kippte das ganze Glas feinsten Scotch in einem Zug hinunter. »Das spielt keine Rolle mehr. Ich bin schon vor langer Zeit darüber hinweggekommen. Es war doch nur eine Nacht.«

Ich dachte im Stillen, dass diese eine Nacht für meinen Bruder ein unglaubliches Erlebnis gewesen sein musste, da er immer noch so reagierte, als wäre es erst gestern geschehen. Wir waren eineiige Zwillinge und manchmal konnten wir die Gefühle des anderen erspüren. Diese Verbindung hatten wir jedoch seit langem beinahe verloren. Doch jetzt drehte sich mir der Magen herum, als ich seine stürmisch bewegte Miene sah, und ich fühlte mich ihm auf eine Art verbunden, die ich lange nicht mehr erfahren hatte. »Du bist niemals über sie hinweggekommen.«

Er zuckte mit den Schultern. »Mir blieb nichts anderes übrig, als sie zu vergessen.«

Blake hatte Harper niemals vergessen, davon war ich überzeugt. »Sie hat sich gut entwickelt und leistet gute Arbeit.«

Ich wusste nicht viel über Harper Lawson, doch es war kein Geheimnis, dass sie ihr Leben dem Entwerfen ihrer unverwechselbaren Gebäude gewidmet hatte. Weitaus bekannter war sie jedoch für ihren Einsatz gegen die Obdachlosigkeit.

»Ich weiß. Im Laufe der Jahre habe ich einige ihrer Werke gesehen«, sagte Blake betont lässig.

Aha, er hat ihre Karriere verfolgt. Gleichgültig, was mein Bruder auch sagen mochte... die kurze Affäre mit Harper war immer noch eine offene Wunde, egal, wie viel Zeit seitdem verstrichen sein mochte.

Ich erhob mich, weil ich noch so viel vorzubereiten hatte. »Halte dich für morgen zum Rollentausch bereit.«

Blake stand ebenfalls auf und rief mir mit rauer Stimme hinterher: »Marcus?«

»Ja?«

»Sei vorsichtig! Es wird nicht leicht sein.«

Ich grinste. »Ich habe schon Schlimmeres gewagt.«

»Das gibt mir auch kein besseres Gefühl«, knurrte er.

Ich lachte nur, doch insgeheim freute es mich, dass mein Zwillingsbruder sich um mich sorgte. Er war der Einzige, der etwas über die PRO wusste, und das auch nur, weil ich ihn mehrere Male gebeten hatte, während unserer letzten Einsätze für mich den Doppelgänger zu spielen. Doch ich konnte selbst auf mich aufpassen.

Meiner Familie hatte ich nur wenig über meine Arbeit bei der CIA erzählt. Sie wussten nur das Nötigste und wenn sie mich deckten, wenn Blake und ich unsere Identitäten tauschten, ließ ich sie in dem Glauben, ich würde etwas für die CIA erledigen. Meiner Mutter wollte ich auf keinen Fall etwas über die PRO erzählen. Sie sorgte sich bereits mehr als genug um mich, während ich reiste, besonders, seitdem sie herausgefunden hatte, dass ich Informationen für die Regierung einzog, während ich unterwegs war.

Ich sagte zu Blake: »Ich werde heute Abend anlässlich von Mamas Familienabendessen alle informieren. Zane muss ich telefonisch Bescheid geben. Er hält sich nicht in der Stadt auf.«

»Ich weiß«, bestätigte Blake. »Ich werde ihn anrufen. Aber du musst unserer Mutter beibringen, dass wir wieder die Rollen tauschen.«

»Ich werde es ihr heute Abend sagen«, knurrte ich, keineswegs froh darüber, dass meine Mutter sich Sorgen machen würde. Verdammt, sie sollte sich längst zur Ruhe gesetzt haben und einfach nur das

Leben genießen. Stattdessen arbeitete sie härter als die meisten von uns und führte das Resort.

»Morgen... bist du ich. Ich werde mich schon früh auf den Weg machen«, erinnerte ich ihn schroff und verließ den Raum.

Harper hatte ich zwar gesagt, ich würde ein oder zwei Tage benötigen, um alles vorzubereiten, doch ich musste spätabends oder frühmorgens aufbrechen. Ich konnte bereits jetzt die Zusammenkunft des Teams organisieren. Wenn ich Danica Lawsons Hintern aus dem Feuer retten wollte, musste ich das tun, bevor er versengt wurde.

Kapitel 3

Harper

Ich nippte an meinem Weinglas, das Aileen Colter mir als Willkommensgruß in ihrem Haus gereicht hatte, fühlte mich jedoch unbehaglich, weil ich sie beim Abendessen mit der Familie überrascht hatte.

Ich war kein Mitglied ihrer Familie.

Ich gehörte nicht hierher.

Wenn ich ehrlich sein wollte, war ich noch nicht einmal eng mit den Colters befreundet. Obwohl meine Mutter und Aileen während des größten Teils ihres Ehelebens allerbeste Freundinnen gewesen waren, kannte ich kein einziges Mitglied der Familie besonders gut. Und seit der Beerdigung meiner Eltern hatte ich niemanden mehr von ihnen gesehen. Aileen war zum Begräbnis erschienen, doch ihre Kinder waren entweder noch auf dem College gewesen oder hatten ihr Zuhause bereits verlassen.

Ich erinnerte mich daran, sie gesehen und während der Totenfeier mit ihr geredet zu haben, doch jetzt konnte ich mir kein einziges Wort unseres Gesprächs mehr ins Gedächtnis rufen. Ich war zu sehr in meiner Trauer gefangen gewesen, zu geschockt, dass ich plötzlich weder einen Vater noch eine Mutter mehr besaß. Vor sieben Jahren hatte ein betrunkener Fahrer erfolgreich das Leben zweier Menschen ausgelöscht, die ich von ganzem Herzen geliebt hatte. Immer noch gab es Momente, in denen ich nicht glauben konnte, dass sie nicht mehr da waren.

Zufällig war ich heute im Resort Aileen über den Weg gelaufen und sie hatte mich zum Abendessen eingeladen. Ich hatte gedacht, es wäre angenehmer, bei Aileen zu sein, als den Abend mit meiner Unruhe allein in meinem Zimmer zu verbringen. Doch jetzt fühlte ich mich... unbehaglich, denn Aileens einzige Tochter Chloe war mit ihrem Ehemann Gabe erschienen.

Nicht, dass ich Chloe nicht *gemocht* hätte. Nur *kannte* ich die beiden nicht gut. Ich hatte unterstellt, Aileen wäre allein. Als ich ihre Einladung angenommen hatte, hatte ich auch nicht gewusst, dass Marcus ebenfalls erwartet wurde.

Das spielte jedoch keine Rolle. Alle Gefühle waren verflogen, von denen ich befürchtet hatte, dass sie bei einem Wiedersehen wieder aufbrechen würden.

Als ich mir die Konfrontation mit dem ältesten Colter noch einmal ins Gedächtnis rief, entspannte ich mich ein wenig.

Aileen erzählte mir mit unverstellt freudiger Stimme: »Es tut so gut, dich wiederzusehen, Harper. Es tut mir nur leid, dass so viele meiner Kinder verhindert sind. Zane und Ellie sind nicht hier. Und Tate ist unterwegs, um Lara abzuholen, die heute Abend Vorlesungen zu besuchen hat. Deshalb können die beiden auch nicht kommen.« Aileen seufzte. »Es kommt so selten vor, dass alle meine Kinder zur selben Zeit am selben Ort sein können.«

Ich lächelte sie an. Wir saßen am Tisch in ihrer Küche und hatten jeder ein Glas Wein vor uns stehen. »Ja, ich freue mich auch. Aber ich fühle mich wie ein Störenfried«, gestand ich. »Ich wusste nicht, dass du heute das Abendessen für die ganze Familie gibst.«

Wie Aileen mir erklärt hatte, als ich hier eingetroffen war, lud sie einmal in der Woche die ganze Familie zum Essen ein und jedes ihrer Kinder versuchte, zu diesem Termin zu erscheinen.

»Du störst uns nicht«, versicherte Aileen mir eindringlich. »Deine Mutter war meine beste Freundin. Sie würde wollen, dass ich dich als ein Familienmitglied betrachte. Ich wünschte nur, ich hätte euch alle besser kennengelernt. Du siehst ihr so ähnlich, als sie noch jung war.«

Ich schluckte heftig und versuchte, mich nicht von der Anspielung aus dem Gleichgewicht bringen zu lassen, dass ich die Augen meiner Mutter und einige ihrer Eigenschaften geerbt hatte.

»Wir waren doch alle schon erwachsen, als meine Eltern von uns gegangen sind«, erinnerte ich sie.

»Ich weiß. Und ihr Kinder habt andere Schulen besucht als meine. Doch es ist schade, dass deine Mutter und ich es nicht geschafft haben, euch alle öfter zusammenzubringen.«

Ich hielt es für keine große Tragödie, dass ich nicht mehr Zeit mit den Colter-Kindern verbracht hatte. Sie alle hätten mich gehasst. Ich war nicht gerade ein freundliches Kind – oder Teenager. Ich war verwöhnt, eingebildet und wurde so sehr von meinen Eltern beschützt, dass keiner der Colters mich gemocht hätte. Ich konnte mich vage daran erinnern, dass ich Blake gern in meiner Umgebung hatte, als ich noch sehr jung gewesen war, doch auch ihn hatte ich ziemlich schlecht behandelt. Vielleicht war die Tatsache, dass er meine kindischen Ungezogenheiten meist hinnahm, der Grund dafür gewesen, dass ich ihn auf jeder unserer Familienfeiern dabeihaben wollte.

Dann, eines Tages, hat er uns einfach nicht mehr besucht. Zwar konnte ich ihm nichts vorwerfen, doch ich erinnere mich daran, dass ich traurig war, ihn nicht mehr zu sehen.

Ich holte tief Luft, bevor ich antwortete: »Wahrscheinlich ist es besser, dass euch das nicht gelungen ist. Ich war ein Mistst-«

Schnell schluckte ich das üble Wort hinunter und verbesserte mich. »Ich war eine verzogene Göre.«

Aileen kicherte. »Ich weiß. Du warst eine richtige Nervensäge als Kind. Trotzdem ist es schade, dass die Kinder meiner besten Freundin niemals die Gelegenheit hatten, sich enger mit meinen anzufreunden. Ihr habt kaum zehn Kilometer von uns entfernt gelebt, habt aber eine andere Schule besucht.«

»Gut so«, murmelte ich vor mich hin.

Chloe, die etwas aus dem Ofen zog, schaltete sich ein. »So schlimm kannst du nicht gewesen sein.«

Gabe saß still am anderen Ende des Tisches mit einer Bierflasche in der Hand. Ich sah, dass er unserem Gespräch folgte, doch nichts über meine Familie wusste.

»Glaubt mir... ich war wirklich furchtbar«, gestand ich so laut, dass mich Aileen und Chloe verstehen konnten. »Ich denke, meine Eltern wollten mich beschützen, doch damit hatten sie lediglich erreicht, dass ich vollkommen von den Menschen abgeschnitten war, die nicht so vom Glück gesegnet waren wie wir. Ich besuchte eine private Schule, wo jeder ebenso privilegiert war wie ich. Ich musste erst erwachsen werden, um zu erkennen, dass ich mich eigentlich extrem glücklich schätzen konnte.«

Chloe nahm auf einem Stuhl neben Gabe Platz und erkundigte sich: »Was hat die Veränderung hervorgerufen?«

»Als ich achtzehn Jahre alt war, bin ich von zu Hause fortgelaufen. Ich geriet in einen Schneesturm und musste einige Tage in einem Obdachlosenheim verbringen. Dort lernte ich sehr schnell, wie schlecht es einem ergehen kann und wie sehr ich mein Zuhause schätzen sollte, von dem ich wegen einer äußerst dummen Geschichte weggelaufen war.«

Aileen öffnete gerade den Mund, um etwas zu sagen, als sie von der dröhnenden Stimme eines Mannes unterbrochen wurde, der das Haus betrat.

»Mama?«, bellte die heisere männliche Stimme.

»Ich bin hier«, meldete sich Aileen.

Ich saß der Küchentür genau gegenüber und zuckte merklich zusammen, als der Mann auf der Türschwelle erschien und sich ein anderes Paar grauer Colter-Augen auf mein Gesicht heftete. »Marcus?«, fragte ich Aileen.

Sie schüttelte den Kopf. »Blake.« Sie winkte ihren Sohn heran und bedeutete ihm, neben mir Platz zu nehmen. »Blake, komm her und begrüße unseren Gast! Ihr beide kennt euch doch.«

Ich fand Aileens Bemerkung äußerst seltsam, da ich Blake zuletzt gesehen hatte, als er noch ein Kind gewesen war. Daher nahm ich an, dass sie uns für Bekannte hielt. Unsere Blicke trafen sich und ich wand mich ein bisschen unter seinem intensiven Blick, mit dem er mich musterte, während er um den Tisch herumging, seine Mutter küsste und sich neben mich setzte. Ich fragte mich, ob es ihn ärgerte, dass ich ein Familientreffen störte. Da er sich wahrscheinlich viel in D.C. aufhalten musste, da er doch ein Senatorenamt bekleidete, konnte er vielleicht nicht viel Zeit mit seiner Mutter und seinen Geschwistern verbringen.

»Hallo Harper«, begrüßte er mich in einem tiefen, männlichen Tonfall, der mir einen Schauer die Wirbelsäule hinab laufen ließ.

Ich wandte mich ihm zu. »Senator«, erwiderte ich mit einem anerkennenden Nicken.

»Blake«, korrigierte er mich. »In dieser Familie halten wir nicht viel von Formalitäten.«

Gabe, am anderen Ende des Tisches, gab ein Schnauben von sich. »Wir alle erweisen Aileen großen Respekt, doch alle anderen necken sich ständig«, erklärte er mit lachenden Augen, während Chloe seinen Arm drückte.

Blake starrte mich immer noch an und streckte die Hand aus. »Nett, dich wiederzusehen, Harper.«

Lächelnd legte ich meine Hand in seine. »Lügner«, schalt ich ihn. »Ich habe dir als Kind das Leben zur Hölle gemacht und das weißt du. Ich bezweifle sehr, ob du dich wirklich freust, mich zu sehen. Aber keine Sorge. Ich bin erwachsen geworden.«

Da mich Blake nur als verzogene Göre kannte, würde er mir sicher keinen Glauben schenken. Ich erinnerte mich sehr gut an ihn, obwohl ich damals noch ein kleines Kind gewesen war.

Sein stählerner Blick glitt über mich und schließlich gab er meine Hand frei. »Du bist definitiv... erwachsen geworden.«

»Sind schon alle hier?«, ertönte plötzlich Marcus dröhnende Stimme an der Küchentür.

Aileen strahlte. »Wir haben nur noch auf dich gewartet«, erklärte sie ihrem ältesten Sohn. »Dann können Chloe und ich jetzt das Essen auftragen.«

Chloe erhob sich. »Die Männer müssen aber den Abwasch erledigen«, verlangte sie nachdrücklich und warf Gabe einen schelmischen Blick zu.

Chloes Ehemann zuckte mit den Schultern. »Damit habe ich kein Problem.«

»Ich auch nicht«, stimmte ihm Blake zu, während er keinen Moment mein Gesicht aus den Augen ließ.

»Ich glaube kaum, dass sich einer von uns dagegen sträuben wird, da wir doch noch nicht einmal kochen können«, fügte Marcus hinzu und küsste seine Mutter auf die Wange, als diese aufstand, um den Tisch zu decken.

»Ich werde euch helfen«, bot ich mich eilig an, denn mich verwirrte die Art, wie mein Herz unter Blakes musterndem Blick zu rasen begann.

Ich schaute Marcus an, der mir einen warnenden Blick zuwarf. Ich war mir nicht sicher, was er mir damit zu verstehen geben wollte. Gewiss würde ich gegenüber seiner Familie nicht ausplaudern, warum ich hier war. Ich hatte Aileen erklärt, ich bräuchte eine Pause und Rocky Springs sei der perfekte Ort dafür. Sie hatte auch nicht weiter nachgefragt, warum ich mich in ihrem Resort einquartiert hatte. Aileen wusste, dass wir das Haus meiner Eltern nach deren Tod verkauft hatten, da keiner von uns das Haus hatte behalten wollen, in dem unsere Eltern so glücklich gewesen waren.

Es war zu schmerzlich, sich ohne sie dort aufzuhalten.

Ich sprang auf und half Aileen, das Abendessen zu servieren, dankbar, Marcus und Blake den Rücken zukehren zu können. Es verwirrte mich zutiefst, die Zwillinge zusammen zu sehen.

Zweifellos glichen sich Blake und Marcus wie ein Ei dem anderen. Sie waren sogar ähnlich gekleidet: dicke Pullover und Jeans. Der einzige Unterschied lag in der Farbe der Pullover: Marcus hatte ein langweiliges Grau gewählt, während Blake Marineblau trug. Zuerst glaubte ich, sie nicht auseinanderhalten zu können, ohne mich an der Farbe der Pullover zu orientieren. Doch im Verlauf der Mahlzeit erkannte ich, dass sich die zwei Männer stark voneinander unterschieden, auch wenn sie vollkommen identisch aussahen.

Blake tauschte mit Gabe freundschaftliche Neckereien aus, was deutlich machte, dass die beiden sich nahestanden. Marcus verhielt sich still und beobachtend und gab auf die Fragen seiner Mutter und Chloe knappe und zielgerichtete Antworten.

Den größten Teil des Abendessens verbrachte ich damit, mit Aileen über die Vergangenheit zu reden, doch währenddessen fühlte ich ständig Blakes Blick auf mich gerichtet.

Vielleicht kann er mich immer noch nicht leiden, weil ich mich als Kind so schlecht benommen habe. Als wir unseren Nachtisch aufgegessen hatten, hatte Blake immer noch nicht viel mit mir gesprochen. Er hatte mich ganz offen ignoriert und seine Aufmerksamkeit hauptsächlich Gabe zugewandt.

Ich hätte nicht genau sagen können, warum mich das störte, doch es nagte an mir, dass er noch nicht einmal versucht hatte, mich höflicherweise in eine Unterhaltung einzubeziehen. Gewiss, ich selbst hatte mich auch nicht darum bemüht, denn ich war zu sehr damit beschäftigt, mich zu fragen, warum sein männlicher Duft mich betörte. Er roch so verdammt gut und die von seinem Körper ausstrahlende Hitze weckte in mir den Drang, ihm noch näher zu sein, als der kleine Tisch es uns ohnehin auferlegte.

Ich fragte mich, ob er die gleiche Spannung wie ich verspürte, doch dann verwarf ich den Gedanken. Er kannte mich nicht und ich kannte ihn nicht. Sicher, vor über einem Jahrzehnt hatte ich mit seinem Zwillingsbruder geschlafen, doch nicht Marcus Aussehen hatte mich angezogen. Er hatte zwar gut ausgesehen, doch damals hatte mich so viel mehr als nur sein attraktives Gesicht zu ihm hingezogen.

Die Anziehungskraft war beinahe unerklärlich gewesen, doch war sie seit langem verflogen.

Ich atmete erleichtert auf, als wir uns alle erhoben, um uns um den Abwasch zu kümmern, trotz Chloes Forderung, dass die Männer diese Aufgabe übernehmen sollten. Ich half, den Tisch abzuräumen, und ging Marcus und Blake aus dem Weg.

Danach entschuldigte ich mich bei Aileen und schlüpfte zur Tür hinaus. Ich nahm an, dass niemand auch nur bemerkt hatte, dass ich gegangen war.

Kapitel 4

Blake

Meine ganze Familie wusste bereits, dass ich in Marcus Rolle geschlüpft war, daher konnte ich ohne Probleme sein Haus verlassen und mich zum Hauptgebäude begeben.

Es hatte mich nicht gerade glücklich gestimmt, als ich nach einem Gespräch unter vier Augen mit Gabe und Chloe hatte feststellen müssen, dass Harper schon frühzeitig das Familientreffen verlassen hatte.

Gütiger Himmel! Unser Wiedersehen hatte mir die Sprache verschlagen und ich hätte kaum mit ihr reden können, ohne mit der Wahrheit herauszuplatzen, was wirklich vor zwölf Jahren geschehen war. Schließlich hatte ich meine Aufmerksamkeit auf Gabe konzentriert, um mich beherrschen zu können, doch nach so vielen Jahren der Trennung war mir das nicht leicht gefallen. Insbesondere, da ich wusste, dass sie all die Jahre so desinformiert gewesen war und die Wahrheit immer noch nicht kannte.

Vielleicht hatte sie mich überhaupt nicht abgelehnt.

Vielleicht war sie nur wütend gewesen.

Es hatte mich schmerzlich gedrängt, ihr diese Fragen zu stellen, doch gewiss nicht im Beisein der ganzen Familie.

Ich betrat das Hauptgebäude des Resorts und der heißen Quellen meiner Mutter, bereit zum Frühstück. Wie die meisten meiner Brüder war ich ein lausiger Koch und nahm jede Gelegenheit wahr, außer Haus zu essen.

Marcus würde das ebenfalls tun, denn soweit ich wusste, konnte er noch nicht einmal Wasser heiß machen, und wenn er sich zu Hause aufhielt, suchte er beinahe täglich das Frühstücksbuffet auf.

Das war das einzig Positive an diesem Rollentausch... denn ich hatte bereits vor mehreren Tagen die Identität meines Bruders angenommen und ich hasste es. Dies war zwar nicht das erste Mal, das dies geschah, doch ich war fest entschlossen, dass es das letzte Mal war. Außer mir wusste niemand meiner Familie etwas über die private Rettungsorganisation PRO meines Bruders. Allerdings wussten sie genau, wer ich war, ob ich mich nun wie Marcus verhielt oder nicht. Nicht, dass ich nicht genauso das Arschloch hätte heraushängen lassen können, wie er es tat, doch unsere Familie... wusste einfach, wen sie vor sich hatte, obwohl wir identisch aussahen. Besonders meine Mutter. Nicht ein einziges Mal hatte sie uns nicht auseinanderhalten können, immer hatte sie gewusst, mit wem sie gerade redete. Wie auch immer, meine Familie *wusste* jedenfalls über Marcus Arbeit für die CIA Bescheid, daher erklärten wir unseren Rollentausch mit seinen Verpflichtungen gegenüber der Regierung.

Ich hasste es, jemand sein zu müssen, der ich nicht war, und bevorzugte es, in meinem eigenen Haus zu leben. Da ich den größten Teil meiner Zeit in D.C. verbringen musste, begrüßte ich die mir zur Verfügung stehende Zeit in Rocky Springs. Bald würde es warm werden und meine Stuten würden Nachwuchs bekommen. Ich war begierig darauf, mit meinem Vorarbeiter und Forschungsleiter auf der Ranch alle Vorbereitungen zu treffen.

Danica zu retten ist jetzt wichtiger als meine Pferde.

Harper hatte den Anschein erweckt, gut mit der Situation umgehen zu können, doch sie musste außer sich sein über die Entführung ihrer Schwester. Ich war erleichtert gewesen, dass sie meiner Mutter gegenüber nichts erwähnt hatte, und offenbar hatte meine Familie die Tatsache nicht angesprochen, dass ich und nicht Marcus sie vor zwölf Jahren in Denver gesucht hatte.

Ich rief mir das Gespräch mit Dani ins Gedächtnis, das nun schon so weit in der Vergangenheit lag.

Ich wünschte, Danica hätte damals preisgegeben, *warum* Harper nicht mit mir hatte reden wollen.

Offensichtlich hatte ich Harper Lawson verletzt, ohne es auch nur zu wissen.

Während des ganzen Abendessens neben ihr zu sitzen, hatte für mich die reinste Quälerei bedeutet, besonders da ich nicht über die Vergangenheit hatte sprechen können.

Ich begann, mich durch das reichhaltige Frühstücksangebot zu arbeiten, und versuchte, nicht so ausgesprochen freundlich zu den anderen Leuten zu sein wie gewöhnlich. Verdammt, im Unterschied zu Marcus mochte ich die Menschen. Und ich liebte Colorado. In meiner Rolle als Senator erschien es mir nur natürlich, beinahe überall, wo ich hinkam, ein Gespräch zu beginnen.

Marcus hingegen redete nur, wenn es nötig war.

Mein Bruder mied enge Beziehungen und war so verschlossen, wie ein Mann nur sein konnte.

Obwohl es mich schmerzte, ignorierte ich also die ältere Dame, die mich freundlich anlächelte, als ich Eier auf meinen Teller häufte, und ich sagte auch kein einziges Wort zu dem älteren Herrn, der sich ein paar Würstchen auf die Gabel spießte.

Weil sich Marcus genau so verhalten würde.

Ich wusste nicht, wo mein älterer Zwilling sich gerade aufhielt, und hoffte, er würde Danica ziemlich bald zurückbringen. Marcus zu sein ging gegen meine eigene Natur und in jedem Augenblick, in dem ich vortäuschte, mein Bruder zu sein, musste ich mich voll auf meine Rolle konzentrieren.

Nun, da ich verstand, was vor zwölf Jahren geschehen war, fiel es mir schwer, das Missverständnis nicht sofort aufzuklären. Das Abendessen im Kreis der Familie war unangenehm genug gewesen und ich hatte es kaum durchstehen können, ohne Harper beiseitezunehmen und ihr alles zu erklären. Irgendwie musste ich dieses missliche Kapitel meines Lebens zum Abschluss bringen. Ich hatte mich jedoch entschlossen zu warten, bis Dani nach Hause zurückgekehrt und in Sicherheit war. Bis dahin wäre es wahrscheinlich klug, Harper zu meiden.

Da Marcus gesagt hatte, Harper sei über den Vorfall hinweg, war die Aufklärung des Missverständnisses wahrscheinlich nicht wichtig genug, um sie jetzt damit zu behelligen.

Am Tisch meiner Mutter neben ihr zu sitzen war eines der schwersten Dinge, die ich je hatte tun müssen. Doch waren weder Ort noch Zeit für eine Erklärung angemessen gewesen und ich hatte keine Ahnung gehabt, wie sie reagiert hätte. Das Beste, was ich hatte vortäuschen können, war Gleichgültigkeit.

Unglücklicherweise übte Harper heute immer noch die gleiche Anziehungskraft auf mich aus wie vor zwölf Jahren und es hatte mich all meine Kraft gekostet, nicht mit ihr zu reden. Für sie mochte der Vorfall vielleicht vergessen sein und der Vergangenheit angehören, doch ich hatte sie niemals vergessen und war niemals über die Tatsache hinweggekommen, dass sie mich vollkommen hatte fallen lassen.

Gewiss, *mittlerweile* hatte ich es unter Kontrolle, doch viele Jahre lang hatte ich es ihr übel genommen, wie sie mich hatte so kühl ignorieren können, nachdem ich ihr doch klargemacht hatte, wie sehr ich mich danach sehnte, etwas von ihr zu hören. Und ich hatte mich gewundert, warum sie sich weigerte, mit mir zu reden.

Jetzt, da ich wusste, dass ich sie unabsichtlich verletzt hatte, brachte es mich beinahe um. Ich hätte damals meinen Instinkten folgen, sie aufsuchen und auf einer Antwort bestehen sollen. Doch ihre Zurückweisung hatte mich hart getroffen und der Schmerz hatte ausgereicht, um mich von ihr fernzuhalten.

Nun kannte ich die Wahrheit und es gab so viele Dinge, die ich ihr sagen wollte. Ich wollte genau wissen, wie sich ihr beruflicher Weg bis heute gestaltet hatte. Ich wollte ihr sagen, wie leid es mir tat, dass ihre Eltern gestorben waren, bevor sie noch das College beendet hatte.

Ich musste sie allerdings nicht fragen, warum sie sich für Obdachlose einsetzte. Denn ich kannte den Grund.

Hauptsächlich wollte ich sie vollkommen vergessen können, weil ich dazu niemals wirklich in der Lage gewesen war.

Ich dachte *immer noch* an sie. Doch jetzt beschäftigte sie meine Fantasie nicht mehr auf die gleiche Art. Also gut, vielleicht *doch*, aber nicht annähernd so oft wie früher. Wenn ich gelegentlich Reportagen über ihr Engagement beim Bau von Obdachlosenheimen las und ihr Foto sah, trieb mich nur die Neugier – zumindest redete ich mir das ein.

Die ersten Jahre waren die Hölle gewesen. Ich hatte Marcus die Wahrheit gesagt, als ich zugegeben hatte, sie angerufen zu haben. Allerdings hatte ich verschwiegen, dass ich besessen davon gewesen war, mit ihr zu reden, und sie daher täglich mehrere Male angerufen hatte.

Immer und immer wieder.

Und ich hatte gehofft, dass sie sich schließlich melden würde – und sei es nur, um mich loszuwerden.

Als sie dann ihre Telefonnummer geändert hatte, bin ich beinahe verrückt geworden. Doch mit der Zeit hatte ich mich damit abgefunden. Die Arbeit in der Politik hatte mich gelehrt zu kämpfen, wenn ich gewinnen konnte. Ich versuchte zwar, Dinge zu ändern, die ich für schlecht hielt, doch ich musste Prioritäten setzen. Damals erschien mir die Situation mit Harper keine Aussicht auf einen Sieg zu bieten. Selbst wenn sie meine Anrufe entgegengenommen hätte, was hätte ich ihr sagen können, wenn sie kein Interesse an mir hatte? Das war etwas, das ich ganz einfach hatte hinnehmen müssen.

»Marcus?«, hörte ich eine verwirrte, weibliche Stimme hinter mir und mein Körper spannte sich an.

Das war eine Stimme, die ich jahrelang nicht gehört hatte, außer als sie die wenigen Worte sprach, mit denen sie mich beim Abendessen mit der Familie begrüßt hatte, und ich war plötzlich versucht, sie zu ignorieren.

Harper. Was zum Teufel hatte sie hier zu suchen? Es war mir überhaupt nicht in den Sinn gekommen, dass sie sich wahrscheinlich im Resort aufhielt, da sie ja in der Nähe weder Familie noch ein Zuhause besaß. Ja, das war logisch. Offensichtlich war Harper meiner Mutter über den Weg gelaufen und es machte Sinn, dass sie hiergeblieben war.

Schließlich musste ich mich umdrehen und sie ansehen, doch als ich es tat, war es so, als wenn mein Körper beim Football von einem Linebacker abgeprallt wäre.

Mein Gott! Sie hatte sich wirklich nicht viel verändert. Sie war genauso wunderschön wie sie es immer schon gewesen war, eine Tatsache, die mich anlässlich unseres Zusammentreffens bei meiner Mutter so berührt hatte, dass ich mich anderweitig hatte ablenken müssen, um nicht zu einem sabbernden Idioten zu werden.

»Ja?« Arrogant hob ich auf Marcus Art eine Braue.

»Warum bist du immer noch hier? Ich dachte, du seist bereits unterwegs, um Dani zu befreien«, sagte sie mit atemloser Stimme, die mich im selben Augenblick hart werden ließ.

»Noch nicht«, wich ich aus. »Aber wir werden sie finden.« Ich wandte mich ab, um mir einen freien Tisch zu suchen.

Ich konnte nicht mit ihr reden.

Nicht hier.

Nicht jetzt.

Leider war sie jedoch nicht bereit, mir einen Moment Ruhe zu gönnen.

Harper stellte ihre Kaffeetasse auf ein Tablett und fügte einen Bagel hinzu, bevor sie zu mir kam und sich mir direkt gegenüber niederließ. Mein Appetit war vergangen.

Mein Magen verknotete sich, als ich ihren fragenden Blick auffing.

»Was hast du herausgefunden? Weißt du, wo Dani sich aufhält? Hast du neue Mitglieder für dein Team gefunden?«

Ihr Tonfall war drängend und ich hätte am liebsten sogleich alles ausgespuckt, was ich wusste, einschließlich meiner Identität.

Doch immer noch waren Ort und Zeit nicht geeignet, um die Wahrheit auszuplaudern.

»Nicht viel. Noch nicht. Und ja, ich konnte ein Team aufstellen.«

Harper verdrehte die Augen und biss in ihren Bagel. »Solltest du dir dann nicht einen Angriffsplan ausdenken?«

Sie trank einen Schluck von ihrem Kaffee, den sie noch immer schwarz bevorzugte, wie ich bemerkte.

»Wir arbeiten so schnell wie es uns möglich ist«, erklärte ich höflich. »Bis jetzt konnten wir sie noch nicht lokalisieren. Wir können nicht einfach so in ein solches Gebiet einfallen, ohne zu wissen, wohin wir uns wenden müssen.«

Ehrlich, ich hatte keine Ahnung, ob Marcus den Aufenthaltsort von Dani ausfindig gemacht hatte, doch ich hoffte es inständig.

Harper stieß frustriert die Luft aus. »Es tut mir leid. Ich will einfach nur meine Schwester zurückbekommen.«

»Ich weiß«, erwiderte ich ruhig. »Hast du dir hier ein Zimmer genommen?«

»Ja. Wir haben nach dem Tod meiner Eltern unser Haus verkauft.«

Ich nickte. »Ich weiß. Dein Verlust tut mir leid. Deine Eltern waren gute Menschen. Meine Mutter war am Boden zerstört, als sie gestorben sind.« Ich zögerte, bevor ich mich erkundigte: »Wo lebst du jetzt?«

»In Kalifornien«, antwortete sie. »Doch wegen meines Jobs reise ich viel herum.«

»Du bist Architektin, richtig?« Ich wusste verdammt gut, womit sie sich ihren Lebensunterhalt verdiente, aber ich war so nervös, dass ich den Smalltalk fortführen musste.

Wirklich, am liebsten hätte ich sie getröstet und wäre für sie da gewesen, weil sie jemanden brauchte. Ich spürte irgendwie, dass sich hinter ihrem fordernden und dennoch betroffenen Auftreten ein Gefühl des Verlorenseins und der Einsamkeit verbarg. Doch ich wollte es nicht riskieren, in der Öffentlichkeit meine Tarnung zu lüften.

Nicht hier.

Nicht jetzt.

Sie hörte auf zu essen, um mich aufmerksam zu betrachten, und ich wand mich unter ihrem musternden Blick. »Ja. Ich bin

Architektin«, antwortete sie bedächtig. »Doch das hast du bereits angesprochen, als ich dich aufgesucht habe. Erinnerst du dich?«

Verdammt, nein, ich erinnerte mich nicht. Sie hatte mit *Marcus* und nicht mit mir gesprochen. »Entschuldige«, murmelte ich unbehaglich. Für einen Politiker arbeitete mein Gehirn nicht schnell genug, um eine geschickte Antwort parat zu haben. Normalerweise gab ich schnelle Antworten, begleitet von einem charmanten Lächeln, doch wenn es um Harper ging, schien sich mein Gehirn abzuschalten.

Ich sah sie direkt an und sie durchbohrte mich mit ihrem grünäugigen Blick. Für einen Moment blieb die Zeit stehen und ich erinnerte mich daran, wie sie mich vor zwölf Jahren angesehen hatte.

Selbst in ihrem aufgelösten Zustand glich sie immer noch der alten Harper, deren Emotionen sich auf ihrem Gesicht und in der Tiefe ihrer Augen widerspiegelten. Sie war gereift und nun definitiv eine Frau anstatt ein Mädchen, doch immer noch konnte ich Überbleibsel der achtzehnjährigen Harper entdecken, die mir so sehr gefallen hatte.

Ihr wunderschönes blondes Haar war am Hinterkopf festgesteckt, doch ein paar Locken waren bereits der Spange entkommen und rahmten ihr Gesicht ein. Ihre smaragdgrünen Augen, an die ich mich so gut erinnerte, funkelten so lebhaft wie eh und je, besonders jetzt, da ihre Gefühle so nahe unter der Oberfläche lagen. Ich bemerkte, dass sie Angst hatte, aber keine Hysterie zeigte. »Du siehst wirklich gut aus. Bist du glücklich?«, erkundigte ich mich mit heiserer Stimme, unfähig, sie nicht weiterhin anzustarren.

Ich bezweifelte, ob Marcus diese Frage gestellt hätte, doch das kümmerte mich nicht. Ich musste es wissen.

Sie blinzelte heftig und senkte dann den Blick auf ihren halb aufgegessenen Bagel. »Ja. Größtenteils. Ich vermisse meine Familie und seitdem sich Dani entschieden hat, Gefahren hinterherzulaufen, anstatt sie zu meiden, mache ich mir Sorgen um sie. Aber ich liebe meine Arbeit.«

»Die Aufträge oder dein soziales Engagement?«, hakte ich neugierig nach.

»Beides«, gab sie zu, während sie kleine Stückchen von ihrem Bagel abbrach und sie sich in den Mund steckte. »Und du? Bist *du* glücklich? Du scheinst so viel zu reisen wie meine Schwester.«

Ich zuckte mit den Schultern. »Ich denke, da kann ich das Gleiche antworten wie du... größtenteils. Das Herumreisen wird langweilig.«

Hauptsächlich bewegte ich mich zwischen Colorado und Washington hin und her, doch manchmal ermüdete es mich, kein dauerhaftes Zuhause zu besitzen.

»Mir ist das ziemlich egal«, sagte Harper gedankenverloren. »Ich glaube, es gefällt mir, verschiedene Orte zu sehen.«

Ich aß, während ich sie beobachtete, fasziniert, wie wenig sie sich körperlich verändert hatte. »Warum hast du meine Anrufe niemals entgegengenommen?«, platzte es aus mir heraus, ohne zu überlegen. Meine brennenden Eingeweide verlangten nach Antwort.

Überrascht blickte sie zu mir auf. »Ich dachte, du würdest dich nicht so recht daran erinnern, was damals geschah.«

»Ich habe gelogen«, gab ich sogleich zur Antwort. »Ich erinnere mich an jede kleinste Einzelheit und es ist kein Tag vergangen, an dem ich nicht an dich gedacht hätte, Harper.«

Zornig hob sie eine Augenbraue. »Hast du auch an mich gedacht, als du einen Tag, nachdem du mich gefickt hast, deine Freundin geküsst hast?«, fragte sie unumwunden.

»Ja«, gab ich zur Antwort, wohl wissend, dass das nicht gerade gut klang. Aber mir war alles egal. Niemals wieder würde ich Harper belügen oder ihr auch nur die Wahrheit verschweigen, wenn sie mich etwas fragte.

Wir beide hatten zwölf Jahre der Lügen und Missverständnisse hinter uns. Vielleicht sollte alles längst vergessen sein, doch es hatte mehr an mir gezehrt, als ich zuzugeben bereit gewesen war, und das musste ein Ende haben.

Es brachte mich beinahe um, ihr nicht zu offenbaren, dass ich nicht Marcus war, und meine Eingeweide brannten, weil ich sie in dem Glauben ließ, ich sei mein Bruder. Doch in diesem Moment wagte ich es nicht, ihr die Tatsache mitzuteilen, dass es nicht Marcus gewesen war, der sie berührt hatte. Es war nicht mein

Bruder gewesen, der das Privileg genossen hatte, ihr erster Mann gewesen zu sein.

Nur einmal wollte ich sie laut meinen Namen sagen hören, wenn sie genau wusste, wer sie in jener Nacht vor zwölf Jahren zu einem so berauschenden Orgasmus gebracht hatte.

Doch ich durfte es nicht. Nicht, solange das Leben ihrer Schwester auf dem Spiel stand. Marcus musste bis zu Dani gelangen, ohne dass irgendjemand auch nur ahnte, dass er unterwegs war. Zweifellos befand er sich bereits im Mittleren Osten und wahrscheinlich bestand kein Sicherheitsrisiko mehr, wenn ich ein Geständnis ablegen würde. Doch das musste in einer kontrollierbaren Atmosphäre geschehen.

Ich verachtete mich wegen des Täuschungsmanövers und konnte Harper nicht vorwerfen, dass sie mich hasste. Wenn ich vor zwölf Jahren an ihrer Stelle gewesen wäre und sie mit einem anderen Mann gesehen hätte, direkt nachdem wir miteinander geschlafen hatten, hätte ich den Mann wahrscheinlich angesprungen.

Offensichtlich hatte Harper Marcus damals aber nicht zur Rede gestellt. Sie hatte kein Wort gesagt und sich genauso leise davongeschlichen, wie sie es an dem Abend bei meiner Mutter getan hatte. Ich hatte sie zwar nicht weggehen sehen, doch es hatte mich alle Kraft gekostet, ihr nicht hinterherzulaufen.

»Wo ist deine Freundin jetzt?«, erkundigte sich Harper hochmütig.

»Weg. Ich kann mich nicht einmal mehr an ihren Namen erinnern.« Das entsprach der Wahrheit. Marcus hatte so viele Freundinnen gehabt, dass ich die meisten von ihnen niemals kennengelernt hatte.

Eine Frau zu halten, war *nicht* gerade seine Stärke. Keine Frau war ihm jemals wichtiger gewesen als sein Geschäft und seine Frauen hatten nicht lange gebraucht, um zu erkennen, dass sie neben Marcus anderen Interessen den hintersten Rang einnahmen.

Harper zuckte mit den Schultern. »Das spielt keine Rolle. Das war vor langer Zeit und jetzt spielt sich nichts mehr zwischen uns ab.«

»Schwachsinn«, forderte ich sie heiser heraus. Die Luft war voll von sprühenden Funken und ich fragte mich, ob einer davon die Flammen zwischen uns entzünden würde, die ausreichten, um das ganze Resort zu verbrennen. »Triffst du dich mit irgendeinem Mann?«

Ich sah, wie sie mit dem Rest ihres Bagels herumspielte und ihn schließlich wieder auf den Teller legte. »Ich glaube nicht, dass dich das etwas angeht. Ich kam zu dir, um dich zu bitten, bei der Suche nach meiner Schwester zu helfen.«

»Erzähl es mir trotzdem! Halt mich bei Laune!«

»Nicht, dass es dich etwas anginge, aber nein, im Moment treffe ich mich mit niemandem.«

Mein Körper entspannte sich. »Danke. Falls es dir etwas bedeutet, ich führe im Moment auch keine feste Beziehung.«

»Es bedeutet mir nichts«, erwiderte sie knapp. »Das spielt keine Rolle mehr. Ich will mich einfach nur darauf konzentrieren, Danica zu finden.«

»Es spielt eine Rolle«, widersprach ich.

»Marcus. Mir ist egal, was du tust, wenn es nicht gerade um deine Fähigkeiten geht, meine Schwester zu retten«, sagte Harper eisig.

»Du wirkst immer noch anziehend auf mich. Egal, wie viel Zeit vergangen ist«, erklärte ich ihr zuversichtlich. Verdammt, ich hätte die Spannung zwischen uns mit einem Messer schneiden können und die Ursache dafür war nicht allein ihr Hass auf mich.

Ich bemerkte, dass sie heftig schluckte und versuchte, ihre Gefühle zu verbergen. Doch ich wusste nur zu genau, dass ich diese Art von Anziehungskraft nicht allein verspürte, genau wie ich es vor zwölf Jahren gewusst hatte.

Ich wollte, dass sie es zugab. Ich musste hören, wie sie es aussprach.

»Ich sagte doch bereits, als wir über Dani gesprochen haben, dass ich nichts mehr für dich empfinde. Können wir nicht einfach vergessen, was in der Vergangenheit geschehen ist?«

»Nein«, erwiderte ich stur.

Zu dem Zeitpunkt war sie *Marcus* begegnet. Sie hatte mit *Marcus* geredet. Nun sprach sie nach über einem Jahrzehnt wieder mit mir und ich wusste, dass sie etwas anderes empfand. Ich konnte es spüren. Als ich sie vor ein paar Tagen abends beim Abendessen gesehen hatte, war ich mir nicht sicher gewesen, da ich zu beschäftigt damit gewesen war, meine eigenen Gefühle zu verbergen. Doch jetzt konnte ich unsere Verbindung spüren.

Während meiner politischen Laufbahn hatte ich gelernt, die Körpersprache zu deuten. Sie war... nervös. Die Art von Nervosität, die dich befällt, wenn du dich von jemandem angezogen fühlst, es aber nicht wahrhaben willst.

»Ich bin fertig.« Sie stand auf und wandte sich in Richtung der Aufzüge, die zu den Zimmern führten.

Ich war direkt hinter ihr, als sie in den einzigen geöffneten Aufzug glitt.

Harper hämmerte auf den Knopf, der ihre Etage signalisierte, und starrte mich an, als ich mich mit gekreuzten Armen gegen die Innenwand des Aufzugs lehnte.

»Raus hier!«, verlangte sie.

Ich grinste, als sich die Aufzugtüren zu schließen begannen. »Nicht, bis du mir die Wahrheit gesagt hast.«

»Das habe ich bereits getan.«

Ihr einzigartiger, verführerischer Duft machte mich wahnsinnig und als sich die Türen des Aufzugs *schlossen*, drängte ich sie in eine Ecke.

Meine Geduld war am Ende. Ich hielt sie in der Ecke zwischen meinen Armen gefangen. »Erzähl mir nicht, dass du mich nicht mehr willst. Ich glaube es dir nicht.« Schwer atmend fuhr ich mit meinen Lippen über ihre Wangen und sog den Duft ein, den ich nie wirklich vergessen hatte. »Sag es!«, knurrte ich, während meine Männlichkeit darum kämpfte, sich aus dem einengenden Gefängnis meiner Jeans zu befreien.

»Nein.«

Ich küsste sie auf die Schläfen, ließ meine Lippen über die Kurve ihres Kinns wandern und ertrank in ihrem unwiderstehlichen Duft. »Sag es mir!«

»Geh weg!« Sie drückte gegen meinen Brustkorb, doch ich gab nicht nach.

Ihre Wangen waren flammend rot und ich war mir ziemlich sicher, dass dies von einer gesunden Mischung aus Wut und Lust hervorgerufen wurde. »Ich begehre dich immer noch, Harper. Vielleicht noch mehr als damals.«

»Ich will das nicht! Ich will dich nicht begehren!«, schrie sie verzweifelt.

Schließlich legte ich meine Lippen auf ihre, es war nur eine sanfte Berührung. »Ich warte immer noch.«

»Verdammt!« Sie fuhr mit ihren Fingern durch meine Haare und zog meinen Kopf zu sich hinunter. »Aus irgendeinem Grund will ich dich jetzt, doch als ich dich zum ersten Mal wiedergesehen habe, wollte ich dich nicht. Und ich hasse mich dafür«, stieß sie atemlos hervor.

Mein Herz hämmerte gegen meine Brust, denn sie hatte endlich ausgesprochen, dass sie mich begehrte, wenn auch nicht gerade auf sehr schmeichelhafte Weise. Verdammt, ich nahm, was ich bekommen konnte. Ich vermochte keinen Moment länger zu warten, stürzte mich auf sie hinunter und nahm ihren köstlichen Mund in Besitz.

Kapitel 5

Harper

Sein Mund hielt kurz vor meinen zitternden Lippen inne und maß sich einen kurzen Augenblick an meiner Überzeugungskraft. Ich konnte seinen schweren Atem an meinem Mund spüren, als er knurrte: »Hierauf habe ich zwölf lange Jahre gewartet.«

Obwohl ich es wahrscheinlich nicht hatte wahrhaben wollen, hatte auch ich gewartet und konnte es keine Sekunde länger aushalten. Ich hatte Gänsehaut am ganzen Körper, als Marcus meinen Mund eroberte und seinen harten Körper an mich presste.

Er forderte.

Er plünderte.

Ohne Gnade.

Nicht, dass ich in diesem Moment mehr gewollt hätte als diesen gefräßigen Kuss. Ich öffnete mich ihm, schlang meine Arme um seinen Hals und klammerte mich an ihn, als ob er meine Rettungsleine wäre – was er in diesem Augenblick auch wirklich war. Der einzige Halt, der mich über Wasser hielt.

Ich konnte nicht denken.

Ich konnte ohne ihn nicht einmal mehr aufrecht stehen und meine Hände fielen auf seine Schultern hinab, um mich im Gleichgewicht zu halten.

Ein Stöhnen entwich meinem Mund und vibrierte an seinen Lippen, als er seine Arme fest und beschützend um mich legte und dann mit seinen Händen meinen Rücken hinabfuhr, um sie schließlich auf meinen Pobacken ruhen zu lassen.

Wieder ließ ich meine Finger durch sein dichtes Haar gleiten und mein Verstand entglitt mir vollends, als die sengende Hitze zwischen uns sich zu weißglühendem Feuer entflammte.

Unsere Zungen lieferten sich ein Duell und mir war es vollkommen gleichgültig, wer gewann. Ich wollte lediglich... ihn. Da ich ihm nicht nahe genug sein konnte, wand ich mich an seinem Körper hin und her. Ich konnte fast nicht glauben, dass ich mich in der Wirklichkeit befand.

Ich hatte dieses Gefühl so sehr vermisst, die Flammen, die er in meinem Körper und in meiner Seele entzündete.

Nur Marcus konnte mich vergessen machen, warum ich ihn hasste, und mich zu einer gehirnlosen Pfütze zusammenschmelzen lassen.

Ich schnappte keuchend nach Luft, als er seinen Mund von meinem löste, um die empfindliche Haut an meinem Hals zu liebkosen. Stumm nach mehr bettelnd legte ich den Kopf in den Nacken, wie eine Süchtige, die nicht genug von ihm bekommen konnte.

Ich kann das nicht tun! Ich kann meinen Körper nicht über meinen gesunden Menschenverstand herrschen lassen, verdammt!

Erschrocken zuckten wir zusammen, als sich plötzlich die Aufzugtüren öffneten und unser Keuchen die Luft erfüllte.

Ich schlug Marcus fest gegen die Brust und er trat widerstrebend einen Schritt zurück.

Peinlich berührt sah ich ein älteres Ehepaar vor mir, das auf meiner Ebene auf den Aufzug gewartet hatte. Der grauhaarige Mann und die Frau starrten uns unverfroren an.

»Oh mein Gott. Entschuldigen Sie!« Ich senkte den Kopf, ging um das offensichtlich entsetzte Pärchen herum und machte mich eiligst auf den Weg zu meinem Zimmer.

Ich musste nachdenken, allein. Ich konnte mich nicht in Marcus Nähe aufhalten, ohne den Verstand zu verlieren. Ich konnte nicht verstehen, was geschah, und brauchte Abstand, um es herauszufinden.

»Harper! Warte!«, rief Marcus und sprang unvermittelt aus dem Aufzug, um mir zu folgen. Er erwischte mich und hielt mich am Arm fest, als ich gerade in meiner Tasche nach der Plastikkarte suchte, die mir die Tür zu meinem Zimmer öffnen sollte.

»Stopp!«, wehrte ich mich und hasste meinen flehentlichen Tonfall.

Entgegen meinem Hochgefühl nach unserem ersten Wiedersehen, nichts mehr für ihn zu empfinden, musste ich nun erkennen, dass ich Marcus gegenüber immer noch empfänglich war, und ich hasste den Mangel an Kraft, den ich spürte, wenn ich ihm zu nahe kam.

Ich war verwirrt und fassungslos. Warum fühlte ich mich heute Morgen wieder so von ihm angezogen, obwohl ich doch rein gar nichts empfunden hatte, als ich vor einigen Tagen zum ersten Mal wieder mit ihm gesprochen hatte.

Was geschah mit mir?

»Ich werde mich nicht entschuldigen«, sagte er und nahm mir die Karte aus der Hand. »Seit Jahren habe ich mich danach gesehnt.«

»Dann sag nicht, dass es dir leid tut. Lass mich einfach allein, verdammt nochmal!« Er hatte keinen Grund, mir eins auszuwischen. »Amüsier dich woanders! Ich bin mir sicher, dass es genügend Frauen gibt, die dir zu Füßen liegen würden.«

Genauso, wie ich es gerade getan hatte! Und die Abscheu vor mir selbst hatte gerade unübertroffene Höhen erreicht.

Doch jetzt, da mein Urteilsvermögen zurückgekehrt war, würde ich mich von diesem Mann nicht wieder verletzen lassen. Vielleicht waren es lediglich die alten Erinnerungen, die mir einen Streich spielten. Es konnte unmöglich in seiner *Person* begründet liegen. Es gab nichts, was ich mehr hasste als einen Kerl, der seinen Schwanz nicht in der Hose lassen konnte. Marcus war das Paradebeispiel für einen Frauenheld, ein trauriger Fehler, den ich begangen hatte, als ich kaum erwachsen gewesen war.

Er verkörperte alles, was ich an einem Mann verabscheute. Er war ein kalter, skrupelloser Betrüger, der nur ans Ficken dachte.

»Du bist für mich nicht nur *irgendeine* Frau. Ich denke, das weißt du«, sagte er mit kehliger Stimme.

Ich nahm ihm meine Schlüsselkarte wieder aus der Hand. »Für dich bin ich nichts mehr, Marcus. Bin es nie gewesen.«

Ich öffnete die Tür und machte mich bereit, sie ihm vor der Nase zuzuschlagen, doch er zwängte sich hinter mich ins Zimmer hinein.

»Geh!«, forderte ich ihn auf, während ich spürte, wie mir Tränen der Frustration in die Augen stiegen.

Ich hasste ihn, obwohl ich andererseits nicht ignorieren konnte, dass er immer noch anziehend auf mich wirkte.

Auf keinen Fall wollte ich ihn begehren. Als ich ihm gesagt hatte, dass ich mich dafür hasste, hatte ich es vollkommen ernst gemeint.

Welche Frau würde sich nicht dafür verabscheuen, zweimal in dieselbe Falle zu tappen?

Ich hatte Jahre gebraucht, um nicht mehr jeden einzelnen Tag an ihn denken zu müssen. So weit würde ich es nicht noch einmal kommen lassen.

»Noch nicht. Hör mich an! Bitte!«, sagte er in beruhigendem Tonfall, als ob er zu einem Kind sprechen würde.

»Ich habe dir nichts zu sagen. Und nichts, was du mir mitteilen könntest, kann die Tatsache ändern, dass ich dich nicht ausstehen kann.«

»Du willst mich.« Er kreuzte die Arme vor der Brust und hob eine Braue, als ob er mich herausfordern wollte, seiner Behauptung zu widersprechen.

Ich lehnte mich gegen die Tür und drückte sie zu. Dann sah ich ihm ins Gesicht. »Und weiter? Du bist ein attraktiver Mann. Macht dich das glücklich? Das bedeutet aber nicht, dass ich dich mag.«

»Du hättest dich von mir ficken lassen.«

Ich verzog das Gesicht. Er hatte Recht. Ich war von der Art, wie er sich auf mich gestürzt hatte, so überwältigt gewesen, dass ich ihn noch vor wenigen Augenblicken wahrscheinlich angesprungen und ihn angefleht hätte, mich zu befriedigen. »Ist das alles, was du willst? Genau wie das letzte Mal? Eine Frau zum Ficken, nur weil sich die Gelegenheit bietet?«

Marcus stieß frustriert die Luft aus und raufte sich mit einer Hand die Haare. »Verdammt, nein! Das ist *nicht* alles, was ich will.«

»Ich hatte gehofft, dass du in diesem Moment außer Landes bist und meine Schwester rettest. Bitte erwarte nicht von mir, dass ich mit meinem Körper für deine Hilfe bezahle.« *War es das, was er sich dachte? Dass ich mit ihm schlafen würde, um Dani zu retten?* Falls er glaubte, er konnte noch schnell einen Quickie bekommen, bevor er sich auf die Suche nach meiner Schwester machte, hatte er den Verstand verloren.

Marcus ließ sich schwer durchschauen. Und ich konnte mir keinen Grund vorstellen, weshalb er die Anziehungskraft zwischen uns anheizte.

Realistisch betrachtet gab es nichts, dass ich nicht tun würde, um meine Schwester zu retten. Falls das bedeutete, mich wieder in eine Welt des Schmerzes zu verstricken, würde ich wahrscheinlich auch das tun. Aber auf keinen Fall würde ich Marcus wissen lassen, dass ich alles tun würde, was er verlangte, nur um meine Schwester zurückzubekommen.

»Davon habe ich nicht gesprochen«, brummte er und ging dann in das kleine Wohnzimmer zur Bar, um sich mit einem Getränk zu versorgen.

Ich seufzte und warf die Karte und meine Umhängetasche auf einen kleinen Tisch neben dem Sofa. Die Gefühle, die Marcus jedes Mal in mir zu wecken schien, wenn wir uns näherkamen, jagten mir Angst ein und ich ließ mich auf einem Stuhl nieder, so weit von der Bar entfernt wie möglich.

»Möchtest du etwas trinken?«, erkundigte er sich ruhig, während er sich für einen Moment herumdrehte, um mich anzusehen.

Ich schüttelte den Kopf, da ich meiner Stimme nicht traute.

Unglücklicherweise war das Zimmer viel zu klein und er kam mir viel zu nahe, als er sich mir gegenüber auf die Couch setzte und uns nur ein kleines Tischchen trennte.

Ich rieb meine verschwitzten Handflächen an dem Stoff meiner Jeans und fragte nervös: »Was machst du dann hier? Was willst du? Wo ist meine Schwester?«

Er schüttelte den Kopf und nippte an seinem Whiskey. »Ich weiß es nicht. Ich weiß es ehrlich nicht.«

»Ich dachte, du wärst in der Lage, ihren Aufenthaltsort ausfindig zu machen. Du verfügst über die entsprechenden Kontakte und das PRO-Team ist bereits aufgestellt, richtig?« Ich konnte seinen Mangel an Eile nicht verstehen. Dani konnte – und tat es wahrscheinlich auch – in ernster Gefahr schweben.

Er nickte. »Das Team ist bereits dort, Harper. Vielleicht läuft die Rettungsaktion in diesem Augenblick. Ich habe noch keinen Bericht erhalten.«

Ich schüttelte verwirrt den Kopf. *Wie konnte die Rettungsaktion bereits eingeleitet sein, wenn Marcus nicht dort war, um das Team zu führen?* »Ich verstehe das nicht. Du bist der Teamleiter. Ich hatte den Eindruck, du würdest mit ihnen gehen.«

Panik stieg mir in die Kehle und hielt mich im Würgegriff.

»Es gibt keinen Grund für mich, dort zu sein. Tatsächlich würde ich wahrscheinlich die gesamte Operation vermasseln.«

»Du *musst* dort sein«, stieß sie atemlos vor Angst hervor. »Sie brauchen dich. Meine Schwester braucht dich.«

»Sie brauchen *Marcus*«, antwortete er ruhig.

Ich starrte ihn an und wunderte mich, warum er von sich selbst in der dritten Person sprach. »Ja... sie brauchen *dich*.«

Ich beobachtete sein Gesicht, auf dem sich die verschiedensten Gefühle widerspiegelten, bevor er vorsichtig erklärte: »Harper, ich muss dir etwas sagen und du musst wissen, dass Danis Sicherheit von deiner Reaktion auf diese Information abhängt.«

Er wirkte so ernst, dass ich langsam nickte. »Ich werde tun, was ich kann, um meiner Schwester zu helfen. Das solltest du wissen. Nur deshalb bin ich zu dir gekommen.«

»Du hast Marcus aufgesucht.«

Ach du meine Güte! Er begann, sich ein bisschen verrückt anzuhören.

»Also gut. Worum geht es? Sag es mir!« Wenn es um meine kleine Schwester ging, wollte ich es wissen.

Er seufzte tief auf, als er mir mit seinem silberfarbenen Blick in die Augen sah und mich einen kurzen Moment gefangen hielt, bevor er vier Worte brummte, die für mich nicht sofort einen Sinn ergaben.

»Ich. Bin. Nicht. Marcus.«

»Was?«

»Ich bin Blake Colter. Ich bin nicht Marcus.«

Seine Worte stellten meine ganze Welt auf den Kopf, als ich schließlich begriff, was er da gerade gesagt hatte.

Kapitel 6

Harper

I ch bin nicht Marcus.
Offensichtlich ergaben Blakes Worte einen Sinn. Ich kannte die Colter-Familie seit meiner Kindheit und obgleich nicht allzu gut, wusste ich natürlich doch, dass Blake und Marcus eineiige Zwillinge waren. Hatte ich doch erst vor ein paar Tagen die beiden zusammen in Aileens Haus gesehen.

Ich hatte lediglich nicht erwartet, dass ich sie verwechselt und in meinem Kopf alles durcheinandergebracht hatte.

Er fuhr mit seiner Erklärung fort, während mein Verstand zu folgen versuchte. »Du hast zuerst mit Marcus gesprochen. Er ist jetzt unterwegs. Er hat ein Team zusammengestellt. Er musste unserem Bruder Tate von der PRO erzählen, denn er brauchte einen herausragenden Piloten. Tate erfüllt diese Voraussetzung und ist mit allem, was sich in die Luft bewegt, mehr als nur ein guter Flieger. Doch seine Spezialität sind Hubschrauber und genau das braucht Marcus im Moment. Sie sind bereits in Übersee.«

Ich schüttelte den Kopf. »Ich verstehe es trotzdem nicht. Warum hast du nicht widersprochen, als ich dich für Marcus hielt?«

Er nahm einen weiteren Schluck aus seinem Glas. »Weil ich von ihm ablenken soll. Marcus Feinde wissen über die PRO Bescheid und er wird ständig beobachtet, ob er die Gruppe eventuell wieder aufstellt. Er brauchte Zeit, um seinen Hintern nach Übersee zu bringen. Im Moment gilt das immer noch. Ich habe ihm schon mehrmals ausgeholfen und helfe ihm auch jetzt, weil ich gewährleisten will, dass alle Vorteile auf seiner Seite sind, um deine Schwester zu retten. Unten wollte ich nicht mit dir darüber reden, weil ich nicht wusste, wie du reagieren würdest.«

Endlich hatte mein Verstand alle Umstände erfasst und ich starrte ihn geschockt an. »Du hast mit Marcus die Rollen getauscht? Also habe ich den wahren Marcus um Hilfe gebeten?«

»Ja.«

»Habe ich mit dir geschlafen?« Ich musste diese Frage stellen. Doch irgendwie wusste ich bereits, wie die Antwort lauten würde.

»Ja. In jener Nacht vor zwölf Jahren hast du mich immer nur Colter genannt. Und ich habe nicht gewusst, dass du mich mit Marcus verwechselt hast, bis du von meinem Auto zu dem Haus deiner Eltern gelaufen bist. Ich hatte zwar daran gedacht, dir zu folgen und alles aufzuklären, doch ich wusste, dass du Zeit brauchtest, um die Geschichte zwischen dir und deinen Eltern zu klären. Daher habe ich darauf gewartet, dass du mich anrufst.« Er machte eine Pause und leerte sein Glas. »Doch das hast du niemals getan.«

Oh Gott! Das bedeutet also...

»Ich habe damals den wahren Marcus mit seiner Freundin gesehen?«

Er nickte. »Wahrscheinlich war ich zu Hause und habe noch darauf gewartet, dass du dich bei mir meldest.«

Meine Finger zitterten vor Nervosität, daher verschlang ich sie ineinander.

Das ergab einen Sinn... jetzt. Doch damals, vor all diesen Jahren, hatte ich so intensiv reagiert, dass ich überhaupt nicht in Erwägung gezogen hatte, ich könnte die Zwillinge verwechseln. »Du hättest mich anrufen können. Du hattest meine Telefonnummer.«

»Ich habe angerufen. Viele Male, wie du dich gewiss erinnern wirst. Bevor ich damals zum College zurückgekehrt bin, habe ich an eurer Haustür gestanden. Ich erinnere mich nicht an das ganze Gespräch, doch Dani hat mir hauptsächlich erklärt, dass du mich hassen würdest, weil ich dich angelogen hätte. Ich glaubte daraufhin, du wüsstest mittlerweile, dass ich Marcus Zwillingsbruder war, und das hätte dich verärgert. Bevor ich mehr erfahren konnte, hat sie mir die Tür vor der Nase zugeschlagen. Deine Schwester hat behauptet, du seist nicht mehr da.«

Ich seufzte. »So war es. Ich bin nach Kalifornien gegangen. Ich hatte mir überlegt, was ich mit meinem Leben anfangen wollte. Daher wollte ich mir die Möglichkeiten für ein Architekturstudium in Berkeley ansehen. Dani wusste, was geschehen war. Sie war dabei gewesen, als ich deiner Mutter, Marcus und seiner Freundin über den Weg gelaufen war.«

»Ich verstehe«, antwortete er ruhig und stellte sein leeres Glas vor ihm auf dem Tischchen ab.

Alles, was ich für die Wirklichkeit gehalten hatte, hatte sich plötzlich verändert. Und die Wahrheit ekelte mich an. »Ich habe geglaubt, du hättest nur mit mir gespielt. Wir waren jung.«

Er warf mir einen so enttäuschten Blick zu, dass sich mir der Magen umdrehte. »Das würde ich niemals tun, Harper. Jene Nacht hat mir viel bedeutet.«

Meine Augen wurden feucht mit Tränen, als ich erkannte, wie sehr ich ihn verurteilt hatte, obwohl er sich doch lediglich einer schlechten Kommunikation schuldig gemacht hatte. Und ehrlich, seine unzähligen Anrufe ignoriert zu haben war mein eigener Fehler gewesen. »Es tut mir leid«, brachte ich mühsam mit einer Stimme hervor, die kaum mehr war als ein Flüstern.

»Das muss es nicht. Wir waren dumme Kinder. Ich hätte selbst mit dir reden müssen.«

Ich lächelte schwach. »Ich war nicht allzu leicht zu finden.«

»Du bist nicht ans Telefon gegangen«, knurrte er.

»Ich konnte nicht. Ich war... verletzt.«

»Ich dachte, du wolltest nicht mit mir reden.«

»Ich wusste doch nicht, dass nicht du es warst, der mit der hinreißenden Brünetten rumgemacht hat, nachdem wir uns gerade erst verabschiedet hatten«, erwiderte ich schwach.

»Ich weiß nicht, warum du nicht gemerkt hast, wie verrückt ich nach dir war«, antwortete er und seine Stimme klang leicht verletzt.

»Nein, das habe ich nicht gewusst«, gab ich zu.

Hätte ich damals gewusst, was ich heute wusste, hätte ich ihn gesucht. Gott weiß, es hatte eine Ewigkeit gedauert, bis ich es zumindest geschafft hatte, mir jene Nacht nicht jeden einzelnen Tag wieder ins Gedächtnis zu rufen.

Die Wahrheit ergriff langsam Besitz von mir. *Ich hatte mit dem US-Senator Blake Colter geschlafen und nicht mit seinem Bruder Marcus.* Es gab so viele Fragen, die ich ihm stellen wollte, nun, da ich keinen wirklichen Grund mehr hatte, ihn zu hassen. Er hatte versucht, Kontakt mit mir aufzunehmen, doch damals waren meine Gefühle noch zu frisch gewesen. Jahrelang hatte ich versucht, mich nicht ständig daran zu erinnern, wie betrogen ich mich von dem ersten Mann gefühlt hatte, der mich sinnliches Vergnügen gelehrt und mit dem ich eine solche Intimität erlebt hatte, wie sie mir niemals mehr geschenkt worden war.

»Blake«, murmelte ich vor mich hin, nur um seinen Namen aus meinem Mund zu hören und zu testen, wie es sich anfühlte.

»Jetzt hast du zum ersten Mal seit unserer Kindheit meinen Namen ausgesprochen«, bemerkte ich mit einem freudigen Lächeln.

»Ich war gemein zu dir«, gab ich widerstrebend zu.

»Allerdings. Damals gefiel mir Dani besser. Sie war viel netter als du.«

Ich lächelte ihn meinerseits an. »Das war sie immer. Dass ich von zu Hause weggelaufen bin, hat mir die Augen geöffnet. Davor war ich eine verzogene Göre.«

»Erwarte nicht, dass ich dir widerspreche«, antwortete er neckend.

»Keinesfalls.« Ich wusste genau, was für ein Biest ich mit achtzehn Jahren gewesen war, bevor ich erfahren musste, dass die Welt sich nicht um mich allein dreht. Ich hatte nur an mich gedacht. Wenn ich daran zurückdachte, wie ich mich als Kind und später als Teenager verhalten hatte, schüttelte es mich vor Entsetzen. »Ich bin erwachsen geworden«, versicherte ich ihm.

»Und wunderschön«, schmeichelte er.

Mein Gesicht überzog sich mit flammender Röte, als seine Augen über mich hinwegglitten. Während der vergangenen zehn Jahre hatte ich nicht gerade viel Zeit auf mein Aussehen verschwendet oder gar versucht, einen Mann einzufangen. Ich hatte mich ganz auf meinen Beruf und mein Engagement für die Obdachlosen konzentriert.

»Und was machen wir jetzt?«, fragte ich hilflos. »Ich habe zwölf Jahre damit verbracht, dich zu hassen. Also gut, Marcus nehme ich an. Und jetzt, ganz plötzlich, ist alles falsch, von dem ich dachte, es sei richtig. In der Tat kennt Marcus mich kaum. Und ich bin mir sicher, dass du mich auch gehasst hast, da du eigentlich nichts Falsches getan hast.«

»Ich habe dich niemals gehasst, Harper.«

»Warum nicht? Du hast gedacht, ich würde dich sitzen lassen.«

Er schüttelte den Kopf. »Ich dachte, du wärst wütend oder enttäuscht, dass ich nicht Marcus war. Ich hielt es für dein gutes Recht. Ich habe dir niemals die Wahrheit gesagt. Doch es ist mir auch niemals in den Sinn gekommen anzuzweifeln, dass du wusstest, wer ich war, bis du mich Marcus genannt hast, nachdem wir von Denver zurückgekehrt waren und du ins Haus deiner Eltern gelaufen bist.« Er schwieg einen Moment, bevor er hinzufügte: »Ich denke, ich habe... gewartet.«

»Auf was...?«, hakte ich nach.

»Auf dich. Auf eine zweite Chance.«

Seine Antwort brachte mich vollkommen durcheinander. Ich wusste nicht mehr, was ich sagen, noch, was ich denken sollte. »Das war vor zwölf Jahren, Blake. Es war nur eine Nacht.«

»Mehr war für mich nicht nötig. Ich sagte dir doch bereits, dass jene Nacht etwas Besonderes für mich war. Ich meinte es auch so. Vielleicht habe ich nicht bewusst darauf gewartet, dass du zurückkehrst, doch ich glaube, dass ein Teil von mir stets die Hoffnung aufrechterhalten hat, dich wiederzusehen.«

Eine einzelne Träne tropfte auf meine Wange hinunter und ich trauerte um das, was vielleicht hätte sein können, wenn ich damals nicht so voreilige Schlüsse gezogen oder wenigstens einmal seinen Anruf entgegengenommen hätte. Ich wusste, dass ich keine ernste Beziehung mit ihm hätte eingehen können, doch vielleicht hätten wir Freunde sein können. Vielleicht hätte sich die Bitterkeit zwischen uns schon vor Jahren aufgelöst. »Ich weiß nicht, was ich sagen soll.«

»Sag nicht noch einmal, dass es dir leid tut«, bat er. »Es gibt nichts, für das du dich entschuldigen müsstest. Ich habe es nicht gewusst, bis Marcus mir erzählt hat, du hättest ihm gesagt, dass du ihn mit einer anderen Frau gesehen hättest. Mich hätte das an deiner Stelle damals auch sehr verletzt. Ich bin mir sicher, dass es für dich sehr schmerzhaft war.«

Ich nickte und wischte mir die Träne aus dem Gesicht. »Das war es. Ich nehme an, weil du mein Erster warst.«

»Du wirst niemals ermessen können, wie viel mir das bedeutet hat und wie sehr es mich bekümmert hat, dass du nicht mehr mit mir reden wolltest«, erwiderte er heiser.

»Ich wollte, dass du es warst«, gestand ich mit kaum hörbarer Stimme. »Ich wusste, dass die Gefühle echt waren. Ich habe es niemals bereut, Blake.«

»Auch als du gedacht hast, ich hätte mit dir gespielt?«, fragte er.

»Nicht so sehr, *was* geschehen ist, sondern *warum* es geschehen ist«, gab ich zu. »Ich war vielleicht zerstört, als ich annehmen musste, dass ich mir ein falsches Bild von dir gemacht hatte, und ich dachte, mein Urteilsvermögen verloren zu haben. Doch ich habe niemals bedauert, dass wir miteinander geschlafen haben. Es war mir stets gegenwärtig. Das Vergnügen. Die Gefühle und die pure Freude, mit dir intim zusammen zu sein.«

»Mir ist es ebenso ergangen«, sagte Blake mit rauer Stimme. »Tief in dir musst du das gewusst haben.«

Ich zuckte mit den Schultern. »Ich glaube nicht, dass ich überhaupt jemals so tief in mein Inneres vordringen wollte, nachdem es mir so wehgetan hat, dich mit einer anderen Frau zu sehen, wie ich dachte. Doch ich bin froh, es jetzt zu wissen. Ich werde niemals bedauern, dass du mein Erster warst. Du hast es zu einem perfekten Erlebnis gemacht.«

Wir schwiegen beide und ich beobachtete Blake dabei, wie er einen Schluck aus seinem Glas trank, bevor er es auf dem Tischchen abstellte.

Schließlich ergriff Blake wieder das Wort. »Erzähl mir doch, warum du dich entschlossen hast zu versuchen, historische Gebäude zu erhalten und sie mit modernen Einrichtungsentwürfen zu kombinieren – was ich übrigens für brillant halte.«

Kurz nachdem ich meine Karriere als Architektin begonnen hatte, war mein Name in meinem Spezialgebiet bekannt geworden. Ich hatte einen Entwurf realisiert, der den Charme eines historischen Gebäudes erhielt und andererseits erlaubte, dringend benötigte neue Strukturen hinzuzufügen, um die Firma zu modernisieren.

Geschichte versus Fortschritt.

Weil es sich um ein großes internationales Unternehmen gehandelt hatte, wurde mein Entwurf berühmt. Unbeabsichtigt war ich die Anlaufstelle für große Firmen geworden, die ihre Geschichte wahren wollten, aber auch nicht auf moderne Einrichtungen verzichten konnten.

Ich erzählte ihm, wie meine Karriere begonnen hatte, während er mir aufmerksam zuhörte.

»Du weißt, dass du auch für dein soziales Engagement bekannt bist«, betonte Blake, nachdem ich meinen Bericht beendet hatte.

»Das sind doch lediglich einfache Bauten.« Ich errichtete Obdachlosenheime und unterstützte sie bestmöglich. »Ich bin nicht auf das Geld angewiesen und außerdem braucht es nicht mehr viel, um mich glücklich zu machen. Den verwöhnten Teenager habe ich schon vor langer Zeit hinter mir gelassen.«

Ehrlich, es befriedigte mich weitaus mehr zu wissen, dass ich ein paar Menschen helfen konnte, ihre Nächte warm und trocken zu verbringen, als Geld auf meinem Bankkonto anzuhäufen. Meine Eltern waren ebenso wohlhabend gewesen wie die Colters und hatten alles mir, Danica und meinen drei Brüdern hinterlassen.

Während unsere Brüder ihr Vermögen genommen und hochkarätige Laufbahnen eingeschlagen hatten, hatten Danica und ich Berufe gewählt, die uns glücklich machten.

»Tu nicht so, als wäre das nichts«, wandte Blake ein. »Die meisten reichen Leute kümmern sich einen Dreck um die Obdachlosen.«

Ich wusste, er sprach die Wahrheit. Einige kümmerte es, andere nicht. Ich war zufällig eine der reichen Personen, die sich um das Wohlergehen der Obdachlosen sorgte. »Die meisten Wohlhabenden interessieren sich nur für Sozialleistungen der Regierung, wenn sie selbst auch davon profitieren«, betonte ich. »Du tust auch Gutes, Blake.«

Er lächelte mich an. »Vielleicht. Doch oft möchte ich am liebsten ein paar Leuten die Köpfe einschlagen. Es ist frustrierend.«

Was das politische Klima anbelangte war ich mir ziemlich sicher, dass die Atmosphäre in Washington alles andere als vergnüglich war. »Ich wäre froh, wenn du den Kongressabgeordneten, die den Fond für die Gesundheitsfürsorge der Obdachlosen nicht billigen, ein bisschen Gefühl in die Köpfe hämmern könntest«, bemerkte ich leichthin.

»Das habe ich bereits versucht«, antwortete er gereizt. »Die meisten Leute setzen andere Prioritäten.«

Zu seinem Leidwesen gehörte Blake einer Minderheit an, die sich der Gründung des Fonds nicht widersetzt hatte. »Wir werden weiterhin versuchen, die Finanzierung durchzusetzen«, erwiderte ich spöttisch.

»Ich werde dich dabei so gut ich kann unterstützen«, versprach er.

Ich war überrascht, welch angenehmen Verlauf unsere Unterhaltung genommen hatte, wie ein Gespräch zwischen zwei Freunden, die sich erneut kennenlernten.

Allerdings waren wir niemals wirklich befreundet gewesen. Damals waren wir einfach zwei junge, hormonell beeinflusste Menschen gewesen, die gegenseitig an ihren Körpern Gefallen gefunden hatten.

Jetzt jedoch war ich vollkommen erwachsen und fürchtete, dass meine Schwester niemals mehr nach Hause zurückkehren würde.

Unfähig, das Thema noch länger zu vermeiden, fragte ich ängstlich: »Glaubst du, Marcus und Tate werden Dani wirklich helfen können?«

Ich konnte die Furcht in meiner Stimme hören, eine für mich unnatürliche Unsicherheit.

Seine grauen Augen verdunkelten sich. »Sie werden alles versuchen, um sie dort herauszuholen, falls sie noch lebt.«

Das war eine mögliche Wahrheit, die ich nicht in Erwägung ziehen wollte, das Einzige, das ich nicht akzeptieren konnte. »Sie darf nicht tot sein.«

Ich sprach die Worte laut aus, weil ich mir verzweifelt wünschte, sie wären wahr.

Blake erhob sich und setzte sich neben mich. Dann schloss er mich in seine Arme, als ob das vollkommen natürlich wäre. »Ich hoffe, dass es nicht so ist.«

Sein beruhigender Tonfall ließ meine Selbstbeherrschung zusammenbrechen. Seit Wochen sorgte ich mich und fragte mich, ob Danica noch lebte. Die Wunde in meinem Herzen brach endlich auf und ich begann zu weinen.

Kapitel 7

Blake

Ich fühlte mich vollkommen hilflos, denn mir blieb nur noch, Harper in meinen Armen zu halten, während sie all die Angst hinaus weinte, die sie in sich verschlossen hatte.

Verdammt, ich konnte ihr nicht versprechen, dass Danica noch lebte. Die internationale Korrespondentin bewegte sich in einer Welt, in der es niemanden kümmerte, wenn man sie köpfen und dann zum Ausbluten in den Dreck werfen würde. Harpers Schwester hatte tagtäglich mit dieser Art von brutaler Wirklichkeit gelebt, während sie aus den gefährlichsten Krisengebieten der Welt Bericht erstattet hatte.

Ich konnte der Frau in meinen Armen lediglich einen kleinen Trost geben. »Es gibt keine offiziellen Nachrichten über ihren eventuellen Tod. Falls die Rebellen sie getötet hätten, wäre es mittlerweile bekannt, denke ich. Ich habe jeden verdammten Regierungsbeamten angerufen, den ich kenne, um Neuigkeiten zu erfahren. Es gibt keine, Harper. Nicht ein einziges Wort über ihr Schicksal. Im Moment ist das positiv zu deuten.«

Ihr herzzerreißendes Schluchzen verebbte und an meiner Brust ruhend fragte sie mit zitternder Stimme: »Du hast herumtelefoniert?«

»Gewiss«, erwiderte ich ruhig.

»Ich danke dir für deine Hilfe. Du brauchst dich eigentlich nicht in die Sache hineinziehen zu lassen. Auch deine Brüder sind zu nichts verpflichtet.«

»Ich wünschte, der Hurensohn, der sie gefangen hält, würde etwas von sich hören lassen«, bemerkte ich gereizt.

Zu meiner großen Enttäuschung setzte sie sich aufrecht hin und wischte sich die Tränen aus dem Gesicht. »Seitdem sie den Kontakt abgebrochen haben, habe ich kein einziges Wort mehr von ihnen gehört. Das bereitet mir große Sorgen.«

Das ließ auch mich das Schlimmste befürchten, doch ich hütete mich, Harper meine Meinung mitzuteilen. Die Entführung war nicht offiziell bekannt geworden und ich hoffte, das würde so bleiben. Ich wünschte, Marcus und Tate konnten schnell in das Gebiet hinab stoßen und ebenso schnell wieder verschwinden. Danis einzige Hoffnung bestand in einer verdeckten Mission, die keine Aufmerksamkeit auf sich zog. »Ich werde bald etwas von Marcus hören«, versicherte ich ihr und legte einen Arm um ihren bebenden Körper.

Ich hasste diese beschissene Situation. Ich hasste es, Harper leidend und besorgt zu sehen.

»Und wenn er keinen Kontakt zu uns aufnehmen kann? Er könnte sich in einem Gebiet ohne Empfang aufhalten.«

»Er ist im Besitz eines der besten Satellitentelefone, die je entworfen wurden.«

Mein Bruder verfügte über ein Telefon, das beinahe überall funktionierte.

Marcus suchte nicht nur stets nach Nervenkitzel, er liebte außerdem seine Spionagespielzeuge.

Ich spürte, wie sich Harpers Körper entspannte. »Also gut. Dann warten wir eben.«

Ehrlich, ich persönlich hätte mich lieber an der Aktion beteiligt als untätig zu warten. Doch auch ich hatte meine Rolle bei Danis

Rettung zu spielen. »Meine Familie weiß Bescheid, was Marcus tut. Jedes Mal, wenn wir unsere Identität getauscht haben, waren sie alle eingeweiht. Wir mögen zwar gleich aussehen, doch unsere Mutter und Geschwister können uns auseinanderhalten. Doch außerhalb meiner Familie sollte niemand herausfinden, dass ich nicht mein Zwillingsbruder Marcus bin.«

»Ich werde nichts verraten. Ich verspreche es«, sagte sie mit starker, entschlossener Stimme. »Ich würde alles tun, um Dani zu retten.«

»Einschließlich des Verkaufs deines Körpers?«, fragte ich, immer noch verärgert, dass sie das überhaupt in Erwägung gezogen hatte. Doch offensichtlich hatte sie das überlegt, obwohl sie sich nur sarkastisch dazu geäußert hatte.

»Ja, falls es nötig wäre«, antwortete sie bestimmt. »Und zu meiner Verteidigung, ich habe dich für Marcus gehalten. Ich wusste nicht, was du wolltest. Ich nehme an, du hast inzwischen keine andere willige Jungfrau gefunden?«

»Kein anderes Mädchen hat mir je ihre Jungfräulichkeit angeboten, seitdem du mich benutzt hast«, scherzte ich in dem Versuch, ihr ein Lächeln zu entlocken. Sie war so traurig, dass ich sie ablenken wollte.

»Ich habe dich nicht benutzt«, erwiderte sie empört.

Ich musste lachen, laut und dröhnend, ein Geräusch, das seit langem nicht mehr aus meinem Mund gedrungen war. »Glaubst du, ich hätte dir tatsächlich widerstehen können, als du dich praktisch halb nackt auf mir ausgebreitet hast? Ich war zweiundzwanzig Jahre alt.«

»Ich trug eins *deiner* T-Shirts«, verteidigte sie sich.

»Ja. Und ansonsten wenig mehr«, erinnerte ich sie.

»Also gut. Vielleicht war ich ein bisschen unerfahren«, gab sie widerstrebend zu.

»Bist du sicher, dass du es nicht bereust?« Verdammt! Ich hatte diese Frage nicht stellen wollen, weil ich mir nicht sicher war, ob ich es hören wollte, falls sie ihre Meinung geändert hatte. Doch aus irgendeinem merkwürdigen Grund war es mir wichtig, sie noch einmal laut sagen zu hören, dass sie es nicht bedauerte.

»Nein.«

Ihre Stimme klang sicher und fest und ich stieß den Atem aus, den ich unbewusst angehalten hatte.

»Gut.« Ich war verdammt froh, dass die Antwort sich nicht geändert hatte.

»Bereust du es?«, fragte sie zögernd.

»Nein, Harper. Damals habe ich mich für den glücklichsten Hurensohn dieses Planeten gehalten.«

»Und heute?«

Ich grinste sie an. »Ich betrachte mich immer noch als den glücklichsten Hurensohn auf der Welt, dein erster Mann gewesen zu sein.«

»Ich bin froh, dass du es warst«, beteuerte sie ernst.

Ich hätte keinesfalls behaupten können, dass Harper die einzige Frau gewesen wäre, die ich gehabt hatte. Ich war ein geiler kleiner Mistkerl gewesen, bevor ich sie getroffen hatte. Doch ich konnte behaupten, dass mich das Zusammensein mit ihr tiefgreifend verändert hatte. Nach Harper und den Gefühlen, die ich mit ihr erfahren hatte, hatte keine Frau mehr meine Seele auf die gleiche Art berühren können.

Begehrliche Gefühle ergriffen mein Herz und pressten es wie mit einem Schraubstock zusammen, als ich mir Harper mit einem anderen Mann vorstellte. Es spielte keine Rolle, dass ein Dutzend Jahre verstrichen waren, ohne dass ich sie gesehen hatte.

Was zur Hölle war es, das dieses Gefühl in mir auslöste, dass sie zu mir gehörte, nur weil ich sie ein einziges Mal in einem wilden Orgasmus zum Schreien und Zittern gebracht hatte?

Sie wiederzusehen ließ mich beinahe den Verstand verlieren.

Unvermittelt stand ich auf, von der Sorge getrieben, meine Höhlenmenscheninstinkte nicht kontrollieren zu können und Harper wie einen nachträglich erhaltenen Preis mitzuschleppen. *Verdammter Mist!* Ich war ein respektierter Staatsdiener und konnte nur daran denken, Harper nackt auszuziehen und sie für mich zu behalten.

»Ich gehe wohl besser nach Hause zurück. Ich habe einiges zu erledigen.« In Wahrheit hatte ich nichts zu tun, außer mich wie

Marcus zu verhalten. Doch mich in Harpers Nähe aufzuhalten war zu gefährlich für mich.

Ich fühlte mich wie ein vollkommen anderer Mann, wenn sie in meiner Nähe war, und eigentlich hatte ich keine besitzergreifende Ader. Also gut, das hatte ich *angenommen*, bevor ich sie wiedergesehen hatte. Nun hatte ich gegen Gefühle anzukämpfen, die ich niemals zuvor in mir wahrgenommen hatte.

Es war eine ziemlich furchteinflößende Erfahrung, Seiten an meiner Persönlichkeit zu entdecken, die ich bisher nicht gekannt hatte.

Harper war emotional aufgewühlt und ängstigte sich um Danica.

Jetzt war bestimmt *nicht* der richtige Zeitpunkt, daran zu denken, sie zum Kommen zu bringen, bis sie meinen Namen schreien würde. Und doch... sehnte ich mich danach, genau das zu hören. Es verlangte mich nach ihr wie nach einer Droge und alles in mir sehnte sich danach, meinen eigenen Namen zu hören, während ich sie hart und schnell fickte, bis wir beide gesättigt und zu erschöpft wären, um uns zu bewegen.

Sie sprang vom Sofa auf. »Blake?«

Meine Brust schmerzte, als sie meinen Namen aussprach. »Ja?«

»Danke«, sagte sie leise.

Ich wollte nicht, dass sie sich bei mir bedankte. »Du musst dich nicht bei mir bedanken, nur weil ich das Richtige getan habe.«

»Ich denke doch«, murmelte sie, kam näher und küsste mich sanft auf die Wange.

Ich ballte meine Fäuste und ließ sie seitlich an meinem Körper hinab hängen, weil ich einzig und allein von dem Wunsch besessen war, sie gegen die Wand zu pressen und sie so hart zu ficken, wie ich konnte. Harper brachte mich dazu, mich ein wenig geisteskrank zu fühlen, und ich war mir nicht sicher, ob ich meine primitiven Instinkte beherrschen konnte.

»Wir bleiben in Kontakt«, sagte ich und begab mich hastig außerhalb ihrer Reichweite.

»Ich werde deine Identität nicht preisgeben.« Sie zögerte einen Augenblick, bevor sie fragte: »Ist alles in Ordnung mit dir?«

Ich drehte mich zu ihr herum. »Ja. Warum?«

»Du scheinst dich...unbehaglich zu fühlen.«

Vielleicht weil ich dich unbedingt ficken will!

Natürlich würde ich mit dieser unbedeutenden Tatsache jetzt nicht herausplatzen. »Alles in Ordnung. Ich glaube, ich will einfach nur, dass du weißt... wer ich bin.«

Zumindest entsprach das der Wahrheit. Sie hatte mich immer als Marcus angesehen. Ich liebte meinen Bruder zwar, doch ich wollte nicht mit *ihm* verwechselt werden. Am wenigsten von Harper.

»Ich habe *dich* immer erkannt«, antwortete sie. »Ich wusste lediglich nicht, wie du heißt.«

Vielleicht klang das eigenartig, doch ich wusste genau, was sie meinte, und das machte es mir schon ein bisschen leichter ums Herz. »Ich kann nicht gerade behaupten, dass es mir Spaß macht, Marcus zu sein.«

»Sicher nicht. Ist es schwierig, die eigene Identität zu wahren, wenn man einen eineiigen Zwilling hat?«

»Wir sind verschieden, obwohl wir identisch aussehen.«

»Ich weiß. Ich konnte den Unterschied spüren.«

»Dann gehörst du zu den wenigen, die das können. Alle anderen betrachten uns lediglich oberflächlich und nehmen an, wir gleichen uns in allem.«

Nicht, dass es an meinem Bruder Marcus irgendetwas auszusetzen gäbe. In der Tat hat er keinerlei Mühen gescheut, indem er als CIA-Informant der Regierung half, weil er davon überzeugt war, das Richtige zu tun. Auf seine eigene Art diente Marcus also auch der Öffentlichkeit.

Ich mochte es lediglich nicht, wenn jemand uns nicht als getrennte Individuen ansah, nur weil wir gleich aussahen.

»Du *bist* anders«, stellte Harper fest. »Doch ich bin sowohl euch beiden als auch Tate dankbar für das, was ihr tut.«

Ich wollte ihre Dankbarkeit nicht. Ich wollte etwas vollkommen anderes.

Ich öffnete die Tür. »Verschließ die Tür und ruf mich unter Marcus Telefonnummer an, falls du etwas brauchst! Ich benutze sein Telefon. Ich werde es dich wissen lassen, falls ich etwas höre.«

Eilig verließ ich den Raum und schloss die Tür hinter mir. Doch dann hielt ich inne, um zu warten, dass die Tür wirklich verriegelt wurde. Es dauerte einen Moment, doch schließlich hörte ich das typische Klicken des Riegels.

Hastig eilte ich zum Aufzug, denn ich wusste, ich musste eine gewisse Entfernung zwischen Harper und mich bringen, bevor ich vollkommen den Verstand verlor.

Kapitel 8

Harper

Noch immer verwirrt und besorgt hatte ich mir meine Jacke
geschnappt und Wanderstiefel angezogen, kurz nachdem
Blake mein Zimmer verlassen hatte. Ich musste mich
bewegen, um nicht von meinen eigenen Gedanken gefangen gehalten
zu werden.

Unglücklicherweise war ich jedoch nicht in der Lage, ihnen
zu entkommen, und einige Stunden später war ich noch ebenso
ängstlich wie zuvor, obwohl es sich so anfühlte, als hätte ich schon
viele Kilometer zurückgelegt.

Eigentlich war ich eine erfahrene Wanderin, doch ich musste
erkennen, dass ich alle Regeln des Wanderns und der Orientierung
über Bord geworfen hatte, mich wie in Trance bewegte und nur
meinen Gedanken Aufmerksamkeit schenkte.

Verdammt!

Schließlich wurde ich mir bewusst, wo ich mich befand, und
beäugte misstrauisch den Schnee. Bald würde es Frühling sein, doch
er war noch nicht eingetroffen und ich fror jämmerlich, während ich
einem Weg folgte, der ins Nirgendwo zu führen schien.

Als ich in der Ferne Rauch entdeckte, hielt ich mich auf dem von Pinien gesäumten Pfad, denn ich war mir sicher, dass es sich um Kaminfeuerrauch handelte und sich dort folglich Menschen aufhalten mussten. Entschlossen ging ich weiter.

Selbst nach Stunden des Nachdenkens war ich der Antwort auf meine Frage nicht näher gekommen. Wie fühlte ich mich aufgrund der Tatsache, dass Marcus in Wirklichkeit Blake war und einen vollkommen anderen Charakter besaß, als ich angenommen hatte?

Bis jetzt hatte ich jede noch so unwichtige Information in mich aufgesogen, die ich über Marcus erhaschen konnte, und hatte niemals erkannt, dass es eigentlich Blake gewesen war, über den ich etwas in Erfahrung bringen wollte. Irgendwie, dachte ich, hätte ich wissen sollen, dass der Mann, mit dem ich zusammen gewesen war und gescherzt hatte und der meinen Körper auf intime Weise kennengelernt hatte, nicht Marcus Colter hatte sein können. Der ältere der Zwillinge war bekannt dafür, seine Freundinnen schon nach kurzer Zeit zu wechseln, während niemand Blake einen Frauenheld hätte nennen können – obwohl er heißer war als ein außer Kontrolle geratener Waldbrand. Meine Mutter hatte stets liebevoll über ihn geredet. Leider hatte sie jedoch niemals erwähnt, dass es Blake gewesen war, der mich in jenem Obdachlosenheim aufgespürt hatte. Wahrscheinlich hatte sie unterstellt, ich wüsste es. Bei den seltenen Gelegenheiten, bei denen ich ihn im Fernsehen hatte sprechen sehen, hatte er zwar meine Aufmerksamkeit erregt, doch ich hatte dummerweise nur daran gedacht, wie sehr er mich an Marcus erinnerte.

Wahrscheinlich weil er der Mann war, mit dem ich geschlafen hatte!

Wenn ich auf meine Instinkte geachtet hätte, hätte ich die Wahrheit erkannt? Ich würde es niemals wissen, da ich mit meinem gebrochenen Herzen gedacht hatte, statt mit meinem Verstand.

Doch eines *wusste* ich: Ich würde die beiden niemals mehr verwechseln. Nachdem ich mit Blake gesprochen und ihm nahe gewesen war, würde mein Herz ihn immer wiedererkennen.

Ich hielt einen Moment inne und hob den Kopf, um die Schönheit der riesigen Blockhütte zu bewundern, die plötzlich vor mir auftauchte. Das Gebäude besaß die Ausmaße einer Villa, wirkte jedoch trotzdem irgendwie anheimelnd. Ich nahm mir Zeit und studierte die komplexe Architektur, während ich mich fragte, wer das Haus entworfen haben mochte. Schließlich sagte ich mir, dass es wichtiger war zu erkennen, dass es sich um ein zwar sehr großes, doch auch einsames Haus mitten im Nirgendwo handelte und dass ich immer noch meinen Rückweg ins Resort finden musste.

Plötzlich sah ich aus dem Augenwinkel einen Schatten und dann hörte ich das aufgeregte Gebell eines Hundes. Mein ganzer Körper spannte sich an, als ich einen riesigen Deutschen Schäferhund erblickte, der sich so schnell in meine Richtung bewegte, dass ich ihm gewiss nicht entkommen konnte. Ich liebte Hunde, doch ich war mir nicht sicher, was ich von einem äußerst großen Deutschen Schäferhund zu erwarten hatte, der direkt auf mich zusprang.

»Shep! Nein! Komm her, du Monster!«, rief eine weibliche Stimme aus einiger Entfernung. Der Hund unterbrach seinen Lauf und kehrte mit einem enttäuschten Winseln zum Haus zurück.

Auch ich bewegte mich jetzt in Richtung Haus und winkte der wunderschönen Blondine zu, die den Hund zurückgerufen hatte, um ihr zu signalisieren, dass ich mich in guter Absicht näherte.

Sie lief auf mich zu und hielt knapp vor mir an. »Es tut mir leid. Manchmal ist er etwas zu aufgeregt. Sie müssen ein Gast des Resorts sein. Sie sind ziemlich weit gewandert.«

Die Frau lächelte und ich blickte nervös auf. »Mir tut es leid. Dies ist offensichtlich Privatgelände. Ich nehme an, ich habe mich in meinen Gedanken verloren.«

Der riesige Schäferhund setzte sich neben die hinreißende Frau und beäugte mich misstrauisch.

Ich streckte meine Hand aus, um den Hund an ihr riechen zu lassen, und konnte befriedigt feststellen, dass er an ihr leckte und so offensichtlich meine Anwesenheit akzeptierte.

»Ist in Ordnung«, versicherte sie mir. »Es kommen nicht so oft Leute hierher. Ich bin Lara Colter.«

»Tates Frau?«

Lara blickte mich scharf an. »Ja. Woher wissen Sie das?«

Ich wusste, dass einer der Colter-Brüder früher bei der Spezialeinheit gedient und eine ehemalige FBI-Agentin geheiratet hatte. Mein Bruder Jett hatte mich über die Colters auf dem Laufenden gehalten, da er einige Jahre lang ein Mitglied von Marcus Team gewesen war. Er hatte das ungleiche Paar ein- oder zweimal erwähnt. »Ich bin Harper Lawson. Wegen meiner Schwester ist ihr Ehemann im Moment nicht bei Ihnen zu Hause.«

Lara nickte in Richtung des Blockhauses. »Kommen Sie doch bitte herein! Ich werde Ihnen etwas Warmes zu trinken machen. Sie sehen aus, als ob sie frieren würden.«

Sie drehte sich herum und bedeutete dem Hund, zum Haus zurückzugehen, und ich folgte ihr.

Wir befanden uns bereits im Inneren des großen, aber gemütlichen Hauses und Lara goss bereits den Kaffee auf, bevor sie wieder das Wort ergriff. Da ich nicht wusste, was ich hätte tun können, setzte ich mich an den Tisch in der Ecke.

»Es tut mir so leid um Ihre Schwester«, sagte Lara freundlich. »Es ist so ungerecht, wenn ein unschuldiger Mensch der Verrücktheit der Welt zum Opfer fällt.«

Ich seufzte. »Ihr Schwager Marcus meinte, dass Dani wusste, worauf sie sich eingelassen hat und welches Risiko sie eingegangen ist. Er hat Recht. Sie wusste es. Doch das macht es nicht leichter, mit ihrem Verschwinden fertigzuwerden.«

»Als ich Agentin war, war ich mir auch der Risiken bewusst. Ich akzeptierte sie. Doch das bedeutete nicht, dass ich mich von irgendeinem Versager töten lassen wollte. Sie geht einer wichtigen Arbeit nach. Ich mag ihre Berichterstattung. Sie tut mehr, als nur weltweit Nachrichten zu übermitteln. Danica versteht es irgendwie, das menschliche Element mit einzubeziehen und deutlich zu machen, welchen Preis die Menschen zahlen müssen.«

Ich nickte. »Das sind die Geschichten, die sie am meisten interessieren. Sie möchte alle Menschen auf der Welt wissen lassen, welche Folgen eine schlimme Situation nach sich zieht.«

»Stehen Sie Ihrer Schwester sehr nahe?«, erkundigte sich Lara, während sie einen Kaffeebecher vor mich hinstellte und sich dann mit ihrer eigenen Tasse mir gegenübersetzte.

Ich beobachtete, wie sie sich ihren Kaffee mit Milch und Zucker anrührte und dann beides zu mir herüberschob.

»Wir stehen uns sehr nahe«, antwortete ich wahrheitsgemäß und schüttelte den Kopf, um Milch und Zucker abzulehnen. »Sie war stets meine beste Freundin, auch, als wir noch Kinder waren.«

»Es tut mir wirklich leid«, wiederholte Lara. »Ich hoffe, die Jungs werden sie heil und gesund nach Hause bringen. Wie kommen Sie damit zurecht?«

Ich merkte, wie gut es tat, jemanden zu haben, der sich nach meinem Befinden erkundigte. Ich war so viel unterwegs, dass ich kaum Freundschaften schließen konnte. Dani war immer diejenige gewesen, die ich angerufen hatte, wenn es mir nicht gut gegangen war. Nun war sie weg.

»Den Umständen entsprechend recht gut, denke ich. Doch ich wünsche mir so sehr, irgendetwas von ihr zu hören.«

Lara trank einen Schluck von ihrem Kaffee, bevor sie antwortete. »Wenn sich Tate bei mir gemeldet hätte, hätte ich es Ihnen mitgeteilt. Ehrlich, ich glaube nicht, dass sie mit uns Kontakt aufnehmen, bis sie etwas Genaueres wissen, denn sie wollen sicher unter allen Umständen vermeiden, auch nur die geringste Aufmerksamkeit auf sich zu ziehen.«

Ich war einigermaßen erleichtert, dass sie zumindest nichts Negatives gehört hatte. »Ich fühle mich schrecklich, dass ich Ihre Familie in Gefahr bringe. Ich hatte einfach... Angst. Ich konnte die Regierung nicht überzeugen einzugreifen, weil Danica wahrscheinlich ihren Warnungen zum Trotz das Land betreten hat und somit mitschuldig an ihrer Misere ist.«

»Genau darum geht es. Ich verstehe einfach nicht, warum sie das getan hat«, wunderte sich Lara. »Sie ist doch eine erfahrene Journalistin, obwohl sie noch jung ist.«

Ich zuckte mit den Schultern. »Ich verstehe es auch nicht. Ich wünschte, ich könnte es. Dani war schon immer furchtlos, aber sie ist nicht lebensmüde. Sie ist einigermaßen vorsichtig und besitzt einen gesunden Menschenverstand.«

»Glauben Sie, dass sie bereits in der Türkei gekidnappt wurde? Das ist doch irgendwie unwahrscheinlich.«

Ich nickte. »Das sehe ich auch so. Ich glaube nicht, dass sie von dort entführt wurde. Es gibt dort eine humanitäre Einsatzstelle und dort wurde sie zuletzt gesehen. Sie hat sich dort aufgehalten, unmittelbar bevor sie als vermisst gemeldet wurde.«

Während ihres Anrufs aus diesem Gebiet hatte ich die Stimme meiner Schwester zum letzten Mal gehört.

»Falls Ihnen das ein besseres Gefühl gibt, Marcus musste Tate nicht gerade zur Teilnahme zwingen. Tatsächlich glaube ich sogar, dass mein Mann mehr als nur ein bisschen beleidigt war, dass Marcus ihm nicht schon früher etwas über die PRO erzählt und ihn an seinen Aktionen hat teilnehmen lassen«, erklärte Lara lächelnd.

»Warum hat Marcus das denn nicht gewollt?«

»Ich bin mir sicher, dass Marcus sich nicht hätte auf seine Aufgabe konzentrieren können, wenn er sich um seinen kleinen Bruder hätte sorgen müssen«, vermutete Lara. »Aber Tate hätte es sehr begrüßt, wenn er sich wieder als Pilot an Missionen hätte beteiligen können.«

»Ist er so gut?«, erkundigte ich mich neugierig.

»Einer der Besten und das sage ich nicht nur, weil er mein Ehemann ist.«

»Sicher waren Sie nicht gerade glücklich darüber, dass er mit Marcus losgezogen ist.«

Lara zuckte mit den Schultern. »Ich mache mir zwar Sorgen, aber ich habe auch die Meinung vertreten, dass er gehen sollte. Sie müssen unbedingt Ihre Schwester dort herausholen.«

»Mein Bruder Jett war während der Rettungsmissionen Marcus Techniker, bis die letzte schiefgegangen ist. Er wurde ziemlich schwer verwundet. Bis dahin hatte ich noch nicht einmal von der Existenz der PRO gewusst. Sie haben ihre Arbeit ziemlich geheim gehalten, um im Vorteil zu sein.«

»Ja. Deshalb war auch Tate nicht eingeweiht, denke ich. Doch er meinte, Marcus hätte es ihm sagen müssen.«

»Ich denke auch, dass Jett es mir und meinen Geschwistern hätte erzählen müssen. Doch er hat kein Wort verraten, noch nicht einmal unabsichtlich.«

»Sucht er auch nach Ihrer Schwester?«

»Nicht körperlich. Dazu ist er noch nicht in der Lage. Er hat sich noch nicht vollkommen erholt. Im Moment hinkt er, da er sich ein Bein gebrochen hat, doch er sucht nach jedem kleinsten Hinweis.«

»Weiß der Rest Ihrer Familie Bescheid?«, fragte Lara neugierig.

»Meine Eltern sind vor Jahren durch einen Autounfall ums Leben gekommen, daher gibt es nur noch mich, Dani und meine drei Brüder. Sie wissen alle Bescheid. Jett hat sie eingeweiht. Da er während des letzten Einsatzes verwundet worden war, hatte er keine andere Wahl. Ich denke, sie alle versuchen, aus verschiedenen Quellen an Informationen zu gelangen. Ich konnte nicht länger warten. Ich habe Marcus um Hilfe gebeten, als wir mit der konventionellen Vorgehensweise immer wieder auf Mauern gestoßen sind. Ich wusste nicht, dass er nur Blake von der PRO erzählt hatte. Denn die meisten der Mitglieder wurden enttarnt.«

»Aber nur gegenüber ein paar Regierungen«, erklärte Lara. »Genau die, auf die es ankommt, wollten nichts davon wissen. Außerdem hat unsere Regierung nichts an die Öffentlichkeit durchsickern lassen, weshalb Marcus auch Aileen und dem Rest der Familie nichts verraten musste.«

Ich stellte mir vor, wie sehr sich diese Frau wahrscheinlich um ihren Ehemann sorgte, und fühlte mich schuldig. »Es tut mir so leid. Wirklich, keiner der Colters hätte in die Sache mit hineingezogen werden sollen.«

»Ich mache Ihnen keine Vorwürfe«, erwiderte Lara sanft. »Wenn ich eine Schwester hätte, würde ich auch jeden um Hilfe bitten, den ich kenne. Wenn Tate nicht so äußerst fähig wäre, würde ich wahrscheinlich entsetzter sein. Aber er hat viele gefährliche Flüge für die Spezialeinheit hinter sich. Er weiß, was er tut. Er wird heil nach Hause kommen.«

»Danke. Aber ich möchte keinen von ihnen verletzt wiedersehen.«

»Sie wissen also von der Absprache mit Blake, richtig?«

»Dass er vortäuscht, Marcus zu sein, um abzulenken?«, fragte ich, ziemlich sicher, worauf sie mit ihrer Frage anspielte.

»Ja.«

»Ich weiß Bescheid. Ich habe Blake heute Morgen getroffen. Er hat es mir erklärt.«

Nachdem er mich in einem Aufzug besinnungslos geküsst hat!

»Kennen Sie Blake und Marcus sehr gut?«, erkundigte sich Lara unschuldig.

Ich konnte ihr wohl kaum erzählen, dass Blake mir die Jungfräulichkeit genommen hatte und dass ich ihm nicht nahekommen konnte, ohne ihm die Kleider vom Leib reißen und das Vergnügen genießen zu wollen, von dem ich bereits wusste, dass er es meinem Körper noch einmal bereiten konnte. Also sagte ich schlicht: »Ich kenne keinen von beiden besonders gut. Ich war einfach verzweifelt. Blake und ich haben eine gemeinsame Vergangenheit, doch Marcus kenne ich eigentlich überhaupt nicht.«

»Was für eine Vergangenheit?«, drängte Lara.

»Wir...« Ich wusste nicht, was ich sagen sollte.

»Sie hatten Sex mit ihm«, vermutete Lara aufgeregt. »Sie werden tatsächlich rot. Blake ist normalerweise ein Einzelgänger. Ich habe noch nie eine Frau kennengelernt, an der er ehrliches Interesse gezeigt hätte.«

Ich verfluchte mich für meine Verlegenheit, als Lara lachte. »Es ist lange her, Lara.«

»Wie lange?«

»Zwölf Jahre«, gab ich widerwillig zu.

»Ich muss diese Geschichte hören«, bettelte Lara.

Seufzend erzählte ich Lara, was vor all den Jahren geschehen war. Ich verriet zwar keine sexuellen Details, doch ich erklärte ihr, warum ich von zu Hause weggelaufen und was für ein Miststück ich gewesen war und wie es mich verändert hatte, nur einige Tage lang mit den Obdachlosen zusammenzuleben.

»Warum haben Sie und Blake den Kontakt nicht aufrechterhalten? Sie hatten offensichtlich eine starke Verbindung und wenn jemand eine Frau in seinem Leben braucht, dann ist es Blake.«

Mein Kopf flog hoch, um Lara anzusehen. Hastig erzählte ich ihr von dem Missverständnis betreffs der Verwechslung der Zwillingsbrüder und fragte sie dann: »Warum glauben Sie, dass er eine Frau braucht?«

Sie zuckte mit den Schultern. »Weil er sich gefühlsmäßig niemals auf jemanden einzulassen scheint und er hat niemals eine Frau auf der Ranch, obwohl er... einsam wirkt.«

»Er ist ein Senator, ein Politiker. Ich denke, er hat mehr als genug Gesellschaft.«

»Das meine ich nicht. Er ist ein hervorragender Politiker und er stellt seine Gefühle nicht zur Schau. In dieser Hinsicht ähnelt er Marcus. Aber ich spüre, dass er nicht vollkommen glücklich ist.«

»Sie sollten Seelenklempnerin sein«, erklärte ich scherzhaft und spielte damit neckend auf die Art an, wie sie die Menschen zu analysieren schien.

Lara zwinkerte. »Ich arbeite daran. Mir bleibt noch ein weiteres Jahr auf der Uni.«

Wir unterhielten uns eine Weile über ihre Ausbildung zur Therapeutin und ihre Zukunftspläne, mit häuslich missbrauchten Frauen zu arbeiten.

»Das ist unglaublich«, bemerkte ich ehrfürchtig.

»Nicht fantastischer als ihr Einsatz für die Obdachlosen«, gab sie zurück.

Ich sprach begeistert über mein soziales Engagement und Lara hörte mir aufmerksam zu.

Als ich innehielt, um Atem zu schöpfen, bemerkte Lara mit nachdenklicher Miene: »Wissen Sie, unsere Arbeit unterscheidet sich nicht allzu sehr voneinander. Wir bemühen uns beide um Menschen, die etwas Unterstützung brauchen. Wenn all das vorbei ist und Ihre Schwester gefunden wurde, sollten wir uns überlegen, ob wir nicht zusammenarbeiten können. Und außerdem: Sollen wir uns nicht duzen?«

Ich war erleichtert, dass sie so darauf zu vertrauen schien, dass Danica gefunden werden würde. Und mir gefiel der Gedanke, mit ihrer Wohltätigkeitsorganisation zusammenzuarbeiten. Ehrlich, es gab genügend Frauen und Kinder, die sich im Obdachlosenheim wiederfanden, wenn sie versuchten, dem häuslichen Missbrauch zu entfliehen.

»Ja, natürlich, duzen wir uns. Und es würde mir gefallen, mit dir zusammenzuarbeiten. Es gibt allerdings ein logistisches Problem, denn ich lebe in Kalifornien... also gut, zumindest während eines *Teils* des Jahres. Während der übrigen Zeit bin ich auf Reisen.«

»Wir arbeiten überall in den USA«, wandte sie ein.

Ich lächelte sie an. »Dann würde ich es liebend gern versuchen.«

Etwas später machte ich mich auf den Rückweg. Ich fühlte mich, als hätte ich eine neue Freundin gewonnen, und verspürte Schuldgefühle, dass ich ihren Ehemann aus selbstsüchtigen Motiven heraus in die Gefahr geschickt hatte, nur weil ich so verzweifelt meine Schwester zurückhaben wollte. Während ich die Auffahrt hinunterging und der einfachen Wegbeschreibung folgte, die mir Lara gegeben hatte, nachdem ich abgelehnt hatte, mich ins Resort zurückfahren zu lassen, fühlte ich mich etwas ermutigt, da sie solches Vertrauen in die Fähigkeiten von Tate und Marcus setzte. Sie schien davon überzeugt, dass die beiden bestens dazu geeignet waren, Dani zu retten, und da Lara mit ihnen verwandt war, verließ ich mich auf ihr Wort.

Kapitel 9

Harper

Ich brauchte bis zum folgenden Nachmittag, um meine Gedanken
bezüglich Marcus und Blake zu ordnen.

Wirklich, ich kannte Marcus nicht. Ich hatte einmal wegen
Dani mit ihm gesprochen und ihn als Kind ein paar Mal gesehen.

Blake... kannte ich auf intime Weise. Buchstäblich. Und langsam
gewöhnte ich mich an die Tatsache, dass der junge Mann, mit dem
ich vor zwölf Jahren eine Nacht verbracht hatte, wirklich Blake
gewesen war.

Ich seufzte, während ich mir meine Wanderstiefel anzog. Ich
hatte immer noch nichts von meiner Schwester gehört und langsam
begann ich, verrückt zu werden.

Selbst schlechte Neuigkeiten wären besser als das Vakuum, in
dem ich derzeit schwebte.

Ein unvermitteltes Pochen an der Tür meines Zimmers schreckte
mich aus meinen Gedanken auf.

»Harper?«, hörte ich Blakes Stimme durch die dicke Holztür dröhnen.

Schnell schnürte ich mir den zweiten Stiefel zu, stand binnen Sekunden mit beiden Füßen auf dem Boden und eilte zur Tür, um zu erfahren, was Blake entdeckt hatte.

Keuchend vor Sorge öffnete ich die Tür. »Was? Was ist passiert?« Ohne Erklärung stürmte Blake in meine Unterkunft und schloss die Tür hinter sich. »Wir müssen dich an einen anderen Ort bringen«, stieß er ohne Einleitung hervor.

Ich packte seinen Arm und klammerte mich an seinen hübschen, dicken Pullover, den er zu einer Jeans trug. »Warum? Was ist geschehen? Habt ihr Dani gefunden? Lebt sie?«

»Sie lebt. Die Regierung hat veröffentlicht, was passiert ist, und die Presse wird das Resort in Kürze überschwemmen. Pack zusammen, was du brauchst! Meine Mutter wird dir den Rest hinterherschicken.«

Seine Stimme klang so drängend, dass ich sogleich seiner Aufforderung nachkam. Er schien sich um nichts außer um mein Wohlergehen zu sorgen, daraus schloss ich, dass er gute Neuigkeiten erhalten hatte. Trotzdem pochte mein Herz heftig gegen mein Brustbein, während ich ein paar Sachen zusammenraffte, sie in meinen Koffer stopfte und ihn mit Gewalt schloss. Ich wollte unbedingt wissen, was er zu berichten hatte.

Schweigend griff Blake nach meinem Koffer und nahm mich bei der Hand, nachdem ich mir noch schnell meine Handtasche geschnappt hatte.

»Lass uns gehen!«, drängte er ungeduldig.

Ich folgte ihm, ohne noch weitere Fragen zu stellen, bis wir in seinem Wagen Platz genommen hatten. Ich musste rennen, um mit ihm Schritt zu halten, während er zum Parkplatz des Resorts eilte, wo er seinen luxuriösen Geländewagen abgestellt hatte.

Er fuhr wie ein Wahnsinniger, doch schon bald erkannte ich, dass er wusste, wohin er wollte, und außerdem war er ein erfahrener Fahrer, daher fühlte ich mich sicher.

»Nun rede schon!«, flehte ich ihn an. »Bitte!« Ich konnte es keine Minute mehr aushalten, ohne zu wissen, was Dani widerfahren war.

»Die Entführer deiner Schwester haben als Beweis, dass sie am Leben ist, ein Video geschickt. Sie fordern die Freilassung einiger

Mitglieder ihrer Organisation, die wir ins Gefängnis gebracht haben, und außerdem eine Schiffsladung Bargeld.«

»Ich habe Geld. Eine Menge. Ich werde ihnen alles geben, was sie wollen«, versicherte ich verzweifelt.

»Wir können die Gefangenen, die sie einfordern, nicht freilassen, Harper. Sie sind für den Tod vieler Menschen verantwortlich. Bisher hat niemand ihre Forderungen verweigert, doch das wird noch geschehen.«

Blake klang niedergeschlagen und da er das Amt eines US-Senators bekleidete, war mir ziemlich klar, dass er wusste, was möglich war und was nicht. Egoistischerweise war es mir vollkommen egal, wer freigelassen werden musste, um meine Schwester auszulösen. Doch als Amerikanerin würde ich mir selbst nicht mehr in die Augen sehen können, wenn der Tausch stattfinden würde und diese Gefangenen noch weiteren Menschen das Leben nehmen würden.

»Was war auf dem Video zu sehen? Wie wirkte sie?«, fragte ich und bettelte um jede noch so kleine Information.

»Ich habe es bei mir. Du kannst es dir ansehen, sobald wir auf meiner Ranch angekommen sind.«

»Dorthin fahren wir?«

»Ja. Ich würde es vorziehen, dich zu Zanes Haus zu bringen, weil dies wie ein Fort ausgebaut ist. Er arbeitet mit sensiblem Material und besitzt ein Heimlabor. Ich lebe viel weiter draußen, weil ich Land haben wollte. Ich konnte mit Zane aber keinen Kontakt aufnehmen. Er und Elli sind im Moment nicht zu Hause. Daher müssen wir mit meinem Haus vorliebnehmen. Es ist zumindest eingezäunt und besitzt ein bewachtes Eingangstor. Außerdem bin ich mir sicher, dass niemand auch nur daran denkt, so weit vorzudringen.«

»Also fahren wir nicht zu Marcus Haus?«

»Nein. Dort werden die Medien zuerst nachsehen. Seine Rettungsaktionen der entführten Opfer sind bekannt geworden. Danis Entführer haben seinen Namen im Zusammenhang mit einer Warnung an ihn erwähnt, dass er nicht nach ihr suchen soll. Die Journalisten werden in Erfahrung bringen wollen, ob er sich eingemischt hat.«

»Also wird deine gesamte Familie von der PRO erfahren?«

Blake nickte heftig. »Leider ja.«

»Ich verstehe nicht, warum sie es nicht bereits wissen. Wie kann das sein? Sie haben euch zwei doch offensichtlich gedeckt, wenn du in der Vergangenheit Marcus Rolle hier gespielt hast.«

»Wir haben das mit etwas anderem begründet«, antwortete Blake ohne nähere Erklärung.

»Würden die Medien es wagen, auf Privatgelände vorzudringen? Das Resort beherbergt zwar Besucher, doch die Anwesen der Familienmitglieder sind doch offenbar Privatgelände.«

»Du wirst überrascht sein«, meinte Blake. »Deine Schwester ist Journalistin. Du solltest doch wissen, was die Reporter alles für eine spannende Geschichte tun.«

»Aber sie werden nicht auf dein Gelände vordringen?«

»Darauf würde ich nicht wetten. Sie wissen, dass du hier bist oder zumindest hier warst. Die Medien haben irgendwie herausgefunden, dass du nach Colorado geflogen und Rocky Springs aufgesucht hast. Falls sie glauben, dass du dich immer noch in der Gegend aufhältst, werden sie alles versuchen, um mit dir über die Entführung deiner Schwester reden zu können. Ich hoffe, dass meine Mutter und der Rest meiner Familie sie von deiner Spur ablenken können. Ich habe ihnen allen gesagt, ich würde es ihnen später erklären, doch dass sie versuchen sollen, die Presse mit einer einfachen Erklärung abzuspeisen.«

»Wie sollen sie das machen?«

»Indem sie ihnen erzählen, Marcus hätte dich mit seinem Privatflugzeug an einen anderen Ort geflogen.«

»Und was ist mit dir?«

Er grinste. »Von mir wird angenommen, dass ich Urlaub mache. Verdammt, seitdem ich angefangen habe, mich für Marcus auszugeben, habe ich mehr vorgetäuschten Urlaub genommen, als ich in Wahrheit in meinem ganzen Leben gehabt habe.«

Meine Lippen formten sich zu einem schwachen Lächeln. Irgendwie konnte ich mir nicht vorstellen, dass Senator Colter viel Urlaub nahm.

Wir fuhren viel weiter, als ich angenommen hatte, und gelangten erst nach ungefähr fünfzehn oder zwanzig Minuten an das Eingangstor zu Blakes Haus. »Du hast nicht übertrieben«, stellte ich fest. »Das hier sieht beinahe wie eine Ranch aus.«

»Es ist eine Ranch«, antwortete er trocken. »Größtenteils Vieh. Ich unterhalte eine Zuchtstation.«

»Du bist ein Viehzüchter?« Nun gut, das überraschte mich nur ein kleines bisschen.

Er öffnete sein Fenster und gab einen Code ein, um das Tor zu öffnen, bevor er erwiderte: »Ich denke, die meisten Viehbetriebe würden mich einen Züchter nennen. Dies ist lediglich eine Hobbyranch. Ich habe nicht genügend Land, um wirklich Vieh zu züchten, was auch niemals wirklich mein Wunsch war. Ich bin mehr daran interessiert, neue Rassen zu züchten.«

»Ich verstehe. Auf dem College war Politikwissenschaft ja auch nicht dein bevorzugtes Gebiet«, bemerkte ich.

Er schüttelte lachend den Kopf, während er durch das Tor fuhr. »Verdammt, nein. Ich hatte nicht geplant, in die Politik zu gehen. Es ist einfach so... geschehen. Ich konnte das kleine Wiesel nicht ausstehen, das unseren Distrikt vertreten hat. Daher habe ich mich um einen Sitz im Parlament bemüht. Danach war ich alt genug, um mich für einen Senatorensitz zu bewerben.«

»Gefällt dir deine Arbeit dort?«, erkundigte ich mich.

»Meistens ja. Zumindest kann ich den Menschen in Colorado eine Stimme verleihen.«

Ich konnte heraushören, dass er sein Bestes tat, um der Öffentlichkeit zu dienen, und das, obwohl er Milliardär war und fast alles tun konnte, was er wollte. Ich konnte nicht umhin, diese Haltung zu bewundern.

Ich verschränkte meine Arme vor der Brust, als Blake die lange, gewundene Auffahrt hinauffuhr. »Wie ist es, ein Unabhängiger zu sein, während die Politik so gespalten ist?«

»Es ist die reinste Hölle«, stellte er knapp fest. »Aber ich fühle mich verpflichtet, mich für die Interessen der Menschen aus Colorado einzusetzen. Anders als viele meiner Kollegen kümmere ich mich einen Dreck um die Lobbyisten. Ich bin dort, um mich für die Wähler einzusetzen, die mir genügend Vertrauen entgegengebracht haben, um mich zu wählen.«

»Das ist erfrischend.« Mein Kommentar war keineswegs sarkastisch gemeint und ich hoffte, Blake würde ihn nicht falsch verstehen. Ehrlich, nur wenige Repräsentanten vertraten ihre Wähler. Den anderen ging es nur darum, in Washington Macht zu erlangen und diese zu bewahren.

Er zuckte mit den Schultern. »Ich versuche, mich so oft wie möglich in der Öffentlichkeit zu bewegen und mit den Menschen zu reden, um möglichst viele Meinungen zu hören. Außerdem lese ich wissenschaftliche Berichte und versuche, an die zukünftigen Generationen zu denken.«

»Du nimmst deine Aufgabe wirklich ernst«, bemerkte ich und war mir bewusst, dass meine Stimme Ehrfurcht verriet. Blake war wirklich ein äußerst seltenes Exemplar eines Staatsbeamten.

»Da bin ich nicht der Einzige«, wehrte er bescheiden ab. »Problematisch ist nur, dass wir eine Minderheit darstellen. Ich bin bereits wohlhabend und bin auch nicht aus Machtbestreben nach Washington gegangen. Ich möchte für die Menschen meines Staates, meines Landes und der ganzen Welt das Leben verbessern.«

»Ich wünschte beinahe, hier zu leben, sodass ich dich wählen könnte. Du bist sehr überzeugend, Senator«, neckte ich ihn.

Blake fuhr den luxuriösen Geländewagen in die Garage und stellte den Motor ab. Dann drehte er den Kopf zu mir herum und suchte meinen Blick. »Ich kann mir eine Menge anderer Dinge vorstellen, die ich mir von dir viel mehr wünsche als deine Wählerstimme, Harper.«

Der tiefe, kehlige Klang seiner Stimme und sein hypnotisierender Blick jagte mir eine Flut der Begierde durch den Körper, was mich erkennen ließ, dass ich eine Menge mehr von Blake wollte als lediglich seinen Schutz.

Ich wollte…

Ich brauchte…

»Ich werde sie dir ohnehin geben«, versicherte ich ihm und wusste nicht mehr, ob ich überhaupt noch von meiner Wählerstimme sprach, denn ich hatte mich vollkommen in seinen hinreißenden grauen Augen verloren.

Sein Gesicht nahm einen grimmigen Ausdruck an und er wandte sich ab, um die Fahrertür zu öffnen. Dann langte er nach hinten, um meinen Koffer vom Rücksitz zu nehmen. »Komm! Wir werden uns das Video von Dani ansehen.«

»Ja, ich brenne darauf, es mir anzuschauen«, stimmte ich nervös zu.

»Ich habe es zwar, doch habe ich es noch nicht gesehen. Es wurde fast umgehend aus dem Netz genommen, aber ich verfüge über einen privaten Link.«

Ich kletterte aus dem Wagen. »Deshalb wussten die Journalisten also von der Geschichte«, vermutete ich. »Es war für kurze Zeit öffentlich zugänglich?«

»Ja, für sehr kurze Zeit«, bestätigte er.

Nun ergab alles einen Sinn. Als das Video veröffentlicht worden war, hatten die Journalisten offensichtlich in Kalifornien nach mir gesucht. Und als sie mich dort nicht finden konnten, hatte irgendjemand herausgefunden, wohin ich gereist war.

Verdammt, es wirkte ein wenig beängstigend auf mich, dass man eine Person so leicht aufspüren konnte wie ein Beutetier.

Als ich bemerkte, dass Blake bereits an der geöffneten Garagentür auf mich wartete, setzte ich mich in Bewegung, voller Furcht, das Gesicht meiner Schwester zu sehen, auch wenn es nur auf einem Video war.

Kapitel 10

Harper

Leider hatte ich keine Möglichkeit, mir die Aufnahme von Dani sofort anzusehen. Meine Brüder riefen mich an, einer nach dem anderen, und jeder von ihnen wollte mir sagen, dass ich nicht nach Kalifornien zurückkommen sollte. Zuerst erhielt ich einen Anruf von meinem jüngsten Bruder Jett, der mir mitteilte, dass sein Gelände von Journalisten umzingelt war und dass er sich jetzt auf einem anderen ihm gehörenden Anwesen aufhielt, das weniger bekannt war. Während ich noch mit Jett sprach, meldete sich mein mittlerer Bruder Carter, um mir ungefähr das Gleiche zu erzählen.

Mein ältester Bruder, Mason, rief mich genau in dem Moment an, in dem ich mein Gespräch mit Carter beendet hatte, um mir genau das gleiche Szenario zu beschreiben.

Jeder von uns wurde an den verschiedenen Plätzen von der Presse verfolgt.

Wir hatten Informationen eingeholt. Doch meine Brüder hatten trotz all ihres Geldes und Einflusses Danis Aufenthaltsort nicht ausfindig machen können.

Ich setzte meine ganze Hoffnung immer noch auf den Erfolg von Marcus Team. Da Jett als Einziger wusste, dass ich Marcus eingeschaltet hatte, hatte ich mit ihm am längsten telefoniert. Ich informierte ihn über den Einsatz des Teams, doch konnte ich ihm nicht mehr berichten als die Tatsache, dass die Gruppe bereits in Übersee versuchte, Dani aufzuspüren.

Alle meine Brüder hatten sich bereits das Video über meine Schwester angesehen und jeder Einzelne von ihnen hatte mich davor gewarnt, es ebenfalls zu tun. Als ich sie nach dem Grund fragte, hatte keiner von ihnen mir eine aufrichtige Antwort gegeben. Daher führte kein Weg daran vorbei, mir das Gesicht meiner Schwester selbst anzusehen und ihre Stimme zu hören.

Blake hatte mich in ein entzückendes Schlafzimmer geführt und meine Tasche dort abgestellt, während ich mit meinen Brüdern gesprochen hatte. Doch ich hatte sehr wenig Zeit, das Anwesen zu bewundern.

Mein Hauptziel bestand darin, mehr Informationen über meine Schwester zu erhalten, und sobald ich meine Telefonate erledigt hatte, lief ich durchs Haus, um Blake zu suchen.

Ich brauchte eine Weile, um zu erkennen, dass das Gebäude im Stil eines geräumigen Farmhauses gehalten war. Alle Schlafzimmer schienen einen eigenen, ausgedehnten Flügel des Hauses zu belegen. Ich gelangte in ein förmliches Wohnzimmer und dann in einen Raum, der ein großes Familienzimmer zu sein schien, und immer noch hatte ich keine Spur von Blake gefunden.

Sein Haus war beeindruckend groß und geschmackvoll eingerichtet. Gern hätte ich mir alles angesehen, doch jetzt musste ich wirklich den Besitzer finden. Nachdem ich die riesige Küche durchschritten hatte, gelangte ich zu einem Heimkino und dem Eingang zu einem Schwimmbad, an dem ich vorbeiging.

Gerade als ich frustriert zu werden begann, fand ich Blake schließlich in einem Raum, der aussah wie ein großes Heimbüro. Die Tür stand auf und der Mann, den ich suchte, saß hinter seinem Schreibtisch.

Als ich eintrat, sah er mich mit sorgenvollen Augen an. »Stimmt etwas nicht?«, fragte ich nervös.

»Das Video über Dani. Ich bin mir nicht sicher, ob du es wirklich sehen willst«, antwortete er grimmig.

Ich eilte an seine Seite und konnte das Video auf dem Bildschirm erkennen. Der Film war angehalten worden.

»Meine Brüder haben das Gleiche zu mir gesagt. Sie haben es bereits gesehen. Ich muss es mir anschauen«, flehte ich und legte ihm eine Hand auf die Schulter.

»Sie sieht so aus, als ob sie zusammengeschlagen worden wäre, Harper. Du musst dich mit der Tatsache anfreunden, dass sie nicht sehr gut behandelt wird.«

»Zeig mir das Video, Blake! Ich bin kein Kind mehr. Ich will meine Schwester sehen«, erklärte ich ihm ernst.

Vielleicht würde ich geschockt sein, doch ich würde nicht vor der Realität flüchten.

Er klickte auf den Startpfeil und das Video begann.

Das Bild war grobkörnig und ich konnte die Sprache nicht verstehen, mit der das Video kommentiert wurde. Doch ich ignorierte die fremde Sprache und konzentrierte mich ganz auf meine Schwester, als Blake auf Vollbild umstellte.

Ihr Gesicht war zerschrammt und geschwollen und ihr langes, wunderschönes Haar, über das sie sich so oft beklagt hatte, war so kurz gestutzt worden, dass der nicht sichtbare Entführer kaum mit der Hand hineingreifen konnte, um ihren Kopf in Richtung Kamera zu zerren.

Das Video bestand nur aus fremdländischem Geplapper und dem Bild meiner Schwester, die an ihren kurzen Locken festgehalten wurde, um in die Kamera zu blicken.

»Oh, Dani«, murmelte ich schockiert und legte eine Hand auf meinen Mund, um einen hoffnungslosen Seufzer zu unterdrücken.

Immer noch konnte ich in ihren Augen einen aufsässigen Ausdruck erkennen. Ich konzentrierte mich darauf und versuchte, ihre Gedanken zu lesen, während die Entführer scheinbar weiterhin ihre Forderungen herunterrasselten.

Am Ende entwand sich meine Schwester dem Griff des Entführers und rief auf Englisch: »Tut es nicht! Lasst sie nicht davonkommen! Sie werden mich ohnehin töten!«

Das brutale Video endete mit einer fliegenden Faust, die Dani heftig ins Gesicht traf und sie aus dem Blickfeld schleuderte.

In Blakes Büro herrschte vollkommene Stille, nachdem der Mann, der meine Schwester gefangen hielt, noch einen letzten gellenden Schrei ausgestoßen hatte. Wahrscheinlich handelte es sich um denselben Kerl, der sie zum Schweigen gebracht hatte.

Ich wankte zum Sofa auf der anderen Seite des Raumes und setzte mich. Meine Beine waren nicht mehr in der Lage, mich zu tragen.

Benommen starrte ich die Wand an und fragte mich, was meine Schwester in diesem Augenblick durchmachte. »Wie kann so etwas geschehen? Wer sind diese Männer und warum behandeln sie meine Schwester so brutal?«, fragte ich mit monotoner Stimme und versuchte, meine Gefühle von meinem Verstand zu trennen. Ich wusste, wenn ich mich gehen lassen würde, würde ich in einem Meer von Furcht und Angst ertrinken und niemals mehr meine Beherrschung wiedererlangen.

»Guerillakämpfer«, antwortete Blake niedergeschlagen. »Dem, was sie sagen, können wir lediglich entnehmen, dass sie im Moment allein in einer kleinen Gruppe agieren, um Geld zusammenzukratzen und einige der Männer freizubekommen, unter denen sie zu kämpfen gewöhnt waren. Ich glaube nicht, dass sie sehr nett sind. Wir haben ihnen offensichtlich den Strom entzogen, als wir ihre Anführer gefangen genommen haben. Sie versuchen verzweifelt, sie zurückzubekommen. Sie haben gedroht, Dani zu töten, falls das Militär oder Marcus Rettungsteam irgendetwas versuchen sollten.«

Ich legte meine Hände auf mein Gesicht und rieb sie über meine Augen. Ich war müde, denn ich hatte nicht viel Schlaf bekommen seit meine Schwester vermisst wurde. Ich war erschöpft, verängstigt und befürchtete, mich nicht länger beherrschen zu können.

»Ich weiß nicht, was ich sonst noch tun könnte«, erklärte ich Blake. Ich fühlte mich so hilflos, nichts mehr dazu beitragen zu können, meine Schwester aus den Händen der Terroristen zu befreien.

Er kam zu mir herüber und setzte sich neben mich. »Du kannst im Augenblick gar nichts mehr tun, Harper. Glaube mir, wir unternehmen alles, was in unserer Macht steht, um die Freilassung jener Männer zu veranlassen, damit deine Schwester dort herauskommt.«

»Ich weiß nicht einmal, warum sie dort ist.«

»Ich weiß es«, gestand Blake und rieb mir beruhigend den Rücken. »Willst du wissen, warum Dani sich jetzt dort befindet?«

Mit tränenüberströmtem Gesicht blickte ich zu ihm auf. Ich nickte. »Sag es mir!«

»Zwei amerikanische Missionare haben sich gestern bei der Regierung gemeldet, ein Ehepaar, das gerade von einem Auftrag aus der Türkei zurückgekehrt ist. Laut deren Aussage hatten deren Kind und zwei weitere Teenager beschlossen, eine Vergnügungsfahrt über die Grenze zu unternehmen. Deine Schwester ist ihnen gefolgt, offensichtlich wollte sie versuchen, sie aufzuhalten. Als sich Dani vor die Entscheidung gestellt sah, sich selbst oder die Kinder den Terroristen zu überlassen, hat Dani die Jugendlichen über die Grenze zurückgeschickt und ihnen Zeit für die Flucht verschafft, bevor sie selbst bei ihrem Versuch geschnappt wurde, den Entführern zu entkommen. Sie hat sie von den Kindern abgelenkt.«

»Oh Gott! Das hört sich ganz nach Dani an«, jammerte ich und ließ meinen herzzerreißenden Schluchzern freien Lauf, denn das milderte meinen Schmerz über das Wissen, dass meine Schwester sich selbst geopfert hatte.

Blake nahm mich in den Arm und hielt mich einfach fest, ließ mich all die Spannung ablassen, die sich in mir seit langem aufgestaut hatte. Leise und beruhigend flüsterte er an meinem Ohr: »Sie muss gewusst haben, dass sie gefangen werden würde. Die Eltern waren so dankbar, dass sie nicht schweigen konnten, sobald ihr Kind ihnen erzählt hatte, was geschehen war. Sie haben sich umgehend in die USA zurückbegeben und sich sofort an die Regierung gewandt. Jeder weiß, dass deine Schwester eine Heldin ist, aber wir können nur wenig tun.«

»Also warten wir«, stellte ich ruhiger fest.

»Wenn irgendjemand sie retten kann, dann ist es Marcus«, versicherte mir Blake. »Er hat einige recht unglaubliche Rettungsaktionen hinter sich.«

»Ich weiß. Jett hat es mir erzählt.«

»Die Regierung ist auch in Aktion getreten. Sie werden tun, was sie können.«

Irgendwie gab mir das kein besseres Gefühl. Bis jetzt hatte die Regierung mich enttäuscht, doch vielleicht würde sie jetzt andere Erfolge zeitigen, jetzt, da sie sicher waren, dass Dani entführt worden war.

»Gibt es denn überhaupt noch Hoffnung?« Ich blickte zu ihm auf und meine Augen flehten ihn an, ehrlich zu antworten.

»Ich habe jeden Gefallen eingefordert, den sie mir in Washington schulden, und jeden Freund, den ich dort besitze, um Hilfe gebeten.«

Weitere Tränen rannen aus meinen Augen, als ich ihm mit unsicherer Stimme mitteilte: »Ich danke dir.«

Was sonst hätte ich einem Mann sagen können, der auf alle seine Beziehungen zurückgriff, um meine Schwester lebend aus feindlichem Gebiet zu retten?

»Nicht der Rede wert«, gab er zurück. »Deine Schwester hat drei amerikanische Kinder gerettet.«

»Dani würde sich niemals als Heldin betrachten. Hast du nicht gehört, wie sie sagte, wir sollen keinen der Gefangenen freilassen, die sich in unserer Gewalt befinden?«

»Ich habe es gehört. Spricht sie irgendwelche Fremdsprachen? Ist es möglich, dass sie versteht, was sie sagen?«

Ich nickte. »Sie kann die Guerillas verstehen. Es gibt nur wenige Sprachen, die sie nicht beherrscht, und sie verbringt eine Menge Zeit im Mittleren Osten.«

»Verdammt!«, fluchte Blake. »Dann muss sie glauben, dass die sie nicht lebend davonkommen lassen.«

»Das befürchte ich auch«, gab ich atemlos zu.

Ich war so nervös, dass ich beinahe von der Couch sprang, als Blakes Handy klingelte. Ich setzte mich auf und rutschte von ihm ab, sodass er in die Tasche greifen und sein Telefon herausholen konnte.

Ich beobachtete, wie sich seine Miene verdüsterte. Er gab nur einsilbige Antworten.

Schließlich fragte er: »Also werdet ihr morgen hineingehen?«

Meine Augen weiteten sich und ich hoffte verzweifelt, dass es um Dani ging. Ich hielt den Atem an und wartete, bis er den Anruf beendet hatte. Dann stieß ich die Luft aus. »War das Marcus?«

Blake nickte. »Er hat sie ausfindig gemacht. Er braucht lediglich Zeit, um einen Plan zu entwerfen.«

»Gott sei Dank«, sagte ich und ich fühlte mich etwas erleichtert, jetzt, da ich wusste, dass jemand auf dem Weg zu dem Gefängnis meiner Schwester war. »Weiß die Regierung von Marcus Aktion?«

Blake schwieg einen Moment, bevor er Antwort gab. »Einige Regierungsmitglieder wissen davon.«

Dies war eine etwas rätselhafte Aussage und etwas ungewöhnlich für Blake. Bis jetzt war er mir gegenüber ziemlich ehrlich gewesen. »Was soll das heißen?«

»Das heißt, dass du nicht alles weißt.«

»Was?«

Er seufzte laut. »Ich werde dir jetzt etwas erzählen. Es handelt sich um eine Tatsache, von der niemand außerhalb der Familie etwas weiß. Etwas, das ich niemals jemandem verraten würde, dem ich nicht vertraue.«

»Ich werde kein Wort sagen. Ich schwöre es.« Alles, was mir Blake an persönlichen Dingen mitteilen würde, würde ich mit ins Grab nehmen. »Ich würde dein Vertrauen niemals missbrauchen.«

»Marcus ist noch anderweitig an die Regierung gebunden. Er führt spezielle Operationen für die CIA durch.«

»Er ist ein Spion?« Das war das Letzte, was ich zu hören erwartet hatte.

»Das hat sich vor Jahren so ergeben. Während er geschäftlich in einem fremden Land unterwegs war, sind ihm einige delikate Informationen zu Ohren gekommen. Marcus hatte sich dort legitim als Geschäftsmann aufgehalten und wollte sich lediglich um seine auswärtigen Belange kümmern. Doch er konnte die Gefahr, die seinem Land drohte, nicht so einfach ignorieren. Daher wandte er sich an die Leitung der CIA. Im Laufe der Zeit engagierte ihn die CIA, während seiner Reisen Informationen für die Regierung einzuholen. Seitdem fungiert er als Spezialagent.«

Gut. Das erklärte Blakes schwammige Antworten. »Also wusste die CIA über die PRO Bescheid?«

»Am Anfang nicht. Marcus organisierte die PRO unabhängig von der Regierung. Er wusste, dass sie seine Aktionen nicht unterstützen würde. Verflucht, er hat es noch nicht einmal mir erzählen wollen, weil ich Senator bin und er mich nicht in Interessenskonflikte bringen wollte.«

»Und? Ist es dazu gekommen?«

Er nickte. »Manchmal. Aber ich hielt Marcus Einsatz für gut. Er rettete Leben, daher kümmerte es mich nicht, ob die Regierung ihn offiziell unterstützte oder nicht. Solange sie ihm keine Steine in den Weg legten, habe ich geschwiegen.«

»Du hast ihm geholfen und ihn unterstützt«, bemerkte ich mit gedämpfter Stimme.

»Nicht offiziell. Inoffiziell sehr wohl.« Er schenkte mir ein breites Grinsen. Sein schelmisches Lächeln ließ mein Herz hüpfen und ich schaute ihm in seine warmen, grauen Augen, die so anders als die von Marcus in die Welt blickten. Die Zwillinge mochten einander unterstützen, doch sie waren äußerst unterschiedlich. Und in Blakes langem, direktem Blick sah ich den jungen Mann, in den ich mich vor so vielen Jahren verliebt hatte.

Immer schon war er warm und freundlich gewesen, doch jetzt waren diese Eigenschaften in einem starken Mann personifiziert und das machte ihn noch verlockender. »Ich kann nicht glauben, dass du niemals ein nettes Mädchen gefunden und geheiratet hast«, platzte es ohne nachzudenken aus mir heraus.

»Vor langer Zeit habe ich ein nettes Mädchen gefunden. Doch sie ist weggerannt und hat mich sitzen lassen«, antwortete er mit tiefer, ernster Stimme.

Ich wusste, dass er von mir sprach, und merkte, dass ich flammend rot wurde. »Ein dummes Mädchen.«

»Im Gegenteil, sie war brillant. Ich habe gehört, dass sie eine geniale Architektin geworden ist, die außergewöhnliche Gebäude entwirft und eine Menge Zeit in das Bauen und Unterstützen von Obdachlosenheimen investiert.«

»Wenn ich so brillant gewesen wäre, hätte ich dich niemals verloren.« Mein Flüstern war kaum hörbar, aber Blake hatte es verstanden.

»Du hast mich nicht verloren, Harper. Ich habe dich niemals vergessen.« Zärtlich strich er mir eine widerspenstige Haarsträhne hinter mein Ohr.

»Ich habe dich auch niemals vergessen«, antwortete ich leise. »Und glaub mir, ich habe es versucht.«

»Damit solltest du aufhören«, brummte er.

Ich lachte, denn ich konnte nicht anders. »Glaub mir, ich habe aufgegeben, es zu versuchen.«

Er warf mir einen ungläubigen Blick zu. »Du hast nicht vor wegzulaufen, wenn all dies vorüber ist?«

Ich wusste nicht genau, was ich vorhatte, doch Blake zu vergessen, war unmöglich. »Nein. Ich habe schon vor langer Zeit aufgehört, vor allem davonzulaufen, was mir Angst einjagt.«

»Mein Gott, Harper.« Er lehnte sich in meine Richtung, sodass ich seinen Atem an meinen Lippen fühlen konnte. »Warum habe ich dich nicht einfach gesucht?«

»Vielleicht aus dem gleichen Grund, aus dem ich deine Anrufe nicht entgegengenommen habe. Ich hatte damals Angst, Blake. Ich wollte nicht mit einem Mann zusammen sein, der nicht mit einer einzigen Frau zufrieden war.«

»Dieser Mann bin nicht ich.«

Mein Herz antwortete mit einem Sprung auf seinen ernsten Schwur. Ich glaubte ihm, denn seit dem Moment, in dem ich mit Blake vor zwölf Jahren zusammen gewesen war, wusste ich wahrscheinlich tief in meinem Inneren, dass ich niemals über ihn hinwegkommen würde. »Ich hasste mich dafür, dass ich meine Jungfräulichkeit einem Frauenheld geschenkt hatte.«

»Das war nicht so«, erinnerte er mich.

Mein Gott, ich mochte Blake immer noch so sehr, dass mein Herz schmerzhaft danach verlangte, ihn zu berühren, obwohl ich wusste, dass ich niemals eine ernste Beziehung mit ihm würde haben können. Ich konnte mir jeden Moment stehlen, in dem wir hier zusammen waren, oder ich konnte weglaufen, was als Möglichkeit ausschied. Die Zeit des Flüchtens war in der Tat vorüber.

Ich wollte zwar den herzzerreißenden Schmerz vermeiden, ihn wieder zu verlieren, doch trotzdem konnte ich nicht widerstehen, nach jedem Moment des Vergnügens zu haschen, den ich in seiner Gesellschaft verbringen konnte.

Unfähig, mich selbst aufzuhalten, fuhr ich mit den Fingern durch sein Haar und zog seinen Kopf zu mir herunter, um ihn zu küssen. Mein Körper schrie nach etwas, das er seit Langem nicht mehr erlebt hatte.

Sofort übernahm Blake die Führung und presste seinen kräftigen Körper gegen mich, bis ich unter ihm war. Stark und überzeugt von seiner Dominanz hielt er mich unter sich gefangen, während er mich immer noch küsste, als könnte er nicht genug bekommen.

Ich seufzte in seinen Mund und knabberte an seiner Unterlippe, als er nach Luft schnappte. Ich wollte ihm die gleiche alles verzehrende Leidenschaft entlocken, die er aus mir heraus wrang.

In diesem Augenblick spürte ich nur noch Blake, und im nächsten... war er nicht mehr da.

Kapitel 11

Blake

Mich von einer begierigen, wollüstigen Harper fernzuhalten, war wahrscheinlich eines der schwersten Dinge, die ich je getan hatte.

Trotzdem hatte ich mich gezwungen, mich von der Frau loszueisen, die ich mehr begehrte als irgendetwas oder irgendjemanden auf der ganzen Welt, und mich an die andere Seite des Zimmers zu begeben. Ich setzte mich auf die Kante meines Schreibtisches, meine Hände zu Fäusten geballt und meinen Blick von ihrer verführerischen Figur abgewendet, die sich auf dem kleinen Sofa meines Büros ausbreitete.

Es darf nicht auf diese Weise geschehen. Ich kann nicht mit ihr schlafen, wenn sie verwundbar ist.

Und verdammt, ich wollte sie nackt ausziehen und sie auf dem Tisch, auf dem Boden oder aufrecht gegen die Wand gepresst nehmen... es spielte keine Rolle, wo oder wie es geschehen würde. Solange es heiß, schnell und fest wäre.

Ich musste die Frau in Besitz nehmen, auf die ich die letzten zwölf Jahre gewartet hatte.

Vielleicht hatte ich es mir nicht bewusst gemacht, doch irgendetwas tief in meinem Inneren wusste, dass ich niemals eine andere Frau als Harper begehren würde.

War ich nahe daran gewesen, andere Frauen zu ficken? Zur Hölle, ja!

Habe ich es getan? Zur Hölle, nein!

Eine andere Frau zu benutzen wäre kein bisschen anders gewesen, als es mir selbst zu machen, was ich ziemlich oft tat.

Harper hatte mich an jenem Heiligabend vor so langer Zeit verdorben. Die Art meiner Gefühle, die ich mit ihr empfunden hatte, unterschieden sich so sehr von allen Erfahrungen, die ich bis dahin gehabt hatte, und auch danach hatte ich niemals mehr etwas Ähnliches empfunden.

Gewiss, ich hatte *vor* Harper schon mit anderen Frauen geschlafen. Sie war nicht meine erste gewesen, aber definitiv meine letzte.

Ich hatte mir niemals wirklich zu erklären versucht, warum ich niemals den Wunsch verspürte, mit Frauen zu schlafen. Es war einfach... so. Harper hatte sich auf eine Art in meiner Seele eingenistet, die ich nicht erklären konnte. Und dieser Gedanke schien so lachhaft, dass ich noch nicht einmal gewagt hatte, ihn mit Marcus, meinem Zwillingsbruder, zu teilen.

Wenn ich mein Verhalten vor mir selbst rechtfertigte, fand ich tausend Erklärungen.

Ich war zu beschäftigt.

Ich war zu müde.

Ich reiste zu viel.

Mein Lebensstil ließ sich nicht mit einer Beziehung vereinbaren.

Schwachsinn – alles davon.

Die nackte Wahrheit war... keine Frau erweckte solche Gefühle in mir wie sie. Und wenn ich *das* nicht haben konnte, wollte ich mich mit nichts anderem begnügen.

Ja, mir war bewusst, dass einige Männer nichts anderes zu empfinden brauchten, als scharf darauf zu sein, eine Frau zu vögeln. Ich hatte dasselbe gedacht.

Bis ich Harper getroffen hatte.

Bis ich Harper *gehabt* hatte.

Sie gehörte mir und ich war davon überzeugt, dass wir füreinander bestimmt waren.

»Ich kann das nicht tun, Harper«, erklärte ich mit einer vor purer Begierde heiserer Stimme.

»Warum nicht?«

Ich sah, wie sie sich auf der Couch zurechtsetzte und nervös mit ihren Händen über die Beine ihrer Jeans strich. Das hatte ich sie schon öfter machen sehen. Es war eine Art ängstlicher Reaktion, die mich verrückt machte. Vielleicht weil ich mir wünschte, dass sich diese langen Beine um meine Taille schlingen würden, damit ich spüren konnte, wie es sich anfühlte, mich erneut in Ekstase zu verlieren.

»Du machst dir Sorgen um Dani. Du bist emotional und körperlich erschöpft.« Ich konnte dunkle Ringe unter ihren Augen erkennen und ihre Angst machte mich wahnsinnig. Ich mochte nicht einmal daran denken, wie ich ihre Trauer würde aushalten können, falls Danica nicht lebend in die Staaten zurückkehren würde.

»Du hast Recht«, gab sie leise zu. »Aber ich will dich, Blake.«

Vielleicht war ich habgierig. Vielleicht wollte ich ihre ungeteilte Aufmerksamkeit. Vielleicht wollte ich, dass sie sich vollkommen auf mich und uns konzentrierte. Aus welchem Grund auch immer, es war nicht der richtige Zeitpunkt.

»Unser Timing stimmt niemals«, knurrte ich.

Harper lächelte. »Gibt es denn jemals einen richtigen Zeitpunkt?«

»Das sollte es«, sagte ich grimmig. »Aber im Moment wirst du von deinen Emotionen und vom Adrenalin beeinflusst. Ich werde das nicht zu meinem Vorteil ausnutzen.«

»Ich hätte vor all den Jahren deine Anrufe entgegennehmen sollen«, bemerkte sie nachdenklich.

»Und ich hätte deinen wunderschönen Hintern aufspüren sollen«, antwortete ich reuevoll.

Ich hatte zwölf lange Jahre unbewusst auf Harper gewartet und jetzt waren wir aus der Notwendigkeit heraus zusammen. Das war nicht das, was ich wollte, und gewiss nicht das, was ich brauchte.

Jetzt mit ihr zu schlafen würde mein Begehren nicht befriedigen. Nicht nachdem sie mich über so viele Jahre verfolgt hatte.

Nun gut, mein Schwanz mochte damit im Moment nicht einverstanden sein, aber ich war kein zweiundzwanzigjähriger Student mehr.

»Hast du Hunger?«, erkundigte sie sich mit gefassterer Stimme.

Das Einzige, auf das ich wirklich Appetit hatte, war sie. Ich antwortete jedoch: »Ja. Aber bitte mich um Himmels willen nicht zu kochen. Nichts, das ich kochen würde, wäre essbar. Warum, glaubst du, plündere ich morgens das Buffet meiner Mutter?«

»Ich dachte, das würdest du in Marcus Rolle tun.«

»Ich tue das Gleiche. Ich kann ebenso wenig kochen wie er«, knurrte ich.

Ihr heiteres Lachen überflutete meine Sinne wie warmes Wasser nach einer Unterkühlung. Ich fühlte mich verdammt gut.

Sie erhob sich und ich musterte sie aus der Entfernung. Dabei bemerkte ich, wie wenig sie sich wirklich verändert hatte. Harper war reif geworden, doch sie war immer noch so herzzerreißend schön wie im Alter von achtzehn Jahren. Sie hatte es nicht nötig, sich großartig zu stylen oder Designerklamotten und Make-up zu tragen.

Einzelne Haarsträhnen hatten sich aus der Haarspange gelöst.

Ihre Augen sahen verweint aus.

Sie trug Kleidung, die nicht unbedingt imponieren sollte: Jeans, einen violetten Pullover und Wanderstiefel.

Und verdammt, sie erschien mir attraktiver als all jene Frauen, die ich kennengelernt hatte, die *Stunden* brauchten, um sich perfekt zurechtzumachen.

Vielleicht hatte ich mich auch einfach zu sehr an die Menschen in D.C. gewöhnt, sodass mich Harpers vollkommener Mangel an Künstlichkeit so sehr ansprach, dass ich mir so verzweifelt wünschte, sie in meiner Nähe zu haben.

Meine Gefühle für Harper waren mehr als nur Begehren oder Lust, doch jetzt konnte und würde ich nicht darüber nachdenken. Ich war mir ziemlich sicher, dass mein Kopf explodieren würde.

»Ich werde kochen, falls du Lebensmittel im Haus hast«, bot sie an.

»Ich habe keine Ahnung, ob etwas vorrätig ist. Ich habe eine Haushälterin, aber die nimmt an, dass ich im Urlaub bin. Ich weiß nicht, ob sich noch etwas im Kühlschrank befindet.«

Sie kam quer durch den Raum auf mich zu. »Und wann solltest du wieder zurückkehren aus... wo war es noch gleich? Hawaii? Der Karibik? Ich nehme an, es muss ein warmer Ort sein.«

Sie neckte mich und das heiterte meine Stimmung etwas auf. »Ich glaube, diesmal haben wir keinen Ort festgelegt, also such dir einen aus! Marcus und ich hatten keine Zeit mehr, eine bis ins Detail gehende Tarnung auszuhecken.«

»Also dann irgendein Fünf-Sterne-Resort in der Karibik«, entschied sie.

»Wir haben kein Datum für meine Rückkehr festgelegt«, bemerkte ich mit einem kleinen Grinsen.

Harpers Spielchen war ansteckend.

»Also dann werde ich mal nachsehen, welche Vorräte für einen Mann vorhanden sind, dessen Rückkehr... unvorhersehbar ist.«

Sie drehte sich herum und machte sich auf den Weg in die Küche. Ich grinste, als sie sich in die falsche Richtung wandte. »Hier entlang!«, rief ich ihr hinterher.

»Verdammt! Warum musst du auch ein so großes Haus besitzen?«, schimpfte sie vor sich hin, als sie knapp an mir vorbeiging.

Plötzlich erinnerte ich mich daran, dass sie vor Jahren gesagt hatte, mein Schwanz wäre zu groß. »Hast du ein Problem mit großen Dingen?«

Sie warf mir einen schelmischen Blick über die Schulter zu. Sie wusste genau, woran ich dachte. »Manchmal ja, zu Beginn, doch mit der Zeit komme ich damit zurecht.«

Ich lachte und folgte ihr. Der leicht blumige Duft, der hinter ihr her wehte, berauschte mich.

Ich folgte ihr, weil ich nicht anders konnte. »Dein Haus in Kalifornien ist also nicht sehr groß?«

Sie schüttelte den Kopf, während sie durch die Küche ging und den Kühlschrank öffnete. »Ich bewohne eine Eigentumswohnung. Für mich macht ein großes Haus keinen Sinn. Ich bin niemals zu Hause.«

Ich wusste, dass Harper reich war. Ihre Eltern waren ebenso wohlhabend wie meine gewesen. »Was ist aus dem reichen Mädchen geworden, das gewöhnlich die Kreditkarten seiner Eltern überzogen hat?«

»Das wurde von dem größten Teil ihres Egoismus geheilt, weil es ein bisschen Zeit mit den Obdachlosen verbracht hat«, erwiderte Harper offen. »Nun kaufe ich nur noch das Nötigste anstatt der Luxusgegenstände, mit denen ich andere Menschen beeindrucken wollte.«

Ich wusste, dass alles, was sie in der kurzen Zeitspanne der Obdachlosigkeit gelernt hatte, sie tief geprägt hatte. Harper tat den hilfsbedürftigen Menschen mehr Gutes als fast jeder, den ich kannte. »Woran arbeitest du gerade?«

Ich war neugierig auf ihre jüngsten Projekte.

»Ich habe einen Auftrag in der Nähe von Boston. Auch dort arbeite ich an einem Obdachlosenheim.«

»Wie lange wirst du noch Obdachlosenheime bauen?«, erkundigte ich mich neugierig.

Harper nahm ein paar Sachen aus dem Kühlschrank heraus und schaute dann in den Eisschrank. »Solange es in diesem Land mehr als eine halbe Million Menschen gibt, die kein Dach über dem Kopf haben«, erwiderte sie entschieden, während sie meine Lebensmittelvorräte untersuchte. »Deine Schwägerin hat mir erzählt, dass viele der Frauen deiner Familie eine Wohltätigkeitsorganisation für häuslich missbrauchte Frauen unterstützen. In Zukunft möchte ich gern mit ihnen zusammenarbeiten, wenn ich kann.«

»Brauchst du Spenden?« Verdammt, ich hätte ihr mein ganzes Vermögen zur Verfügung gestellt, wenn ich geglaubt hätte, sie damit glücklich zu machen.

Sie schüttelte den Kopf. »Nicht wirklich. Meine Geschwister und ich verfügen über genügend Mittel. Allerdings nehme ich an, dass wir die Kosten nicht bis in alle Ewigkeit allein decken können.«

»Ich werde dir helfen, eine Stiftung zu gründen, die kontinuierlich finanziell unterstützt wird.«

Sie warf mir ein glückliches Lächeln zu. »Das würde mir gefallen. Vielleicht kann ich dann noch mehr tun.«

Mein Gott! Wie liebte ich es, wenn sie mich ansah, als wäre ich ihr persönlicher Superheld, nur weil ich vorgeschlagen hatte, ihr ein wenig zu helfen. »Du tust bereits eine ganze Menge. Du hast zwei Heime in Kalifornien errichtet, richtig?«

Also gut. Ja. Vielleicht hatte ich mitbekommen, womit Harper sich beschäftigte.

»Ja. Eins oben im Norden und eins in Südkalifornien.«

»Mach dich nicht verrückt! Du kannst die Probleme nicht alle selbst lösen. Glaub mir, die Regierung versucht seit Jahren, dieser Probleme Herr zu werden.«

Sie kam näher und legte einige Stücke Fleisch auf die Arbeitsplatte. »Die Regierung strengt sich nicht genügend an«, bemerkte sie enttäuscht. »Viele dieser Leute verfügen nicht über die geistigen Fähigkeiten, um für sich selbst zu sorgen. Einige von ihnen sind Veteranen. Und ich hasse es, dass Kinder und Mütter auf der Straße leben müssen. Die Regierung muss *härter* daran arbeiten.«

»Du hast ja Recht. Aber es ist eine wahre Herausforderung, die reichen Furze im Kongress dazu zu bringen zuzugeben, dass wir ein ziemlich großes Obdachlosenproblem haben.«

Ihre smaragdgrünen Augen lachten mich an, als sie mich fragte: »Sind Sie einer dieser reichen Furze, Senator Colter?«

»Nein. Ich bin vielleicht reich, aber die Probleme unseres Landes sind mir nicht gleichgültig.«

»Gut. Bleib dabei!«, ermutigte sie mich. »Sobald diese Repräsentanten einmal den Kontakt zu ihrer Menschlichkeit verloren haben, sind sie nutzlos.«

»Erzähl mir mehr darüber!«, bat ich. »Manchmal erweisen sich meine Bemühungen als Senator als fruchtlos. Doch dann erinnere ich mich daran, warum ich dort bin, warum ich mich um den Sitz beworben habe, und dann versuche ich es erneut.«

Harper füllte einen Topf mit Wasser und stellte ihn auf die Herdplatte. Aus den bereitgestellten Zutaten schloss ich, dass sie irgendein Nudelgericht zubereitete.

Sie hielt inne und sah mich ernst an. »Warum hast du dich denn eigentlich um den Sitz bemüht?«

Ich grinste sie an. »Weil es da einen reichen Arsch gab, der von seinem Sitz verdrängt werden musste.«

»Ich meine es ernst.«

Ich zuckte mit den Schultern. »Ich auch. Er war schon zu lange in der Politik gewesen. Gegen die Probleme in unserem Staat wurde nichts mehr unternommen. Er redete nicht mit den Landwirten, den Viehzüchtern oder irgendwelchen anderen Leuten. Er hatte sich so sehr in Washington verstrickt, dass er vergessen hatte, für wen er arbeitete und wer ihn gewählt hatte.«

Sie bog den Kopf in den Nacken und musterte mich. »Irgendetwas sagt mir, dass *du* das niemals vergessen wirst.«

Mein Herz raste, als sie mich ansah, als wäre ich jemand Besonderes, nur weil ich die Arbeit tat, die von mir erwartet wurde. »Falls mir das jemals passieren wird, werde ich Washington so schnell verlassen, dass ich eine Staubwolke hinter mir herziehe«, schwor ich. Ich war für die Menschen in Washington. Falls ich jemals so von den Lobbyisten vereinnahmt werden würde wie einige der Kongressmitglieder, die so hoch zu Ross saßen, dass sie nicht mehr Falsch von Richtig unterscheiden konnten, würde ich von meinem Sitz zurücktreten.

»Was hattest du für Pläne, als wir uns zum ersten Mal getroffen haben? Ich habe dich niemals danach gefragt.«

»Ich stand kurz vor dem Universitätsabschluss. Ich dachte wirklich, ich wollte Tierarzt werden, doch dann endete es damit, dass ich zur Tiergenetik gewechselt habe. Ich hatte gerade meinen Doktortitel erhalten, als ich mich entschloss, mich für den Kongress zu bewerben.«

Sie lachte und gab die Nudeln in das kochende Wasser. »Dann bist du eigentlich Dr. Senator Colter?«

Ich zog eine Grimasse. »Theoretisch ja. Doch meist würde ich es vorziehen, einfach nur Blake zu sein.«

»Und du betreibst noch genetische Studien?«

»Nicht wirklich. Im Moment arbeite ich hier auf der Ranch daran, gesündere Viehrassen zu züchten. Während ich fort bin, werde ich von einigen Leuten vertreten, doch ich tue, was ich kann. Meine Schwester Chloe ist Tierärztin und ihr Ehemann Gabe ist einer meiner besten Freunde. Er züchtet Pferde und wir versuchen, einander so gut wie möglich zu helfen.«

Harper unterbrach ihre Tätigkeit und kam zur Arbeitsplatte hinüber. Sie stützte sich mit den Ellbogen auf, blickte mir in die Augen und sagte: »Du bist zu einem ziemlich erstaunlichen Mann herangereift, Blake Colter.«

Meine Brust schmerzte und ich hätte am liebsten die Arme ausgestreckt und sie ergriffen, sie über die Platte gezogen und sie dann genau hier auf dem Küchenschrank gefickt.

Wahrhaftig, ich fand, auch sie war zu einer ziemlich erstaunlichen Frau herangereift.

Und die heutige Harper Lawson gehörte ganz mir, genauso wie damals, als sie achtzehn Jahre alt war.

Sie hatte es nur noch nicht erkannt.

Kapitel 12

Marcus

Ich hasste es, nachts zu operieren, doch nur sehr wenige Rettungsaktionen ließen sich im Tageslicht ausführen. Während des Tages konnte ich sehr gut Informationen für die CIA sammeln, aber Geiseln zu befreien war eine vollkommen andere Sache.

Ich hatte mich von meinem Team getrennt und unternahm eine Einzelaktion, um Danica zu finden und aus ihrer Gefangenschaft zu befreien.

Glücklicherweise war sie nicht weit über die Grenze verschleppt worden, doch wir hielten uns trotzdem in feindlichem Gebiet auf. Daher war es umso besser, je weniger Menschen involviert waren.

Vorsichtig bewegte ich mich durch das staubige Zeltlager und versuchte verzweifelt, nicht zu husten, denn in diesem Wüstenklima wirbelte überall der trockene Staub durch die Luft.

Ich war vollkommen in Schwarz gekleidet. Langsam gewöhnten sich meine Augen an das klotzige Nachtsichtgerät, das ich verwendete und das mich beinahe alles in Grüntönen sehen ließ. Ich sah mich zwischen den wenigen Zelten um, in denen die Entführer schliefen, wie ich annahm.

Danica musste in der am stärksten befestigten Behausung gefangen gehalten sein und ich brauchte nicht lange, bis ich das steinerne Gebäude in der Mitte des Lagers entdeckte, das von den Zelten umgeben wurde, als ob es unbezahlbare Gegenstände enthielt, die einer Bewachung bedurften.

Um ehrlich zu sein bedeutete der Inhalt des Zeltes wahrhaftig eine Menge Geld und potenzielle Macht für die Terroristen, aber diese Schweine würden nicht bekommen, was sie wollten.

Die Regierung zögerte und falls wir Danica nicht aus diesem Schlamassel befreien konnten, würde sie wahrscheinlich sterben.

Es überraschte mich nicht, ein altes, aber stabiles Schloss an der Tür vorzufinden. Schnell brach ich es mit den an meinem Gürtel befestigten Werkzeugen auf. Dann drückte ich ganz langsam die Tür auf, um Geräusche zu vermeiden.

Ich konnte sie zwar nicht gut sehen, doch ich bemerkte die kleine Gestalt sofort, die auf dem schmutzigen Boden lag, die Arme um die Beine geschlungen, als ob sie sich zum Schlafen in einer Fötusstellung eingerollt hätte.

Ich ließ mich zu Boden sinken und kroch über den Fußboden. Schnell legte ich ihr eine Hand auf den Mund. Wie erwartet begann sie sofort zu kämpfen und sie war nicht gerade schwach. Obwohl sie doch wahrscheinlich auf genügend Nahrung, Wasser und andere lebensnotwendige Dinge hatte verzichten müssen und nur so viel erhalten hatte, wie nötig war, um ihr Überleben zu sichern, kämpfte sie wie eine Wildkatze.

Ich überwältigte sie und hielt sie unter meinem Körper gefangen, während ich versuchte, ihr verständlich zu machen, dass ich hier war, um ihr zu helfen. »Danica. Ich bin Marcus Colter. Ich bringe dich hier raus. Verhalte dich ruhig!«

Meine Stimme war nicht mehr als ein scharfes Flüstern, doch sie hörte sogleich zu kämpfen auf. »Marcus?«, flüsterte sie schwächlich.

Ich legte ihr einen Finger auf die Lippen, dann ging ich in die Hocke und nahm sie auf meinen Arm. Erschrocken stellte ich fest, wie leichtgewichtig sie jetzt war. Die Danica Lawson, die ich kannte, war zwar zierlich, doch mit Kurven ausgestattet, die sich schwerlich ignorieren ließen.

Glücklicherweise schien sie genügend klar, um zu verstehen, dass ich ihr helfen wollte. Sie schlang vertrauensvoll ihre Arme um meinen Hals, als ich mir, ohne auch nur das geringste Geräusch zu verursachen, meinen Weg aus dem Lager heraus suchte.

Ich musste sie den ganzen Weg tragen, doch sie war so leicht, dass man sie nicht als eine Last bezeichnen konnte. Wir schafften es, zum Jeep zu gelangen, und die zwei Männer, die das Fluchtauto steuerten, ließen im selben Moment, in dem wir in den Wagen kletterten, den Motor an.

Mein Körper wurde von einer Adrenalinwelle überflutet, während wir uns auf den Weg zur Grenze machten. Wir lagen gut in der Zeit. Danica zitterte während der gesamten Fahrt in meinen Armen.

Sie sprach nicht.

Sie bewegte sich nicht.

Sie klammerte sich lediglich an mich.

Ich war mir nicht sicher, ob sie zu schwach oder zu verängstigt war, um sich zu bewegen, doch ich war ihr für ihr Schweigen dankbar. Ich war nur noch darauf konzentriert, sie in einen Hubschrauber zu verfrachten und aus dem Gebiet herauszukommen.

Mir schien es wie eine Ewigkeit, bis wir endlich die Grenze überquerten und in die Türkei gelangten. Ohne Zeit zu verlieren stiegen wir in den Helikopter, den Tate startbereit gehalten hatte.

Unser Arzt nahm Danica aus meinen Armen, doch ich verspürte keine Erleichterung. Mir tat es leid, sie loszulassen, und so setzte ich mich neben den Arzt, während er sie untersuchte.

Der Rest unseres Teams kletterte nun auch in den hochtechnisierten Vogel und sobald der Letzte eingestiegen war, hob Tate wie ein geölter Blitz vom Boden ab.

Er steuerte die amerikanische Botschaft an, aber ich war mir nicht sicher, ob Danica nicht vielleicht zuerst medizinische Hilfe benötigte.

Der Arzt setzte sie aufrecht hin und gab ihr Wasser zu trinken, während er noch untersuchte, wie klar ihr Bewusstseinszustand war.

Sie beantwortete zwar seine Fragen, doch offensichtlich war sie sehr schwach.

Und verdammt... sie war mager.

»Ist alles in Ordnung mit dir?«, fragte ich sie und hockte mich neben sie.

Sie nickte und leckte sich über die trockenen, aufgesprungenen Lippen. »Ja, ich werde es überstehen. Ich hätte niemals erwartet, den Tag zu erleben, an dem ich dir dafür zu danken habe, dass du mich aus diesem Alptraum gerettet hast.«

»Sorge dich nicht! Ich werde dich stets daran erinnern«, erwiderte ich trocken, obwohl ich in Wahrheit froh war, ihren Zynismus zu hören. Da er zu ihrer Persönlichkeit gehörte, griff ich sie nicht an.

Jetzt, da ich gut verstehen konnte, warum sie mich vom ersten Tag, an dem wir uns über den Weg gelaufen waren, gehasst hatte, konnte ich ihr wegen ihrer beißenden Kommentare keinen Vorwurf mehr machen, die sie jedes Mal äußerte, wenn wir einander sahen.

Sie glaubte, ich hätte ihrer Schwester das Herz gebrochen. Ich nehme an, das war Grund genug, einen Mann zu hassen, selbst wenn es sich um ein Missverständnis handelte.

Danica mochte mich vielleicht verabscheuen, doch ich musste zugeben, dass sie Mumm hatte. Ich hatte bereits den Grund erfahren, warum sie in die Hände der Entführer geraten war. Es bedurfte einer Menge Mut, sein eigenes Leben für ein paar dumme Kinder zu opfern.

Als ich schließlich ihr Gesicht genauer in Augenschein nahm, fühlte ich einen ungewohnten Zorn in mir aufsteigen, der noch zunahm, als ich das Blut und die Schrammen darin und ihr gestutztes Haar sah. Aus der Art, wie sie sich den Brustkorb hielt, konnte ich schließen, dass sie wahrscheinlich einige gebrochene Rippen zu beklagen hatte.

Ihr langes blondes Haar war verschwunden und ihre Augen wirkten riesig in ihrem abgemagerten Gesicht.

»Ich weiß, dass ich schlimm aussehe, aber ich werde leben, Colter«, erklärte sie mir stur.

Ich nickte heftig und sagte mir dann, dass sie definitiv am Leben bleiben würde.

Ich würde nicht noch einmal ihren Hintern retten.

Als der Arzt ihre Wunden versorgte, erreichte mein Zorn seinen Höhepunkt. Jeden Schnitt, jede Schramme, jede Berührung oder Verletzung wollte ich den Entführern doppelt heimzahlen.

Vielleicht war es gut, dass ich ihre Verletzungen nicht so gut hatte erkennen können, bevor wir das Zeltlager verlassen hatten.

Hätte ich gewusst, wie brutal sie mit ihr umgegangen waren, hätte ich jeden einzelnen dieser Hurensöhne ohne die geringsten Bedenken getötet.

Kapitel 13

Harper

Schreiend wachte ich auf. Als mir schließlich bewusst wurde, was ich tat, unterdrückte ich einen angstvollen Schluchzer.

Ich hatte von Dani geträumt.

In meinem Alptraum hatte ich sie enthauptet und hilflos gesehen.

Ich schlang meine Arme um mich, um mich zu beruhigen, und widersetzte mich dem Glauben, dass mein Traum eine Art Vorahnung gewesen sein könnte. Ich war nicht psychotisch und es war lediglich ein Traum.

»Es geht ihr gut. Es geht ihr gut. Es geht ihr gut.« Im Rhythmus des Mantras wiegte ich meinen Körper und hoffte, dass ich bald daran glauben würde.

Doch der Traum war mir so real erschienen, dass ich spürte, wie mein Magen zu schmerzen begann.

»Harper!«, brüllte Blake, während er in mein Schlafzimmer stürmte. »Was zum Teufel ist geschehen?«

Er hatte mich offensichtlich gehört. Ich wusste, dass ich laut genug geschrien hatte, um Tote zu wecken. »Es tut mir leid. Ein schlechter Traum«, erklärte ich ihm. »Jetzt geht es mir wieder gut.«

Ich konnte ihn an der Tür stehen sehen, das Licht aus dem Flur erhellte seine zerzauste Gestalt von hinten. Er trug lediglich eine Pyjamahose aus Flanell, daher konnte ich die gut geformten Muskeln seiner Arme, seines Brustkorbs und seines Bauches sehen. Er wirkte so stabil und so stark und doch so liebenswert. An einigen Stellen standen seine Haare vom Kopf ab und er runzelte besorgt die Stirn.

»Bist du sicher? Du hast dich angehört, als ob dich jemand umbringen würde.«

»Dani«, flüsterte ich laut. »Ich habe von meiner Schwester geträumt.«

Blake trat ins Zimmer und ließ die Tür nur einen Spaltbreit offenstehen, damit das Licht mich nicht blendete. Dann setzte er sich aufs Bett, lehnte sich gegen das Kopfende und zog meinen Oberkörper an sich heran.

Ich kuschelte mich in seine beruhigende Umarmung und ließ meinen Kopf auf seiner Schulter ruhen. Ich fühlte die sengende Hitze seiner Haut an meiner Wange. »Es tut mir leid.«

»Das muss es nicht«, antwortete er heiser. »Ich will für dich da sein. Ich weiß, dass du Angst hast. Verflucht, du müsstest verrückt sein, wenn es *nicht* so wäre.«

Nachdem ich das Video von Dani gesehen hatte, befürchtete ich, dass sie sterben würde. Wenn ich berücksichtigte, dass die Regierung zögerte, etwas zu unternehmen, und gleichzeitig die Entführer ungeduldig wurden, war ich mir ziemlich sicher, dass meiner Schwester nicht mehr viel Zeit blieb.

Blake und ich hatten früh gegessen. Dann hatte ich an einigen Entwürfen gearbeitet, während Blake sich mit Büroarbeiten beschäftigt hatte. Der Abend war beschaulich verstrichen, doch die Anziehungskraft und die Chemie waren geblieben und stets gegenwärtig. Blake wirkte auf mich wie ein großer Magnet, der mich unwiderstehlich anzog, als wäre ich aus Eisen.

Schließlich hatte ich ins Bett gehen müssen, um nicht noch etwas Dummes zu tun. Wünschte ich mir doch nur, mit diesem Mann nackt und intim zu sein, der jetzt tröstend meinen Rücken streichelte. Und ich war weder müde noch gefühlsduselig.

Ich wollte Blake Colter und obwohl ich es nicht bewusst erkannt hatte, hatte ich ihn mehr als zwölf Jahre lang vermisst.

Mein Herz zog sich zusammen, als er mitfühlend über mein Haar strich und seine Zärtlichkeit es mir noch schwerer machte, ihn zurückzustoßen.

Ich fühlte mich wund und ungeschützt und Blake war der Einzige, der mir meinen Schmerz nehmen konnte.

Ich hatte nicht nur Angst um meine Schwester, sondern versuchte auch, mit den stürmischen Gefühlen zurechtzukommen, die Blake in mir auslöste.

Ich seufzte und wunderte mich, wie er all den Frauen hatte ausweichen können, die sich ihm wahrscheinlich an den Hals geworfen hatten. Blake machte mich so süchtig nach ihm, dass ich mich bereits fragte, wie ich es schaffen sollte, ihn zu verlassen, wenn all dies vorüber war. Er war nicht nur heiß und sexy, sondern außerdem brillant und nett. Er war der Typ Mann, von dem jede Frau träumte, der jedoch selten zu finden war. Ich wusste, dass ich niemals mehr jemandem wie ihm begegnen würde.

»Besser?«, erkundigte er sich mit kehliger Stimme.

»Ja.«

»Ich denke, dann ist es besser, wenn ich von hier verschwinde, bevor ich etwas tue, was wir beide vielleicht bereuen würden«, schlug er in schmerzlich bewegtem Tonfall vor.

»Ich würde es niemals bereuen«, ermutigte ich ihn.

»Ich vielleicht schon«, antwortete er.

»Wir sind erwachsen, Blake. Wir sind keine Kinder mehr.« Ich würde gern mit der Hitze umgehen.

Ich spürte, wie sich sein Körper anspannte. Stille herrschte im Zimmer, als er mit seinen Fingern in meine Haare fuhr und sich daran festklammerte. »Mein Gott, Harper! Du hast keine Ahnung, wie schwer das hier für mich ist.«

Ich hatte sehr wohl eine Ahnung und als ich meine Hand über seinen kräftigen Brustkorb und seinen Waschbrettbauch gleiten ließ, fuhr ich jeden Muskel mit dem Finger nach, bevor ich mich weiter nach unten bewegte, um über seine Flanellhose zu streicheln, wo ich einen sehr harten Schwanz beschwichtigen musste.

Er gab zustimmend einen zischenden Laut von sich und legte dann seine Hand auf meine, als ob er befürchtete, ich könnte sie wegnehmen. »Berühr mich, verdammt! Tu es!«

Er stieß seinen Befehl mit einer so lauten, gebrochenen und von tiefer Begierde durchtränkten Stimme aus, dass ich in Bewegung kam. Ich fuhr mit meiner Hand unter den Elastikbund seiner lockeren Hose und wickelte meine Finger um seinen Schaft. Er fühlte sich so weich und seidig an, dass ich begann, ihn zu streicheln, und ich genoss das Gefühl seiner samtenen Haut, unter der ich die Härte seiner Männlichkeit spürte.

»Du fühlst dich so gut an, Blake«, erklärte ich ihm mit wollüstiger, begehrlicher Stimme, die ich kaum als die meine wiedererkannte.

Er übernahm die Kontrolle und bevor ich wusste, wie mir geschah, lag ich unter ihm und seine großen Hände hielten meine Hände über meinem Kopf zusammen.

»Ich kann das nicht mehr aushalten, Harper. Ich kann nicht mehr dagegen ankämpfen, gegen die Art, wie ich dich will«, knurrte er.

»Dann tu es doch nicht«, wies ich ihn an. »Bitte, tu es nicht mehr!« Ich wollte dies, wollte ihn.

»Nein, ich werde nicht mehr dagegen ankämpfen«, erwiderte er barsch, setzte mich aufrecht hin, zog mir das baumwollene Nachthemd über den Kopf und warf es auf den Schlafzimmerboden. »Ich kann nicht. Ich sehne mich zu sehr nach dir.«

Ich schauderte, als er seine Arme erneut um mich legte, diesmal Haut an Haut, und meine harten Brustwarzen an seinem Oberkörper rieben.

Ohne zu zögern senkte sich Blake auf meinen Mund hinab und küsste mich, verschlang meinen Mund, als ob er verzweifelt nach Nahrung suchte. Ich öffnete ihm meinen Mund und ließ meine Zunge mit seiner verschmelzen, um ihn wissen zu lassen, dass ich dies genauso brauchte wie er.

Vielleicht sogar mehr.

Ich keuchte, als sein Mund sich schließlich von meinem löste und seine wollüstige Zunge über meinen Hals wanderte.

»Blake«, sagte ich seufzend.

Er knabberte an meiner Haut und liebkoste sie dann zärtlich mit der Zunge. »Es tut so gut, *meinen* Namen aus *deinem* Mund zu hören«, antwortete er mit leiser, gedämpfter Stimme an meinem Hals.

Ich erkannte, wie wenige Male ich bis jetzt seinen Namen ausgesprochen hatte. »Ich weiß jetzt genau, wer du bist«, erwiderte ich mit erregter Stimme. »Blake.«

»Verdammt richtig«, gab er zurück. »Der Mann, der dich so heftig zum Kommen bringen wird, dass du meinen Namen schreien wirst, wenn es soweit ist.«

Ich erbebte vor Erregung. »Ja, bring mich zum Kommen!«, forderte ich ihn heraus. »Baby, ich zähle darauf!«

Er ließ meine Handgelenke los, um seinen Kopf an mir abwärts zu bewegen. Und ich fuhr mit den Händen durch sein Haar und genoss das Gefühl seiner dichten Locken zwischen meinen Fingern. »Ja.«

Dies fühlte sich nicht so an wie das erste Mal, doch das wollte ich auch nicht. Wir waren beide erwachsen und Blake war zwar lieb, aber doch auch ein dominanter Mann, was mich unglaublich anmachte.

Ich wand mich hin und her, als seine Zähne und sein Mund sich über einer meiner empfindlichen Brustwarzen schlossen und fest daran saugten, bevor er seine Zunge benutzte, um die heftige Berührung zu mildern.

Mein Rücken bog sich durch und durch meinen Körper fuhr jedes Mal ein Ruck, wenn er von einer Brust zur anderen wechselte und das schmerzliche Vergnügen so erregend gestaltete, dass ich beinahe den Verstand verlor.

»Bitte!«, bettelte ich, denn ich spürte, wie sich der Orgasmus aufbaute. »Ich muss kommen.«

»Das wirst du. Wenn du soweit bist«, erwiderte er.

»Ich bin soweit«, wimmerte ich, während seine Finger die köstliche Seide meines Höschens liebkosten.

»Noch nicht«, widersprach er.

Blake zog so heftig an dem Seidenstoff, dass dieser nachgab. Schnell entledigte er sich der ruinierten Unterwäsche, indem er sie auf den Boden warf.

Ich warf meinen Kopf hin und her, als sein Mund fortfuhr, meine Nippel zu reizen, und seine Finger in meine bedürftige Muschi eindrangen.

»Blake! Bitte!«, schrie ich auf, so verzweifelt brauchte ich ihn.

»Dies habe ich mir seit Jahren gewünscht, Liebes. Ich werde es nicht vermasseln.«

Es gab nichts, das er falsch machen konnte. Nicht, wenn er mich berührte. Seine Hände und sein Mund fühlten sich wie flüssiges Feuer an und ich war definitiv entflammbar.

»Fick mich!«, flehte ich. »Ich kann nicht mehr nur herumspielen.«

»Ich mache keine Spielchen«, raunte er. »In diesem Augenblick ist mir alles tödlich ernst.«

Sein Daumen umkreiste meine Klitoris und strich dann fest über das kleine Nervenknöspchen, was bei mir ein ununterbrochenes Stöhnen auslöste, das ich nicht einmal zu kontrollieren versuchte. Ich hob meine Hüften an und versuchte so verzweifelt, die Reibung zu verstärken. Doch er zog sich zurück und reizte mich bis zum Wahnsinn.

»Jetzt!«, befahl ich.

Er rutschte zwischen meine Oberschenkel, beugte meine Beine und spreizte sie ungeduldig. »Ich habe dich seit Jahren nicht gekostet. Und du bist so verdammt süß«, brummte er noch, bevor er seinen Kopf neigte und seine Zunge entlang meines Schlitzes schnellen ließ.

Ich hätte mich vom Bett erhoben, wenn Blake mich nicht so gut festgehalten hätte. »Mehr! Mehr!« Ich konnte seine erregenden Berührungen keine Sekunde länger aushalten. Er gab mir, wonach es mich verlangte, tauchte mit seiner Zunge zwischen meine Falten und suchte und fand meine Klitoris. Doch er gab mir nicht annähernd genug und ich wusste, dass das Absicht war. »Das fühlt sich wunderbar an.«

Mein Körper brannte unkontrolliert in hellen Flammen und ich musste keuchen, als Blakes Zähne leicht in meine Klitoris bissen, gefolgt von kräftigen Zungenstrichen.

Gierig verkrallte ich mich in seinen Haaren, presste sein Gesicht gegen meine Muschi und bettelte wortlos um das, was ich noch brauchte, um zum Höhepunkt zu gelangen.

Seine Zunge fühlte sich an wie Seide, als sie von unten nach oben über mein rosafarbenes, zitterndes Fleisch leckte. Er kümmerte sich nicht um meine Anweisungen. Er hatte seine eigenen Ideen, die ich mit Sicherheit nicht länger würde aushalten können.

Der Junge Blake war nett und hartnäckig.

Der Erwachsene Blake war hungrig, dominant und beherrscht.

»Oh Gott! Mehr kann ich nicht aushalten!«, schrie ich atemlos.

»Doch, das kannst du«, antwortete seine gedämpfte Stimme, die aus einem Mund hervordrang, der voll meines bebenden Fleisches war.

Meine Beine begannen zu zittern und der Knoten in meinem Bauch begann sich zu lösen, als Blake immer und immer wieder mit seiner Zunge über meine Klitoris strich und mir schließlich gab, was ich brauchte.

»Ja! Ja! Ja!«

Ich wiederholte mein Mantra, während seine gierige Zunge nicht aufhörte, in mich einzudringen und mich zu erobern, und mich dann bebend zurückließ, als mein Orgasmus meinen Körper schüttelte. Ich ritt auf der Welle meines Höhepunktes und Blake traktierte meine Muschi weiterhin mit seiner zügellosen, fordernden Zunge, die jeden Tropfen meiner Säfte aufleckte, als ich schließlich explodierte.

Im gleichen Moment war er über mir, stützte sein Gewicht mit seinen Händen ab und tauchte mit seiner Zunge tief in meinen Mund, sodass ich meinen eigenen Geschmack kosten konnte.

Das entflammte mich nur noch mehr.

Ich bebte immer noch am ganzen Körper und brauchte ihn in mir.

Ich musste nicht erst danach fragen. Blake wollte offensichtlich nicht länger warten und füllte mich mit einem einzigen kraftvollen Stoß seiner Hüften. Stöhnend begrub er sich bis zu seinen Hoden in mir. Er riss seinen Mund von meinem. »Harper!«

Mein Herz begann zu galoppieren, als er meinen Namen ausrief, als ob er zu mir nach Hause kommen würde. Auf verschiedenste

Weise empfand ich genau so. Ich fühlte mich, als ob wir endlich dort wären, wo wir hingehörten.

»Blake!«, rief ich aus und liebte den Klang seines Namens.

Ich hob meine Beine und schlang sie um seine Taille. Dann versuchte ich, ihn so nahe an mich heranzuziehen, wie es möglich war. Ich freute mich über sein auf mir lastendes Gewicht, als er sich auf die Ellbogen hinabließ und mich küsste, während er mit seinen Hüften pumpte und sein Schwanz meine inneren Muskeln dehnte. Der Schmerz war so süß.

»Blake! Blake! Blake!«

Mit jedem Stoß seines Schwanzes schrie ich seinen Namen. Meine Arme schlangen sich um seinen Hals und er küsste mich immer und immer wieder, knabberte an meinen Lippen, an meinem Hals und ließ dann seinen Mund an meiner Schläfe ruhen. »Mein. Du gehörst mir, Harper. Du hast mir immer gehört.«

»Ja!«, stimmte ich mit Befriedigung zu. Meine Nägel gruben sich in seinen Rücken, als sich das Vergnügen seiner Inbesitznahme zu einem Crescendo des Verlangens steigerte. »Ich brauche dich, Blake! Ich brauche dich!«

Er erhöhte seinen Rhythmus und drang immer und immer wieder in mich ein, während er mich leicht in die Schulter biss. »Du hast mich, Liebes. Du hast mich immer besessen.«

Seine Worte trieben mich dazu, meinen Griff zu verstärken, und meine Finger klammerten sich noch fester an seine Haut. Mein Rücken bog sich durch und meine Beine schlossen sich fest um seine Taille, als mein Orgasmus mich heftig und plötzlich traf. »Blake!«

Ich schrie immer noch, doch das kümmerte mich nicht. Mein Körper ging in Flammen auf und ich brannte in Blakes Hitze, in seinem wahnsinnigen Rhythmus, mit dem er wie ein Besessener in mich hineinstieß.

Meine Nägel gruben sich tief in seine Haut und die Lust meines aufsteigenden Orgasmus war so intensiv, dass ich in tausend Stücke zu zerspringen glaubte.

Blake richtete sich auf und umklammerte meine Hüften. Dann zog er sie an sich heran und kämpfte darum, noch tiefer, noch fester in mich einzudringen.

Ich zerbrach und zerstob in der Luft, während ich immer und immer wieder seinen Namen hinausschrie und meine pulsierenden Muskeln sich fest um seinen Schaft schlossen.

»Harper«, stöhnte er heiser auf. »Du fühlst dich so gut an, Baby.«

Die Wände meines Tunnels molken ihn gnadenlos. Seine heißen Säfte der Erlösung fluteten mein Inneres und ich erschauderte in purer, reiner Wonne, als ich sah, wie er die Kontrolle verlor.

Blake vergrub sein Gesicht an meinem Hals und ich genoss die heißen Luftzüge auf meiner Haut, als er versuchte, Atem zu schöpfen.

Mein Herz hämmerte immer noch und ich schnappte keuchend nach Luft, meine Hände in seinen Haaren vergraben, als er seinen Mund auf mich hinabsenkte, um mich zu küssen.

Mit ineinander verschlungenen Körpern und immer noch vereinten Mündern rollte er sich herum und erlaubte mir, sich auf seinem harten Körper auszubreiten.

Im Raum herrschte Stille. Das einzige hörbare Geräusch waren unsere scharfen Atemzüge.

Mein Körper war gesättigt und befriedigt, als ich so wie eine Decke über ihm ausgebreitet dalag.

Er küsste mich sanft auf die Schläfe. Dann fragte er: »Ich hoffe, du verhütest. Ich habe nicht daran gedacht.«

Ich spannte mich an. Erst jetzt bemerkte ich, dass er kein Kondom benutzt hatte.

»Nein«, erwiderte ich knapp und drückte gegen seine Brust, sodass ich mich aufsetzen konnte.

Kapitel 14

Harper

»Ich konnte nicht mehr klar denken, Harper. Es ist nicht deine Schuld. Ich habe es vergessen«, sagte er schroff, während er sich hochzog, um sich gegen das Kopfende zu lehnen.

Die Aussicht auf seinen nackten Körper vernebelte mir für einen kurzen Augenblick die Sinne und ich musste meine Augen von ihm abwenden, um wieder einen klaren Gedanken fassen zu können.

Ich zog die Decke über meinen eigenen Körper, nachdem ich mich mit gekreuzten Beinen in die Mitte des Bettes gesetzt hatte.

»Du bist nicht allein verantwortlich«, murmelte ich. »Ich mache mir keine Sorgen. Im Moment ist für mich die Chance ziemlich gering, schwanger zu werden.«

»Warum?«

»Falscher Zeitpunkt«, erklärte ich ihm knapp.

»Also, du musst dir definitiv keine Sorgen machen, ob ich gesund bin. Die letzte Frau, mit der ich geschlafen habe, war eine Jungfrau und seitdem habe ich keine andere Frau mehr gefickt.«

Mein Kopf flog hoch und mir war bewusst, dass ich ihn anstarrte wie eine Idiotin, aber ich konnte mir nicht vorstellen... »Ich?«

»Ja. Vor zwölf Jahren.«

Ich schüttelte den Kopf. Es war nicht möglich, dass ein so attraktiver Mann wie Blake seit seiner Collegezeit, seitdem er mit mir geschlafen hatte, mit niemandem zusammen gewesen war. »Wie ist das möglich?«, fragte ich verwirrt.

»Das ist recht einfach. Ich wollte keine andere.«

Er meinte es wirklich ernst, dass er seit unserem jugendlichen Abenteuer mit keiner anderen Frau mehr geschlafen hatte, trotzdem konnte ich es nicht fassen. »Warum nicht?«

Er zuckte mit den Schultern. »Ich habe alle möglichen Entschuldigungen vorgeschoben, um mich selbst davon zu überzeugen, warum ich keine anderen Frauen mehr gevögelt habe, seitdem ich mit dir zusammen gewesen bin. Doch das war alles Schwachsinn. Die Wahrheit ist recht simpel. Ich denke, ich habe wirklich auf dich gewartet. Ich hatte einfach kein Interesse an anderen Frauen.«

»Zwölf Jahre ohne Sex?«, fragte ich ungläubig.

»Mein Gott, du lässt das wie ein Verbrechen klingen«, knurrte er.

»Nein. Kein Verbrechen. Es ist nur schwer vorstellbar.«

»Glaub es einfach!«, erwiderte er trocken. »Das war eine sehr lange Durststrecke.«

»Warum ich?«, wollte ich wissen.

»Weil du die Einzige bist, die ich haben wollte, nachdem wir zusammen gewesen waren, Harper. Ob du es glaubst oder nicht.«

»Ich glaube dir«, flüsterte ich. »Ich bin einfach nur... geschockt.«

»Weil du immer gedacht hast, dass ich jede Woche mit einer anderen Frau schlafe?«

Ich strich mir die Haare aus dem Gesicht und mir war bewusst, dass ich ziemlich zerzaust aussehen musste. »Ich hielt dich für Marcus und der ist definitiv kein Engel.«

»Ich bin auch kein Engel. In meinen Fantasien haben wir ziemlich verrückte Sachen gemacht«, neckte er mich.

»In meinen auch«, gab ich zu.

»Warum erscheint es dir so sonderbar, dass ich mit keiner anderen Frau zusammen gewesen bin? Ich sagte dir doch, dass diese Nacht etwas ganz Besonderes für mich war. Ich wollte unser Erlebnis nicht trüben, indem ich mit einer anderen Frau ins Bett gegangen wäre, die nicht die gleichen Gefühle in mir weckt«, gestand er leise und zögernd. »Bist du mit so vielen Männern zusammen gewesen, seitdem du deine Jungfräulichkeit verloren hast, dass dir mein Verhalten eigenartig vorkommt?«

Ich hielt es nicht für eigenartig. Im Gegenteil, ich fand, es war so ziemlich das Berührendste und Wunderbarste, das ein Mann jemals sagen konnte. Doch dass ein so heißer und anziehender Mann wie Blake nach mir keine andere Frau mehr angerührt hatte, war ziemlich erstaunlich.

Ich schüttelte den Kopf. »Nein, ich war mit niemand anderem zusammen. Du bist mein Erster und Einziger. Vielleicht bin ich deshalb so überrascht, weil ich es als etwas Besonderes empfinde, dass auch du keine andere gehabt hast.«

»Deshalb habe ich wahrscheinlich auch nicht an ein Kondom gedacht. Seit Jahren musste ich mir darüber keine Sorgen mehr machen«, sagte er reumütig. »Doch ich hätte daran denken müssen.«

»Ich werde nicht schwanger werden, Blake«, versicherte ich ihm.

»Falls doch, wirst du mich heiraten, verdammt noch mal!«, forderte er.

»Deshalb werde ich bestimmt nicht heiraten«, widersprach ich. »Das ist kein Grund, einen Mann zu heiraten.«

»Doch, das ist es«, beharrte er gereizt und verschränkte die Arme vor seinem kräftigen Brustkorb.

Zum ersten Mal fiel mir diese Sturheit an ihm auf und ich musste mir auf die Lippe beißen, um nicht zu lächeln.

Es gab keinen Anlass, über dieses Thema zu streiten.

Erstens – ich würde nicht schwanger werden.

Zweitens – ich konnte ihn unmöglich heiraten.

»Ich werde nicht schwanger«, versprach ich ihm.

»Das werden wir noch sehen«, bemerkte Blake drohend und erhob sich vom Bett. »Ich werde dich jetzt schlafen lassen. Du kannst den Rest der Nacht noch nutzen.«

Seine Worte klangen steif und kalt, als ob er plötzlich jegliches Interesse an dem Thema verloren hätte.

Ich fühlte mich plötzlich abgewiesen und einsam und fragte mich, was ich getan hatte, das ihn urplötzlich so abgekühlt hatte. Er hatte sich mir gegenüber verletzlich gezeigt und ich hatte ihm gegenüber das Gleiche getan, indem ich ihm verraten hatte, dass ich niemals mit jemand anderem zusammen gewesen war.

Außerdem hatte ich nur noch gesagt, dass eine Schwangerschaft kein ausreichender Grund wäre, um zu heiraten, was der Wahrheit entsprach. Was mich betraf, so verfügte ich über eigene Mittel und konnte ein Kind sehr gut allein großziehen. Wenn die Alternative darin bestand, nur wegen der Schwangerschaft zu heiraten, dann würde ich lieber allein bleiben.

An der Tür hielt er noch einmal inne und stieß sie vollkommen auf, sodass helles Licht in den Raum flutete. »Um das noch einmal festzuhalten«, sagte er grimmig, »falls du schwanger bist, *wirst du mich heiraten*, Harper! Also gewöhn dich schon mal an den Gedanken, auch wenn du mich nicht zum Ehemann haben willst.«

Er schloss die Tür hinter sich, bevor ich noch den Mund öffnen konnte, um ihm zu erklären, dass es nicht *er* war, den ich nicht wollte, sondern die Umstände, unter denen ich ihn bekommen sollte.

Um Himmels willen, ich war dreißig Jahre alt. Ich besaß mein eigenes Geld und einen Beruf, der es mir erlauben würde, mich an einem Ort niederzulassen, falls ich das wollte. Ich würde nicht heiraten, außer, ich würde das wirklich wollen, was niemals der Fall sein würde, egal, wie sehr ich Blake mochte. In der Tat mochte ich ihn zu sehr, als dass ich ihn an mich binden würde. Ich konnte ihm niemals alles geben, was er brauchte. Es war unmöglich.

Blake ist US-Senator. Er ist ein Regierungsmitglied, eine Persönlichkeit des öffentlichen Lebens.

Ich runzelte die Stirn in der Dunkelheit, schlüpfte unter die Decke und bettete meinen Kopf auf ein Kissen, das immer noch nach Blake duftete, ein quälend männlicher Geruch, der mein Herz sogleich schmerzen ließ.

Befürchtete er, ein uneheliches Kind würde seine Karriere ruinieren? Dieser Gedanke war mir noch niemals gekommen, doch ich nehme an, in den Augen der Öffentlichkeit würde das nicht gerade ein gutes Bild auf ihn werfen.

Ich konnte seinem Image in der Öffentlichkeit schaden, ebenso seiner Karriere im Senat.

Ich stopfte das Laken und die Decke um meinen nackten Körper herum fest und vermisste Blakes Wärme.

Es schien so rückständig, dass die Wähler Blake wegen eines unehelichen Kindes verurteilen könnten. Aber die politischen Nachrichten verdrehten und verschlimmerten die Tatsachen bis zu einem Punkt, an dem die Menschen nicht mehr erkennen konnten, was Wahrheit und was Lüge war.

Ich wollte ihm die ganze Wahrheit sagen, den Grund, warum ich niemals geheiratet hatte, doch ich hatte es nicht getan. Ich war immer noch ganz benommen von der Tatsache, dass er in all den Jahren unserer Trennung mit keiner anderen Frau geschlafen hatte.

Er will mich nicht wirklich heiraten. Er bereitet sich nur auf die Möglichkeit vor, dass ich schwanger werde.

»Wenn das wahr ist, warum hat er dann niemanden gefunden, den er liebt?«, flüsterte ich in die Dunkelheit, doch ich erhielt keine Antwort.

Kapitel 15

Blake

Als die Sonne aufging, starrte ich immer noch mit eingeschaltetem Licht an die Decke und zählte die Muster an der Schlafzimmerdecke.

Im Augenblick wusste ich nur, dass ich Harper brauchte. Der nagende Schmerz in meinem Bauch würde nicht aufhören.

Aus diesem Grund würde ich dich nicht heiraten!

Ich konnte immer noch hören, wie diese Worte aus ihrem wunderschönen Mund kamen, doch ich konnte sie nicht verdauen. Außerdem war ich nicht gewillt, sie hinzunehmen.

Wenn sie mich schon im Falle einer Schwangerschaft nicht heiraten wollte, dann gab es wahrscheinlich keinen Grund auf der Welt, der sie dazu bringen würde, das zu tun.

Vielleicht hätte ich nicht gehen sollen. Vielleicht hätte ich sie ficken sollen, bis sie nachgegeben und mich ebenso sehr begehrt hätte wie ich sie. Vielleicht wäre sie dann süchtig nach mir geworden. Verdammt, ich wünschte, diese stetige Begierde würde auf Gegenseitigkeit beruhen, auch wenn sie mich im Moment verdammt quälte.

Ich war vielleicht verärgert weggegangen, doch gewiss würde ich nicht aufgeben. Unmöglich konnte ich diese Gefühle allein empfinden.

Plötzlich summte mein Handy, das auf dem Nachttischchen lag, und ich warf schnell einen Blick auf die Uhr. Es war noch früh, viel zu früh, als dass jemand anrufen würde, wenn es sich nicht um etwas ziemlich Wichtiges handeln würde.

Ich griff nach dem Handy, doch das Display zeigte lediglich die Nummer des Anrufers. »Colter«, meldete ich mich knapp.

»Ja, hier auch Colter«, antwortete Marcus amüsierte Stimme. Ich setzte mich aufrecht hin. Beim Klang der Stimme meines Zwillings war ich sogleich hellwach.

»Mein Gott! Alles in Ordnung? Und Tate?« Um der Wahrheit genüge zu tun, ich vertraute zwar in Marcus Fähigkeiten, doch ich hatte mir um beide meiner Brüder große Sorgen gemacht.

»Uns beiden geht es gut. Wir sind gerade in Istanbul angekommen. Danica braucht ärztliche Betreuung. Sie hat ein paar infizierte Wunden und ist so dehydriert, dass sie sie mit Flüssigkeit vollpumpen müssen.«

»Wie schlimm ist es?«, fragte ich knapp.

»Sie wird leben. Sie hasst mich so sehr wie immer«, erwiderte Marcus trocken.

»Hast du ihr nicht die Wahrheit gesagt?«

»Noch nicht. Jetzt muss sie erst einmal gesund werden. Sie hat ein paar gebrochene Rippen und leidet unter starken Schmerzen. Sie halten sie unter Medikamenteneinfluss und geben ihr Zeit zum Heilen. Das bewahrt mich davor, eine Zielscheibe für sie abzugeben, daher bin ich damit ganz zufrieden.«

»Wie lange, glaubst du, wird sie im Krankenhaus bleiben müssen?«, erkundigte ich mich, weil ich wusste, Harper würde ihre Schwester sehen... oder zumindest mit ihr sprechen wollen.

»Wenn es nach ihr ginge, wäre sie bereits entlassen. Ich würde sagen, wir können sie noch ein paar Tage hierbehalten.«

»Wir haben das Video gesehen«, erklärte ich. »Sie wurde zusammengeschlagen.«

»Ich habe es auch gesehen«, erwiderte Marcus. »Sie sieht schlimm aus. Einige der Schnitte haben sich entzündet. Aber richte Harper aus, dass sie gesund werden wird. Sie bekommt eine gute Pflege und sie ist verdammt stur. Ihr Zustand ist stabil.«

Erleichtert stieß ich den Atem aus. »Harper wird zu euch kommen wollen.«

»Nein«, widersprach Marcus. »Ich werde Danica hier wegbringen, sobald ihr Zustand die Reise erlaubt. Sie werden sie in D.C. haben wollen. Ich werde sie dorthin fliegen. Tate und ich werden bei ihr bleiben, bis wir sie dorthin gebracht haben. Daher wird sie in Sicherheit sein.«

»Glaubst du, dass sie telefonieren kann?«

»Ich werde dafür sorgen, dass sie Harper anruft, sobald sie dazu in der Lage ist. Ich verspreche es. Fürs Erste sage ihr nur, dass Danica in Sicherheit ist.«

»Ich nehme an, jetzt kann ich wieder ich selbst sein?«

»Ja. Obwohl es wahrscheinlich mehr Spaß macht, ich zu sein, als in einer stockkonservativen Senatorenversammlung mitten in dem Washingtoner Schwachsinn zu sitzen«, bemerkte er gutmütig.

»Nicht ein einziges Mal in meinem ganzen Leben wollte ich jemals du sein«, gab ich zurück.

»Weil ich ein Arschloch bin«, beendete Marcus den Satz. »Manchmal will ich auch nicht ich sein.«

Das war eine rätselhafte Feststellung und ich war mir nicht sicher, ob sie vollkommen als Spaß gemeint war. »Ich schulde dir etwas«, bemerkte ich ernst. Marcus hatte Danicas Leben gerettet. Gemessen an ihrem Zustand hätte sie nicht mehr lange durchgehalten.

»Du hast mehr als einmal meinen Hintern gerettet«, erinnerte mich Marcus. »Sagen wir: Gleichstand.«

»Also ist dein Team wieder aufgestellt?«

»Verdammt, nein! Meine Schwägerin würde mich wahrscheinlich eigenhändig erschießen, wenn ich ihren Ehemann noch einmal in ein gefährliches Gebiet mitnehmen würde. Er hat bereits genug von diesem Mist hinter sich.«

Ich lächelte und stellte mir Lara vor, die ehemalige FBI-Agentin, wie sie Marcus drohte, ihn zu erschießen, falls er Tate jemals zu einem weiteren Einsatz bitten würde. Ich bezweifelte nicht, dass mein jüngerer Bruder in Versuchung geführt werden würde, denn da er früher bei der Spezialeinheit gedient hatte, stand er auf Adrenalinschübe. Ich konnte mir vorstellen, dass Lara nicht sehr begeistert sein würde, wenn Tate regelmäßig an Einsätzen teilnähme. Und mein jüngerer Bruder schien ziemlich zufrieden zu sein mit seinen jetzigen Lebensumständen. »Sie würde dich in der Tat vielleicht einfach erschießen«, scherzte ich.

»Das alte Team ist erledigt. Und das neue wurde nur für diese eine Operation zusammengestellt. Mir steht der Regierung gegenüber bereits jetzt schon das Wasser bis zum Hals, da die Aktion nicht genehmigt war und jeder den Verantwortlichen kennen wird.«

»Ich werde mit ihnen reden«, erbot ich mich grimmig.

Als Senator verfügte ich über mehr Einfluss und mehr Freunde in höheren Positionen in D.C. als Marcus.

»Tu, was du kannst«, erwiderte er lässig. »Ich sorge mich nicht besonders darum. Ich werde in der Öffentlichkeit nicht darüber reden und die anderen ebenfalls nicht. Diese Hurensöhne hätten sie auf feindlichem Gebiet sterben lassen, also was können sie schon sagen? Waren sie bereit, die schlimmen Jungs zu übergeben, die wir gefangen genommen haben?«

»Du weißt, dass dem nicht so war.«

»Also können sie mich am Arsch lecken«, erwiderte Marcus gereizt.

Ich grinste, denn ich musste erkennen, dass sich seine Meinung über die Anzugträger in Washington nicht geändert hatte. »Ich bin einer von diesen Hurensöhnen«, erinnerte ich ihn.

»Nein. Du bist einer der weinigen Anständigen.«

Ich lachte, glücklich, dass er sich so gut anhörte. »Ich werde Lara anrufen und es Harper wissen lassen.«

»Tate telefoniert bereits mit Lara«, bemerkte Marcus und klang angewidert. »Als Erstes musste er natürlich erst mal seine Frau anrufen.«

Ich hielt das für ziemlich normal, da Tate und Lara eine tiefe Liebe verband. Aber Marcus ließ jede Beziehung wie eine tödliche Krankheit erscheinen. »Dann werde ich lediglich Harper informieren.«

»In weniger als einer Woche sollten wir in Washington sein. Wir bleiben in Verbindung.«

»In einer Woche muss ich sowieso dorthin«, überlegte ich. »Ich kann sie mitnehmen.«

»Klärt ihr beide eure Angelegenheiten?«, erkundigte sich mein Zwillingsbruder offen.

»Ja und nein«, wich ich aus. »Es geschah vor zwölf Jahren. Seitdem ist eine Menge Wasser unter der Brücke hindurchgeflossen.«

»Schwachsinn. Es hat nie aufgehört. Harper ist der Grund, warum du nicht öfter mit Frauen zusammen warst.«

Harper war der Grund, warum ich *überhaupt nicht* mit anderen Frauen zusammen war. »Sie will nicht mehr an den damaligen Punkt zurückkehren«, wehrte ich ab. »Sie hat mich immer für dich gehalten und verständlicherweise mag sie mich nicht besonders.«

»Dann ändere ihre Meinung«, schlug Marcus vor. »Du weißt genau, dass du das willst.«

»So einfach ist es nicht −«

»Doch, das ist es«, unterbrach mich Marcus. »Du holst sie in dein Bett, bringst sie zum Kommen, bis sie nicht mehr klar denken kann, und hältst diesen Zustand aufrecht. Ich bin mir ziemlich sicher, dass unsere Geschwister auf diese Weise im Hafen der Ehe gelandet sind.«

»Ich glaube, dazu war schon ein bisschen mehr nötig«, sagte ich unglücklich. Ich wollte nicht unbedingt preisgeben, dass Harper mich für nichts anderes als ein bisschen körperliche Befriedigung wollte.

»Du kannst äußerst charmant sein, wenn du willst, Bruderherz.«

»Gib auf, Marcus!«

»Nicht, bevor du aufgibst«, beharrte er penetrant.

Auf keinen Fall würde ich ganz und gar aufgeben, doch ich wollte meine Pläne nicht mit Marcus teilen... wahrscheinlich, weil ich bis jetzt noch keine hatte.

Das Thema wechselnd bat ich ihn: »Sag Tate, dass ich froh bin, dass ihr beide wieder in Sicherheit seid.«

»Ich werde es ausrichten. Ich muss ins Krankenhaus zurückkehren, bevor Danica aufwacht und aus dem Fenster zu entkommen versucht.«

Ich musste lachen, als ich mir Marcus als Danis Wächter vorstellte. Irgendwie hielt ich Marcus nicht für ausreichend fürsorglich, um Dani von einer Flucht abzuhalten. »Dann lass sie einfach gehen! Sie wird nicht weit kommen.«

»Den Teufel werde ich tun. Sie ist zu schwach, um irgendwohin zu gehen. Ich würde sie am liebsten ans Krankenhausbett fesseln.«

Ich blinzelte vor Überraschung angesichts seines ernsten Tonfalls. Er war wirklich... verärgert und vielleicht ein bisschen besorgt. Ich hatte noch nie erlebt, dass er viel Gefühl zeigte, außer, es handelte sich um seine Familie. »Sag mir...?«

»Was?«, fragte Marcus scharf.

»Wenn Harper dich nicht gebeten hätte, Dani zu befreien, hättest du es ohnehin versucht?«

Es herrschte Stille in der Leitung und einen Moment lang dachte ich, die Verbindung wäre unterbrochen.

»Marcus?«

»Ich weiß es nicht. Wahrscheinlich«, gab mein älterer Bruder schließlich zu. »Sie ist wahrscheinlich die nervigste Frau, die ich je getroffen habe, aber sie ist auch ziemlich mutig.«

»Du magst sie«, stellte ich fest.

»So weit würde ich nicht gehen«, brummte er. »Ich muss Schluss machen. Ich werde dafür sorgen, dass Danica Harper anruft, sobald sie dazu in der Lage ist.«

Nach einem äußerst kurzen Abschied beendeten wir das Gespräch und ich warf mein Handy auf den Nachttisch zurück.

Einige Minuten lang überlegte ich, ob ich Harper nun aufwecken sollte oder nicht, um ihr die Neuigkeiten über ihre Schwester mitzuteilen.

Egal, wie wütend ich im Moment auch sein mochte, ich wusste, sie würde es wissen wollen.

Den ganzen Tag über hatte ich den Stress und die Angst auf ihrem Gesicht erkennen können und sie war offensichtlich vollkommen erschöpft.

Ich rollte mich aus dem Bett. Ich an ihrer Stelle würde sofort wissen wollen, wenn eines meiner Geschwister gerettet worden wäre.

Wenn Harper erst einmal wusste, dass Danica in Sicherheit war, würde sie zur Ruhe kommen und die Alpträume würden verschwinden.

Danach würden wir uns auf uns selbst konzentrieren können.

Es war höchste Zeit, dass Harper Lawson und ich übereinstimmend festlegten, dass sie mir gehörte, für immer und ewig.

Vielleicht wollte sie jetzt noch keine verbindliche Vereinbarung treffen. Aber ich hatte schon so lange gewartet. Ich konnte noch ein kleines bisschen länger warten.

Kapitel 16

Harper

»Harper?«

Ich befand mich im Halbschlaf, als ich Blake meinen Namen rufen hörte. Ich schlief nicht mehr, aber ich war auch noch nicht richtig wach.

Ich blinzelte ein paar Mal, als ich gerade in dem Moment die Augen öffnete, in dem er sich auf die andere Seite des Bettes setzte.

Ich richtete mich auf und bemerkte, dass Tageslicht in den Raum fiel. Auf seinem Gesicht lag ein schroffer, gespannter Ausdruck. Er trug noch dieselbe Pyjamahose aus Flanell, woraus ich schloss, dass er gerade erst aufgewacht war.

»Was ist los? Geht es um Dani?«

»Bist du vollkommen wach?«, erkundigte er sich.

»Ja«, versicherte ich ihm eilig. »Nun sag schon!«

Mein Magen verknotete sich. Ich rutschte näher an ihn heran und legte ihm eine Hand auf die nackte Schulter, um zu verdeutlichen, dass ich zuhörte.

»Marcus hat sie gefunden. Sie ist über die Grenze in ein türkisches Krankenhaus gebracht worden, wo sie wegen Dehydrierung und

Unterernährung behandelt wird. Es geht ihr den Umständen entsprechend gut. Es haben sich zwar ein paar ihrer Wunden entzündet, doch sie wird gesund werden.«

Erleichterung flutete durch meinen Körper und meine Hand fiel von Blakes Schulter. »Gott sei Dank! Kann ich sie sehen?«, fragte ich unter Tränen.

Er schüttelte den Kopf. »Bis du dein Visa bekommen und dorthin gereist bist, sollte Dani sich bereits auf dem Weg nach Hause befinden. Tate und Marcus bleiben bei ihr, um sicherzustellen, dass sie nicht versucht, aus dem Krankenhaus zu entkommen. Dann werden sie sie nach Washington bringen, wo sie Bericht erstatten soll, falls sie dazu in der Lage ist. Falls sie weitere medizinische Hilfe benötigt, kann sie diese in Washington bekommen. Sie wird bequem in Marcus Flugzeug fliegen.«

Ich lachte erschrocken auf, wusste ich doch, dass Dani, falls sie die Chance bekäme, auf Teufel komm raus versuchen würde, auf eigene Faust dem Krankenhaus zu entkommen. Sie hatte es schon immer gehasst, bemuttert zu werden, und kam definitiv nicht gut damit zurecht, nicht wohlauf zu sein. In unserer Kindheit hatte es meinen Eltern schon die größte Mühe bereitet, ihr lediglich die Mandeln herausnehmen zu lassen.

»Dann kann ich sie in Washington sehen«, entschied ich. »Wie lange wird es dauern, bis sie dort ankommt?«

Blake zuckte mit den Schultern. »Wahrscheinlich ungefähr eine Woche, falls Marcus sie zur Behandlung im Krankenhaus festhalten kann. Sie war wirklich dehydriert und Marcus sagt, sie sei ziemlich dünn.«

»Ist bei ihr… emotional alles in Ordnung?« Ohne wirklich zu wissen, was ich da fragte, war mir die Frage herausgerutscht. Ich wollte lediglich wissen, ob sie noch die Dani war, die ich kannte.

»Du willst wissen, ob sie vergewaltigt wurde?«

Ich nickte langsam. »Ja.«

»Ich weiß es nicht genau«, gab Blake zu. »Sie wurde ziemlich übel zusammengeschlagen, doch da Marcus sexuellen Missbrauch nicht erwähnt hat, bezweifle ich, dass es dazu gekommen ist. Er schien ziemlich wütend über alles zu sein, was sie ihr angetan haben, aber irgendeine Art von sexuellen Übergriffen hat er nicht erwähnt.«

»Sie wird sich erholen. Sie ist einer der stärksten Menschen, die ich kenne«, stellte ich entschieden fest, da ich mich weigerte, in Betracht zu ziehen, dass meine Schwester nicht mehr sie selbst sein könnte. »Sie weiß nichts über euch zwei ☒«

»Marcus wird es ihr erzählen, sobald sie kräftig genug ist, um es zu verstehen«, unterbrach Blake mich. »Ich bezweifle, dass er sie weiterhin glauben lassen will, dass er ein solch großes Arschloch ist.« Er machte eine Pause, bevor er hinzufügte: »Auf den ersten Blick wirkt er nicht gerade warmherzig oder mitfühlend, trotzdem ist er nicht der Typ, jemanden absichtlich zu verletzen.«

Tränen der Dankbarkeit flossen meine Wangen hinab. »Wie soll ich jemals wiedergutmachen, was ihr alle für uns getan habt. Ich hatte solche Angst, dass sie sie töten würden.«

»Vielleicht kannst du jetzt ohne Albträume schlafen«, erwiderte er heiser, während er mir zärtlich seine Hand auf die Wange legte und mit seinem Daumen die Tränen aus dem Gesicht wischte.

Ohne nachzudenken warf ich mich in seine Arme und er fing meinen nackten Körper auf und hielt mich fest umschlungen, während ich haltlos weinte.

»Ich danke dir«, flüsterte ich ihm ins Ohr.

Ich wusste, dass Blake nicht nur die Tarnung für Marcus aufrechterhalten hatte, sondern auch in Washington so viele Leute wie möglich aktiviert hatte, die ihm einen Gefallen schuldeten. Ohne Zweifel würde er das auch weiterhin tun, da seine Brüder wahrscheinlich bei der Regierung in Ungnade gefallen waren, denn sie hatten in einem fremden Land eine nicht abgesegnete Operation durchgeführt.

Ohne Zweifel hatte er auch dazu beigetragen, in Washington die Wogen um das Verhalten meiner Schwester zu glätten.

Ich weinte Tränen der Freude, dass meine Schwester in Sicherheit war, klammerte mich an Blake und ließ mich in seine Wärme sinken.

Er schloss seine Arme noch fester um mich und streichelte mir den Rücken, während ich die Angst und Spannung abließ, die meine ständigen Begleiter gewesen waren, seitdem ich erfahren hatte, dass Dani von einer Rebellengruppe entführt worden war, die sie höchstwahrscheinlich töten würden.

»So heftig zu weinen kann nicht gut für dich sein«, knurrte Blake. Ich spürte, wie er sein Kinn auf meinen Scheitel bettete.

Ich schniefte, nachdem meine Schluchzer verebbt waren. »Ich weiß nicht, aber für mich fühlt es sich ziemlich gut an«, erwiderte ich mit einem wässrigen Lächeln. »Ich glaube, es hat einen therapeutischen Effekt.«

»Dann kannst du weitermachen, wenn du willst«, sagte er nachgiebig.

Ich löste mich von ihm und schenkte ihm ein breites Lächeln. »Danke. Aber während der letzten Wochen habe ich mehr geweint als jemals zuvor in meinem Leben. Ich denke, es ist an der Zeit, glücklich zu sein, dass meine Schwester zurück ist. Ich wünschte nur, ich könnte sie sehen.«

Obwohl ich Blake Glauben schenkte, wollte ich doch gern Danis Gesicht sehen.

Er nickte heftig. »Ich weiß. Ich wünschte, es ginge ihr gut genug, um direkt den Rückflug anzutreten. Aber so ist es sicherer.«

»Wenn sie medizinische Betreuung benötigt, kann mein egoistischer Wunsch, sie zu umarmen, warten«, erklärte ich tapfer.

»Ich habe Marcus gebeten, dass sie dich anruft, sobald sie wach und klar genug ist, um sich zu unterhalten. Im Moment ist sie noch sehr schwach.«

»Ich bin mir sicher, dass sie Schlaf braucht.« Ich selbst hatte gewiss nicht gut geschlafen, seitdem Dani verschwunden gewesen war. Ich konnte mir gut vorstellen, wie selten sie Schlaf gefunden haben musste, wo sie doch wusste, dass sie im nächsten Moment sterben konnte.

Er musterte mich aufmerksam, bevor er mich fragte: »Würdest du mir einen Gefallen tun?«

Ich nickte bedächtig. Für die Colters würde ich jetzt alles tun, nur um sie wissen zu lassen, wie sehr ich schätzte, was sie getan hatten, um meine Schwester zu retten.

»Verbring ein bisschen Zeit mit mir«, bat er mit heiserer Stimme. »Bleib diese Woche noch bei mir und dann flieg mit mir nach Washington zurück! Dani wird dann gerade dort ankommen oder sich auf dem Weg dorthin befinden.«

Ich sah ihn verwirrt an. »Warum? Damit würde ich dir doch keinen Gefallen tun. Meinen Job in Boston habe ich auf nächste Woche verschoben. Ich habe sonst nichts zu erledigen. Das ist nicht gerade ein Opfer für mich.« Ich zögerte einen Augenblick, bevor ich fragte: »Oder sprechen wir über Sex?«

Er schüttelte den Kopf. »Sex oder kein Sex. Es geschieht nur, wenn du es willst. Ich möchte nur, dass du bei mir bist.«

Ich wusste nicht recht, wie ich mit seiner Bitte umgehen sollte. Ich verstand sie nicht. Vielleicht bat er mich, ihn mit Sex zu bezahlen, das würde vielleicht einen Sinn ergeben. Doch danach hatte er nicht gefragt.

»Was erwartest du von mir?«

»Behandle mich wie Blake und nicht wie Marcus.«

»Das tue ich doch bereits.«

Er schüttelte den Kopf. »Du hast Jahre damit verbracht, Marcus zu hassen oder den Mann, den du für Marcus gehalten hast. Lerne *mich* kennen, den Mann, dem du wirklich deine Jungfräulichkeit geschenkt hast! Vielleicht wirst du nicht mehr so böse auf mich sein, wenn du *mich* richtig kennenlernst.«

Ich starrte ihn an und studierte den Ernst in seinem Blick. »Ich bin dir nicht mehr böse, Blake. Wirklich nicht. Ich bedaure nicht, was vor all diesen Jahren geschehen ist. Keinen von uns beiden trifft die Schuld für das Missverständnis.«

Er umfasste locker meine Oberarme. »Dann zeig es mir! Lass diese ganze Geschichte darin enden, dass wir uns genauso fühlen wie vor zwölf Jahren.«

Meine Zunge schnellte hervor, um meine trockenen Lippen zu lecken, als ich mich fragte, ob Blake und ich jemals nur Freunde sein könnten. Daran zu denken, ihn nie wiederzusehen, nachdem ich Washington verlassen hätte, empfand ich als so schmerzhaft, dass sich mein Herz zusammenzog. Meinerseits würde es sich schwierig gestalten, mit ihm befreundet zu bleiben, da ich immer mehr gewollt hatte, Dinge, die ich nicht haben konnte. »Ich werde niemals aufhören, dich als den einzigen Mann zu betrachten, der mich so zum Kommen bringen kann, wie ich es mir niemals hätte vorstellen können«, erklärte ich unverblümt.

Ein kleines Lächeln formte sich auf seinem Gesicht. »Ich würde mich glücklich schätzen, dir jederzeit wieder gefällig zu sein.«

Mein Herz hüpfte vor Freude, als ich die Einladung in seinen Augen sah, die den Wunsch in mir erweckte, mich über ihm zu spreizen und ihn zu reiten, bis mein schmerzendes Herz befriedigt sein würde. Doch das wäre nur eine vorrübergehende Lösung.

Als ob er meine Gedanken lesen konnte befahl Blake: »Denk nicht, Harper! Fühl einfach und genieß dich selbst! Sei genau so, wie du bist!«

»Wenn ich meinen natürlichen Instinkten folgen soll, brauche ich dich nackt«, gab ich ehrlich zu. »Dann will ich auf dir reiten, bis ich nichts mehr tun kann, als deinen Namen zu schreien. Und du musst es mich zuerst mit dir auf meine Art machen lassen. Genau das will ich in diesem Augenblick.«

Seine Augen verschleierten sich mit flüssiger Hitze und er blickte mir mit unsagbarer Intensität in die Augen, während er aufstand, aus seiner Pyjamahose schlüpfte und einen Schwanz in die Freiheit entließ, der sich hart und geschwollen aufrichtete.

Blake schien sich nicht zu scheuen, nackt zu sein. Natürlich, mit einem solchen Körper musste man sich keine Sorgen machen.

»Ich dachte, du würdest niemals fragen«, bemerkte er mit kehliger Stimme, als er sich auf die Decke legte. »Ich gehöre dir.«

Mein Unterleib zog sich zusammen und mein Herz schwoll, als ich Blake betrachtete, der sich mir – buchstäblich – verletzbar und nackt darbot.

»Ich muss dich berühren«, erklärte ich ihm nervös.

»Dann tu es, um Gottes willen! Falls du nicht jetzt sofort deine Hände und deine wundervollen Lippen auf meinen Körper legst, werde ich dich in fünf Sekunden unter mir haben. Ich werde mich nicht mehr beherrschen können«, knurrte er.

Ich lächelte und rutschte näher an ihn heran. Meine Finger zitterten, als ich ihn endlich auf die Art berührte, die ich mir so viele Jahre lang vorgestellt hatte. Sobald meine Hände auf seinem Brustkorb lagen, knallte endlich der Korken aus der Flasche, in der ich all die Jahre meine Bedürfnisse verschlossen hatte, und all meine Emotionen schäumten wie Sekt an die Oberfläche.

Kapitel 17

Harper

Von Natur aus war ich eine Kämpferin, eine Perfektionistin, die sich strafte, wenn nicht alles ideal verlief. Doch in dem Moment, in dem meine Hände Blakes muskulösen, perfekten Körper berührten, entschwand jeder Gedanke und jegliche Besorgnis aus meinem Geist.

Mein einziger Gedanke galt dem Vergnügen, seinen heißen, harten Körper zu berühren, bis ich befriedigt wäre. Bis *er* derjenige wäre, der *meinen* Namen rief und um Gnade flehte.

Zugegeben, mit so etwas hatte ich wenig Erfahrung. Doch in Bezug auf Blake hatte ich das Gefühl, dass ich lediglich *meinem eigenen* Verlangen folgen musste, um *ihn* zu befriedigen.

Ich ließ meine Hände an seinem Oberkörper hinab wandern, folgte jedem einzelnen wohlgeformten Muskel an seinem Bauch und beugte mich dann über ihn, um meine Zunge dieselben Linien verfolgen zu lassen, während ich den salzigen Geschmack seiner Haut kostete.

»Harper«, stieß er in einem Ton hervor, der sehr nach einer gequälten Warnung klang.

Ich wusste sehr wohl, wo er nach meiner Berührung verlangte, und schließlich erfüllte ich seinen Wunsch, als sich mein Mund weiter abwärts bewegte und ich meine Hand zärtlich um seinen angeschwollenen Schwanz legte, während sein männlicher Duft mich wahnsinnig machte.

»Kannst du dich daran erinnern, dass ich dir einst gesagt habe, dein Schwanz sei zu groß?«, fragte ich ehrfürchtig.

»Ja.« Ich konnte eine Spur von Humor in seiner heiseren Stimme wahrnehmen.

»Ich nehme es zurück. Du bist perfekt, Blake.«

Er *war* ein absolutes Prachtexemplar, der samtige Schaft so hart, dass er beinahe in meiner Hand pulsierte.

Sein Körper spannte sich sichtlich an, als ich mit ihm spielte. Mich faszinierten die kleinen, feinen Reaktionen seiner Männlichkeit, die ich schon vor meinem dreißigsten Lebensjahr hätte kennenlernen sollen.

Als ich mit einem Finger über seine Hoden strich, streckte er den Arm nach mir aus und ergriff mein Handgelenk. »Tu das nicht! Ich bin mir nicht sicher, wie viel ich noch aushalten kann.«

»Ich dachte, du hättest gesagt, du gehörst mir«, bemerkte ich mit gespielter Unschuld. Es gab nichts, das mich mehr erregte als das Wissen, dass Blake kurz davor stand, die Beherrschung zu verlieren.

»Das stimmt auch«, antwortete er barsch. »Aber ich nutze dir nichts mehr, wenn ich schlaff bin.«

Er hatte Unrecht. Wirklich. Blake war mir alles wert, ob er ihn nun hochbekam oder nicht. Ihn zu befriedigen war mein geheimes Begehren, ob er nun in mir war oder nicht.

Seinen Protest ignorierend befreite ich mein Handgelenk und beugte meinen Kopf, um von ihm zu kosten. Ich folgte nur noch meinen Instinkten. Jetzt würde er mir gehören und ich würde die Gelegenheit ergreifen, ihn zu schmecken, so wie er es bei mir getan hatte.

Sein großer Körper erschauderte, als meine Zunge den weichen Kopf umkreiste und den Sehnsuchtstropfen von seiner Spitze leckte. Er schmeckte männlich und streng, scharf und süchtig machend.

»Mm«, brummte ich und dann öffnete ich meinen Mund, um soviel von seinem Schwanz in mich hineinzusaugen wie mir möglich war.

»Mein Gott, Harper! Das übertrifft all meine Fantasien«, stöhnte er und fuhr mit den Händen in mein Haar. »Baby, du musst das nicht tun.«

Ich saugte an ihm, als wäre er mein persönlicher Lutscher. Um ihm zu antworten, ließ ich ihn kurz aus meinem Mund gleiten. »Doch, ich tue es. Ich will es.«

»Fuck! Dann mach weiter!«, raunte er gierig.

Ich ließ mir Zeit, genoss jedes Stöhnen, das über seine Lippen kam, jedes Aufbäumen seiner Hüften und seine Hände, die sich in meine Haare gruben, um mich an seinem Schwanz auf und ab zu führen. Als ich mich schließlich seinem Rhythmus angepasst hatte, ließ ich meine glitschigen Finger meinem Mund folgen, sodass ich seine ganze Länge mit meiner Hand und meinem Mund umschließen konnte.

Ich fühlte mich, als ob ich in ihn hineintauchte. Wir begannen, uns synchron zu bewegen, und die urtümlich wilden Laute, die aus seinem Mund hervorbrachen, faszinierten mich.

Ich kümmerte mich nicht darum, ob ich alles richtig machte.

Ich wollte ihm einfach nur Vergnügen bereiten.

»Harper! Nicht so! Nicht dieses Mal!«, brüllte er und setzte sich plötzlich aufrecht hin. Ich hätte mich aufgebäumt, wenn er mich nicht gepackt und mit gespreizten Beinen auf seinen Körper gesetzt hätte.

»Blake, ich wollte –«

»Ich wollte es auch. Aber noch lieber will ich in dir sein«, sagte er mit scheppernder Stimme, umfasste meine Pobacken und zog mich auf die Spitze seiner Erektion hinunter.

Meine Muschi zog sich bei seinen Worten zusammen und fühlte sich plötzlich leer an. Ich begehrte ihn so verzweifelt, dass ich wusste, entweder würde ich ihn haben oder ich würde an einem Verlangen sterben, das ich niemals zuvor erfahren hatte.

Nicht einmal beim ersten Mal, als er mich in den Sex eingeführt hatte.

»In der Tasche meiner Pyjamahose ist ein Kondom«, sagte er mit rauer Stimme.

Ich beugte mich so weit wie möglich über das Bett und rutschte halb von Blakes Körper hinunter, um nach dem Kondom in seiner Schlafanzugtasche zu suchen. Schließlich zog ich es hervor und war innerhalb von Sekunden wieder auf ihm. Dann riss ich das Päckchen auf und streifte ihm mit ein wenig Führung seinerseits langsam das Kondom über.

Ich legte meine Hände auf seine Brust und glitt auf die Spitze seines Schwanzes, dabei bedeckte ich den Kopf mit meinem eigenen Saft. Dann ließ ich mich langsam auf ihn hinabsinken, nicht ganz sicher, was ich tat, sondern lediglich meinen Instinkten folgend.

Mein Körper flehte mich an, ihn mich ganz ausfüllen zu lassen. Und ich hörte auf ihn.

»Jaaaa!«, zischte ich vor Vergnügen, als ich auf seinen Schaft hinabsank und spürte, wie sein Schwanz mich bis an meine Grenzen dehnte.

»Harper! Gütiger Himmel! Du bringst mich um«, stöhnte Blake, als er meine Hüften umfasste.

»Ist das gut?«, fragte ich zögernd.

»Gut und schlecht. Aber das ist mir im Augenblick egal. Reite mich einfach!«, forderte er.

Ich ließ mich nach vorn fallen und stützte meine Arme zu beiden Seiten seines Kopfes auf. Ich musste ihn küssen und unsere Lippen ebenso miteinander vereinigen wie unsere Körper es bereits waren.

Ich wollte in ihm ertrinken, ihm so verbunden sein, dass wir uns niemals mehr würden trennen können.

Ich senkte meinen Kopf und Blake griff in meine Haare und zog mich nach unten. Seine verzweifelte Begierde schien beinahe greifbar, als er meinen Kopf in Stellung hielt und meinen Mund dreist verschlang. Beinahe brutal stieß er seine Zunge in meinen Mund, als ob er mich in Besitz nehmen wollte. Das war genau das, wonach mich verlangte. Ich wollte, dass er genauso gierig war wie ich – außer Kontrolle und rücksichtslos.

Ich schnappte nach Luft, als er schließlich meine Haare freigab und mir wieder erlaubte zu atmen. Ich wollte mich aufsetzen, aber Blake legte mir eine Hand auf den Rücken. »Bleib so! Ich will dich ganz spüren, Harper.«

Er klang so ernst, so sexy und so erregt, dass ich mich auf ihm entspannte und mein Gesicht an seinem Hals vergrub.

Zuerst führte Blake meine Hüften in einem langsamen Auf und Ab, dann beschleunigte er seinen Rhythmus und stieß immer fester in mich hinein. Ich passte mich seinen Bewegungen an und kam ihm entgegen, wenn er sich aufbäumte. Bei jedem Stoß trafen unsere Körper mit einem lauten Klatschen aufeinander.

Ich wimmerte an seinem Hals. Und als er mit jedem Eindringen an meiner Klitoris entlangrieb, ging ich in Flammen auf.

»Mein Gott, Harper! Es ist, als ob ich ewig auf das hier gewartet hätte, auf dich gewartet hätte«, stieß Blake hervor.

Ich wusste genau, was er meinte. Ich war überzeugt davon, dass ich auch auf ihn gewartet hatte. Ich wusste, dass mein Körper sich nach ihm gesehnt und zwölf lange Jahre auf seine Rückkehr gewartet hatte.

Auch wenn wir keine Chance hatten, hielt mich das nicht davon ab, ihn zu begehren.

»Blake!«, schrie ich auf, als ich spürte, wie mein Orgasmus sich aufbaute und ich der Erlösung nahe war.

»Komm für mich, meine Süße!«, befahl er. »Lass los!«

Jetzt begann er, fest und tief in mich hinein zu hämmern, und schien jeden einzelnen Stoß zu genießen.

Als mein Orgasmus mich überwältigte, biss ich ihm leicht in den Hals, denn ich musste auf irgendeine Art die Verbindung zu ihm halten. Dann fuhr ich mit der Zunge über den Puls an seinem Hals, während mein Körper in der Erlösung erbebte.

Blake hielt meine Pobacken genau dort, wo er sie haben wollte, und stieß noch einige Male heiß und fest in mich hinein, sich bis zur Wurzel in mich vergrabend.

Als er seine eigene heiße Erlösung fand, bog sich sein Rücken durch und sein Kopf fiel auf das Kissen zurück.

Und solange ich lebe werde ich nicht vergessen, wie erotisch und wunderschön er in diesem Augenblick ausgesehen hat.

So lagen wir zusammen da, beide unfähig zu sprechen und nach Atem ringend.

Ich musste mir auf die Zunge beißen, um ihm nicht zu erzählen, was ich empfand, während er mich auf seinem Körper in den Armen hielt und mich nicht gehen lassen wollte, während sich der Schlag unserer Herzen beruhigte.

Ich hätte ihm gern gesagt, dass ich mich wunderbar fühlte.

Ich hätte ihm gern gesagt, dass das, was gerade geschehen war, magisch war.

Doch vor allem hätte ich ihm gern gesagt, dass ich mich... geliebt fühlte.

Am Ende sagte ich nichts, weil ich wusste, wir hatten uns die Zeit nur gestohlen. Ich drückte ihn an mich und ließ die Worte unausgesprochen.

Kapitel 18

Harper

Am nächsten Tag meldete sich Dani bei mir. Sie rief mich an, als ich gerade das Frühstück vorbereitete, während Blake oben duschte.

Hastig schaltete ich den Herd ab und griff nach meinem Handy, das auf der Arbeitsplatte lag. Ich hoffte, es wäre meine Schwester und ich würde endlich ihre Stimme hören.

Ungeduldig fummelte ich an den Tasten herum, um das Gespräch entgegenzunehmen, und meldete mich atemlos: »Hallo?«

»Hey, große Schwester«, sagte Dani lässig. »Du hörst dich an, als ob du gerade vom Joggen zurückgekehrt wärst.«

»Oh mein Gott! Dani? Bitte sag mir, dass es dir gut geht!«, bettelte ich.

»Es geht mir gut, Harper. Mach dir keine Sorgen!«

»Keine Sorgen?«, schrie ich. »Du bist von einer Bande Terroristen entführt worden und ich soll mir keine Sorgen machen? Selbst Mason, Jett und Carter waren krank vor Sorge.«

Meine drei Brüder verloren selten ihre coole Haltung, daher war die offene Angst recht ungewöhnlich, die sie angesichts Danis Entführung an den Tag gelegt hatten.

»Es geht mir gut. Ich möchte nur unbedingt hier raus«, jammerte sie.

»Wann wirst du entlassen?«, fragte ich ängstlich.

»Sobald Marcus, das Arschloch, glaubt, dass es mir gut genug geht, um die Reise anzutreten«, sagte Dani in feindlichem Tonfall. »Er ist solch ein Kontrollfreak.«

»Er hat *dich* gerettet«, erinnerte ich sie.

»Er hat *dich* betrogen«, gab sie zurück.

»Dani, hat er es dir nicht erzählt?« Marcus war nun schon so lange in Danis Gesellschaft, dass er sie bequem über das Missverständnis hätte aufklären können.

»Was soll er mir erzählt haben?«

Sie klang so verwirrt, dass ich ihr schnell berichtete, was geschehen war und dass Blake derjenige gewesen war, mit dem ich geschlafen hatte.

»Also hat niemand jemanden betrogen«, schloss ich.

Dani seufzte ins Telefon. »Also gut. Dann kann man ihn nicht beschuldigen, meiner Schwester die Jungfräulichkeit genommen und direkt im Anschluss mit einer anderen Frau geschlafen zu haben. Trotzdem ist er ein Arschloch. Er kommandiert mich herum, als ob er mein Boss wäre.«

»Ich muss zugeben, dass er ein bisschen... nervig ist«, lenkte ich ein.

»Nervig? Ich habe den Kerl noch niemals lachen sehen. Und er verhält sich wie ein Diktator.«

Ich lächelte, denn Danis Temperament konnte ziemlich heftig werden, wenn sie sich ärgerte. »Gib ihm eine Chance! Er hat sein Leben für dich riskiert.«

»Ja. Und das lässt er mich nicht eine Sekunde lang vergessen«, antwortete sie trocken.

Ich lehnte mich mit der Hüfte gegen die Arbeitsplatte und lächelte breit, als ich mir Marcus und Dani zusammen vorstellte. Wenn man meine kleine Schwester so gut kannte wie ich und Marcus kennengelernt hatte, konnte man annehmen, dass die beiden nicht sehr gut miteinander auskamen. »Ich habe vor, dich in Washington zu treffen, wenn du zurückkehrst.«

»Nein!«, erwiderte sie hastig. »Ich werde mich dort nur einen Tag aufhalten. Ich komme lieber nach Boston, um dich dort zu sehen. Marcus sagt, dass du in Kürze dort sein wirst.«

»Warum nur habe ich das Gefühl, dass du Marcus loswerden willst?«, neckte ich sie. Wahrscheinlich hatte Marcus beim Familienessen mitbekommen, dass ich nach Boston gehen würde, denn ich hatte mit Aileen darüber gesprochen.

»Wahrscheinlich, weil ich ihm *wirklich* entkommen will. Unbedingt.«

»Wie ist Tate denn so?«, erkundigte ich mich, um Dani von Marcus abzulenken.

»Der ist cool«, erwiderte sie schon ein bisschen heiterer. »Unglücklicherweise stimmt er Marcus jedoch bei fast allem zu.«

Ich seufzte verärgert auf. »Dani, du wurdest entführt, gefangen gehalten, misshandelt und bist halb verhungert. Nach einer solchen Erfahrung kannst du unmöglich *gesund* sein. Sei mit dir selbst und den Männern ein bisschen nachsichtig!«

»Ich habe nicht behauptet, gesund zu sein«, erwiderte sie leise. »Aber es geht mir den Umständen entsprechend gut.«

»War es schlimm?«

»Ich werde darüber reden, wenn ich erst einmal wieder eine Weile in den Staaten bin. Nicht jetzt, einverstanden?«

Ich spürte, dass es Dinge gab, über die zu reden sie noch nicht bereit war. »Ich bin einfach nur froh, dass du in Sicherheit bist. Ich liebe dich.«

»Ich liebe dich auch, Schwesterherz«, antwortete sie mit mehr Gefühl. »Also sag mir, wo in Boston du dich aufhalten wirst.«

Wir unterhielten uns noch eine Weile und ich teilte ihr mit, welche Unterkunft ich in Massachusetts gebucht hatte.

»Bist du sicher, dass ich nicht nach Washington kommen soll?«, fragte ich sie.

»Absolut. Ich werde lediglich die Fragen der Bundessicherheitsbeamten beantworten und mich dann sofort auf den Weg machen.« Sie zögerte, bevor sie sich erkundigte: »Wie ist es denn mit dem Senator gelaufen? Ich kann es immer noch nicht fassen, dass wir geglaubt haben, deine erste Liebe wäre Marcus gewesen.«

»Ich würde nicht gerade sagen, dass er meine erste Liebe gewesen ist. Es war nur eine Nacht.«

»Komm schon, Harper. Ich war dabei, erinnerst du dich? Ich sah den gebrochenen Ausdruck auf deinem Gesicht, als du Marcus mit einer anderen Frau gesehen hast. Also gut. Ja. Er war nicht der Mann, mit dem du in Wirklichkeit geschlafen hattest. Aber ich habe doch den Schmerz in deinen Augen gesehen, weil du gedacht hattest, er wäre es gewesen. Er war mehr als nur irgendein Kerl, mit dem du mal eben so geschlafen hast. Und ich weiß, wie sehr es dir später wehgetan hat. Ich bin es, deine Schwester, die alles über dich weiß.«

»Es war eine Schwärmerei«, beharrte ich.

»Ja. Was auch immer. Nenn es, wie du willst, aber er hat dir etwas bedeutet.«

»Er hat mir sehr viel bedeutet«, gab ich schließlich zu. »Aber das war vor Jahren. Er ist ein netter Mann und ich bin dankbar, dass ich das jetzt weiß.«

»Hast du mit ihm geschlafen?«, fragte Dani unverblümt.

»Ich würde meinen, das geht dich nichts an«, schalt ich sie.

»Aha! Also hast du es getan«, erwiderte sie. »Deine Antwort sagt alles.«

»Ich verbitte mir dieses Thema«, warnte ich sie.

»Wir müssen nicht darüber reden. Ich kann an deiner Stimme hören, dass es wieder geschehen ist. Aber das ist doch nicht schlecht, oder? Ich meine, du bist älter und klüger. Du weißt, er ist ein guter Kerl. Es könnte funktionieren.«

»Ich bin Architektin und reise um die Welt, um historische Werke zu schaffen. Blake ist ein US-Senator, der zwischen Colorado und Washington pendelt. Eine Beziehung wäre unmöglich, selbst wenn wir beide es wollten. Doch das ist nicht der Fall.«

»Will *er* nicht oder willst *du* nicht?«

Ich seufzte. »Wir hatten das beide nicht vorgehabt. Ich bereue es nicht, aber weder Blake noch ich haben nach etwas Dauerhaftem gesucht. Du kennst meine Lebensumstände. Ich kann mich nicht festlegen.«

»Manchmal muss man nur nach einer Lösung suchen«, bemerkte Dani nachdenklich.

»Es gibt eine Lösung. Ich werde nach Boston gehen, um meine Arbeit zu erledigen, und er kehrt zum Kongress zurück«, verteidigte ich mich. Blake hatte niemals über die Zukunft gesprochen und ich wollte auf jeden Fall vermeiden, dass ich wegen desselben Mannes unter einem gebrochenen Herzen zu leiden hatte... schon wieder. Doch wenn ich meine Gefühle für ihn betrachtete, wusste ich bereits jetzt, dass ich dem Schmerz nicht würde entkommen können.

»Wir werden sehen«, sagte Dani in humorvollem Tonfall.

»Pass auf dich auf und zwing dich nicht dazu, dich zu schnell wieder normal zu fühlen! Mir scheint, du musst dein normales Gewicht und deine Kraft zurückgewinnen.«

»Oh Gott! Jetzt hörst du dich an wie Marcus.«

Ich verdrehte die Augen. »Ich höre mich an wie deine große Schwester, die dich liebt.«

»Entschuldige. Ich weiß. Es ist nur – ich brauche wirklich ein bisschen Abstand von all dem.«

Ich war mir ziemlich sicher, dass sie eine Menge Dinge brauchte, und am liebsten wäre ich durchs Telefon gekrochen und hätte sie umarmt. »Bis Freitagabend in Boston!«

»Ich werde dort sein. Ich wünschte, ich könnte schon früher hier raus, aber ich schwöre, Marcus und Tate haben ihre Augen überall.«

»Dann übe dich in Geduld!«, riet ich ihr. »Es sind doch nur noch ein paar Tage.«

Dani brummte vor sich hin. Sie hatte mir nicht versprochen, keinen Fluchtversuch zu unternehmen, doch ich war zuversichtlich, dass Marcus und Tate sie nicht entkommen lassen würden.

Bevor wir das Gespräch beendeten, musste ich unbedingt noch eine Frage loswerden. »Warum genau hast du die Grenze überquert?

Sind die Gerüchte wahr, die besagen, dass du diesen Kindern helfen wolltest?«

Dani schwieg einen Moment, dann gab sie zu: »Die Berichte entsprechen der Wahrheit, doch das macht mich keineswegs zu einer Heldin. Welcher erwachsene Mensch hätte diese Kinder sterben lassen können?«

Ich wollte ihr sagen, dass wahrscheinlich viele Erwachsene den Teenagern nicht geholfen hätten, wenn sie dafür ihr eigenes Leben hätten lassen müssen. Sie hatte gewusst, dass sie geschnappt werden würde, trotzdem hatte sie sich geopfert, um ein paar Kinder zu retten. Dani musste Angst gehabt haben, trotzdem hatte sie es getan.

»Komm gesund nach Hause!«, flehte ich sie an.

»Das werde ich, versprochen. Wir werden eine Weile in Boston zusammen sein. Ich glaube nicht, dass mir mein Chef so bald wieder einen Auftrag gibt, insbesondere nachdem der Vorfall an die Öffentlichkeit gelangt ist.«

Wir verabschiedeten uns voneinander und beendeten das Gespräch. Ich legte mein Handy zurück auf die Arbeitsplatte und rührte in den Töpfen, die noch warm auf dem Ofen standen, während ich mich vor dem Augenblick fürchtete, in dem ich mich tatsächlich von Blake würde verabschieden müssen.

Kapitel 19

Harper

»Du siehst überaus sexy aus, wenn du dich konzentrierst«, bemerkte Blake lüstern. Wir saßen beide in seinem Heimbüro, er hinter seinem Schreibtisch und ich auf dem Sofa.

Ich schaute hoch und fing seinen Blick auf. Unruhig wand ich mich auf der Couch hin und her.

Keiner von uns hatte je wieder ein Wort über Blakes Plan verloren, uns wieder näher kennenzulernen... oder besser uns überhaupt kennenzulernen, da wir damals vor zwölf Jahren nicht viel miteinander geredet hatten. Es war einfach so... geschehen. Seitdem ich gestern die Möglichkeit gehabt hatte, mit Dani zu sprechen, war es mir erheblich leichter ums Herz.

Sowohl gestern als auch heute hatte mich Blake auf seiner Ranch herumgeführt und mir gezeigt, wie er gesündere Viehrassen züchtete. Ich hatte auch einige seiner Angestellten kennengelernt, andere Forscher, die sich um Blakes Projekt kümmerten, wenn er unterwegs war.

Wir hatten seine trächtigen Färsen besucht und ich hatte engere Bekanntschaft mit einigen ziemlich launischen Bullen geschlossen. Glücklicherweise hatte mich ein Zaun von den widerspenstigen männlichen Tieren getrennt und näher wollte ich ihnen auch gar nicht kommen.

Die Ranch war wirklich erstaunlich und ich sah, dass Blake seine Arbeit liebte. Einige der Informationen bezüglich DNA und Genetik gingen weit über meinen Verstand, doch Blake war immer froh, mir etwas erklären zu können.

Schließlich, nachdem wir Herzklopfen verursachende Blicke ausgetauscht hatten, antwortete ich: »Ich sehe wie eine Frau aus, die heute Morgen kaum zum Duschen gekommen ist, nur weil ein Wilder seinem Drang nach morgendlichen Sexeskapaden nachgegeben und mir danach noch nicht einmal Zeit gelassen hat, mich zurechtzumachen, bevor er mich aus dem Haus geschleppt hat. Ich bin weit davon entfernt, hübsch auszusehen.«

Um die Wahrheit zu sagen, ich sah schrecklich aus. Ich trug noch immer die Jeans und das langärmelige Hemd, die ich für den Rundgang auf der Ranch angezogen hatte. Mit meinen halb herunterhängenden und halb aufgesteckten Haaren saß ich mitten auf dem Sofa in seinem Büro und versuchte, an dem Entwurf für die Bürogebäude in Boston zu arbeiten. Ich fertigte gerade eine Zeichnung in meinem großen Skizzenblock an, als er sein Kompliment in den Raum warf, eines von vielen, die er in den letzten Tagen geäußert hatte. Ich fragte mich langsam, ob er nicht vielleicht blind war.

»Ich glaube, zusammen zu duschen ist die beste Art, die ich jemals entdeckt habe, um meine Morgenlatte loszuwerden«, erwiderte er grinsend.

Ich verdrehte die Augen. »Kannst du jemals an etwas anderes denken als an Sex?«

Ja, das war wahrscheinlich eine unfaire Frage, da ich selbst niemals an etwas anderes zu denken schien, wenn wir zusammen waren. Selbst nach einem Tag des Herumwanderns auf der Ranch erschien mir Blake in seinem abgetragenen Pullover und der Jeans noch immer als der heißeste Mann, den ich je gesehen hatte.

»Nein«, gab er zu. »Ich denke immer nur an Sex, wenn du im selben Raum mit mir sitzt.«

»Soll ich gehen?«, fragte ich, obwohl ich wusste, dass er widersprechen würde, war er doch derjenige gewesen, der vorgeschlagen hatte, zusammen in seinem Büro zu arbeiten.

»Verdammt, nein! Du würdest mich der Möglichkeit der Selbstquälerei berauben. Auf keinen Fall.«

Ich lachte nur, weil er so schrullig war. Blake besaß einen eigenartigen Humor, den ich sehr gut verstehen konnte.

Ich seufzte spöttisch. »Das wäre schade. Man hat nicht oft die Möglichkeit, ein Masochist zu sein.«

»Verdammt, wenn ich es tue, und verdammt, wenn ich es nicht tue«, brummte er vor sich hin, während er sich wieder seinem Computer zuwandte.

»Was?«

Er warf mir einen verwirrenden Blick zu. »Ich will unbedingt, dass du bei mir bist, trotzdem quält es mich, wenn du dich mit mir in einem Raum aufhältst und ich dich nicht bis zur Besinnungslosigkeit ficke.«

Ich kicherte, bevor ich meine Aufmerksamkeit wieder meinen Zeichnungen schenkte. Insgeheim liebte ich es, dass Blake mich immer in seiner Nähe haben wollte. Es erdrückte mich keineswegs. Es fühlte sich einfach gut an zu wissen, dass er meine Gesellschaft suchte und sich wohler fühlte, wenn ich in seiner Nähe war. Da ich niemals zuvor diese Art der Intimität mit jemandem erfahren hatte, genoss ich das Gefühl, gewollt zu sein.

»Selbst wenn du mich *nicht* fickst, gibt es keinen Ort, wo ich lieber wäre«, gab ich ehrlich zur Antwort.

»So geht es mir auch«, bestätigte er heiser. »Wenn ich dich nicht ficken kann, will ich dich zumindest in meiner Nähe haben.«

Seine Worte erweckten plötzlich Gefühle in mir, die mein Herz verkrampfen ließen. Blake rührte mich, selbst wenn er schmutzig daherredete.

Ich hatte niemals Glück daraus schöpfen können, nur indem ich mich mit einem Mann in einem Zimmer befand, doch genau das geschah, wenn ich in Blakes Nähe war.

Es schien ganz natürlich und normal zu sein.

Ich war so lange allein gewesen, dass ich mit meiner eigenen Gesellschaft zufrieden war. Doch vielleicht hatte ich einfach nicht bemerkt, dass ich etwas vermisste, bis ich Zeit mit Blake verbracht hatte.

Es spielte keine Rolle, dass wir beide arbeiteten. Nur die Tatsache, dass ich mich mit ihm im selben Raum aufhielt, ließ mich gewahr werden, wie verbunden wir uns manchmal fühlten.

Trotzdem lenkte es mich auch ab und ich konnte nicht anders, als gelegentlich einen verstohlenen Blick auf seine stark ausgeprägten Gesichtszüge und sein gestutztes, doch erstaunlich dichtes Haar zu werfen. Es juckte mich in den Fingern, sie durch seine Strähnen fahren zu lassen.

Schnell blickte er auf und bemerkte, dass ich ihn betrachtete. Dann lächelte er und lehnte sich in seinem Stuhl zurück. »Weißt du, dass ich nicht eine einzige Sache erledigt habe?«

»Das tut mir leid«, entschuldigte ich mich leise. Doch es tat mir keineswegs leid. Die Art, wie er mich anschaute, gab mir das Gefühl, die begehrteste Frau auf Erden zu sein. Seine grauen Augen sahen mich so hungrig, so intensiv an, dass ich von Neuem begann, mich unter seinem Blick zu winden.

Für einen flüchtigen Augenblick erlaubte ich mir, mir einzubilden, dass Blakes Interesse nicht allein dem Sex galt, sondern dass er mich als Partnerin schätzte. Sein Gesicht zeigte in diesem Moment beinahe den gleichen Ausdruck, den ich bei Gabe Walker wahrgenommen hatte, wenn er während des Familientreffens Chloe einen Blick zuwarf – einen Blick, mit dem er sich vergewisserte, ob Chloe noch an seiner Seite und glücklich war.

Sein Lächeln wurde breiter. »Mir tut es nicht leid. Ganz gewiss werde ich lieber abgelenkt, als dich nicht in meiner Nähe zu haben.«

Ich war mir bewusst, dass ich bald nach Boston und Blake nach Washington aufbrechen musste. Doch ich konnte der Versuchung nicht widerstehen, die volle Skala der Gefühle auszukosten, die dieser Mann aus mir heraus wringen konnte.

Diese Erfahrung, die Blake und ich gerade miteinander teilten, hatte ich noch nie zuvor in meinem Leben gemacht, und ich war mir ziemlich sicher, dass sie sich auch in der Zukunft nicht wiederholen würde. Daher hatte ich mich schließlich entschlossen, mich zu entspannen und die Zeit mit ihm zu genießen.

Sicher hatte ich auch vor zwölf Jahren bereits eine gewisse Verbindung zu ihm gespürt. Ich hätte ihm sonst nicht meine Jungfräulichkeit geschenkt. Doch vielleicht hatte ich erst erwachsen werden müssen, um zu erkennen, wie selten man einem Mann Gefühle solcher Art entgegenbringt.

»Am Freitag muss ich mich auf den Weg nach Boston machen«, bemerkte ich mit einem Hauch Traurigkeit in der Stimme.

»Es ist Dienstagabend. Ich dachte, du würdest warten und erst am Freitag mit mir nach Washington fliegen.«

»Dani hat mich gebeten, nicht dorthin zu kommen. Sie sagt, dass sie sich dort nur wenige Stunden aufhalten wird, und will mich dann in Boston treffen.«

»Also kann sie es vermutlich nicht abwarten, von Marcus wegzukommen«, stellte Blake treffend fest.

»Kann sein.« Tatsächlich wusste ich, dass er Recht hatte, doch ich wollte das Vertrauen meiner Schwester nicht missbrauchen.

Blake erhob sich und kam zur Couch herüber geschlendert, hob mich ungezwungen vom Sofa hoch und setzte sich wieder, mit mir quer auf seinem Schoß.

Ich kreischte überrascht auf und klammerte mich an seine Schultern, als er uns bequem zurechtrückte.

»Das gefällt mir nicht. Das lässt mir weniger Zeit, als ich dachte«, knurrte er.

»Zeit für was?« Ich blickte ihn an, ziemlich sicher, dass mir die Frage in den Augen geschrieben stand.

»Zeit für dich, um dir verständlich zu machen, dass das, was vor zwölf Jahren zwischen uns geschehen ist, etwas ganz Besonderes war, und dass ich dich damals niemals hätte betrügen können«, raunte er. »Du hast mich über ein Jahrzehnt gehasst. Ich will nicht, dass du noch länger solche Gefühle hegst.«

»Das tue ich nicht«, versicherte ich ihm und spielte zärtlich mit seinem Haar. »Und ich habe nicht *dich* gehasst. Ich hasste Marcus.« Doch eigentlich hatte ich auch Blakes Zwilling nicht wirklich gehasst, sondern den Mangel an Kommunikation und einen Mann, der niemals wirklich existiert hatte.

»Aber du hast gedacht, ich hätte dich benutzt. Gib es zu!«, drängte er.

»Ja, das habe ich gedacht. Aber das ist vorbei, Blake. Ich hasse dich nicht. Das konnte ich niemals wirklich, selbst, als ich geglaubt habe, du hättest nur mit mir gespielt. Jene Nacht war zu besonders für mich.« Gewiss, ich hatte ihn verachten wollen, doch bevor meine Gefühle so negativ hatten werden können, war der junge Mann vor meinen Augen aufgetaucht, der für mich da gewesen war, um mich zu trösten, mich zu beschützen, mich in eine Welt des sinnlichen Vergnügens zu schicken, von deren Existenz ich nichts gewusst hatte, und der mich dann schließlich nach Hause gebracht hatte, dorthin, wohin ich gehörte.

Blake schlang seine Arme um meine Taille. »Ich hätte immer gern gewusst, wie sich die Dinge für dich entwickelt hatten, doch ich wollte unsere gemeinsame Nacht niemandem gegenüber erwähnen. Konntest du die Angelegenheit mit deinen Eltern klären?«

Ich nickte. »Ja. Wir haben fast den ganzen Tag und den folgenden Abend miteinander geredet. Ich gab zu, eine vollkommen von sich eingenommene Göre zu sein. Und sie haben sich gefragt, ob sie mich nicht zu sehr behütet hatten.«

»Und was ist dabei herausgekommen?«

»Ich erkannte, dass ich sie liebte, und sie haben stets versucht, mir alles zu geben, was ich haben wollte. Vielleicht war es zu viel und zu leicht für eine junge Frau, so viel Freiheit zu besitzen. Aber das spielt keine Rolle. Danach standen wir uns sehr nahe. Sie haben all meine Entscheidungen gutgeheißen, selbst, dass ich in Kalifornien zur Schule gehen wollte.« Ich seufzte. »Rückblickend wünschte ich mir, ich wäre vor Ort geblieben. Es ist mir nur einfach nicht in den Sinn gekommen, dass ich sie so früh verlieren könnte.«

Blake strich mit einer Hand über meine Haare. »Nicht, Harper! Du konntest unmöglich einen zufälligen Unfall wie diesen vorhersehen.«

»Verstandesmäßig weiß ich das. Doch ich kann nicht verhindern, dass mich gelegentlich eine gewisse Reue überkommt. Ich habe sie während all meiner Schulferien besucht, doch ich habe eine Menge verpasst, weil ich nicht hier in Colorado geblieben bin.« Ich holte zitternd Luft, bevor ich hinzufügte: »Ich würde gern ihre Gräber besuchen. Seit dem Begräbnis bin ich nicht mehr dort gewesen. Ich bin kein einziges Mal hier gewesen. Wir standen alle so unter Schock, dass ich nicht einmal mehr genau weiß, wo sich die Gräber befinden.«

»Ich weiß es. Ich kann dich dorthin bringen«, sagte Blake freundlich.

Ich runzelte die Stirn. »Aber du warst doch weg. Du warst nicht bei der Beerdigung.«

Er zuckte mit den Schultern. »In der Zwischenzeit habe ich die Gräber besucht. Ein paar Mal war ich mit meiner Mutter dort und ich versuche, gelegentlich Blumen zu kaufen und sie dort abzulegen.«

»Warum?«, fragte ich erstaunt.

Er zuckte mit den Schultern. »Ich wusste, dass ihr alle weggezogen wart. Und ich würde auch wollen, dass jemand das Gleiche für mich täte, wenn ich nicht selbst dorthin gehen könnte. Manchmal gehe ich auf den Friedhof, um mit meinem Vater zu reden. Ich weiß nicht, ob er mich hören kann, aber danach fühle ich mich immer besser.«

Mein Herz klopfte heftig, als ich seine ernste Miene sah. »Du warst noch so jung, als er verschieden ist.«

»Ich vermisse ihn immer noch«, erwiderte Blake grimmig. »Ich glaube nicht, dass der Schmerz über den Verlust eines Elternteils jemals vergeht. Er ist lediglich nicht mehr ganz so präsent.«

Er hatte Recht und mein Herz schmerzte für den jungen Blake, dessen Vater durch noch seltsamere Umstände ums Leben gekommen war als meine Eltern, die durch einen Autounfall getötet worden waren. »Danke, dass du die Gräber besucht hast, als wir verhindert waren.«

»Nicht der Rede wert«, wehrte er lässig ab, doch seine Arme schlossen sich enger um meine Taille.

Ich legte meine Hand auf seine Schulter und schlang dann die Arme um seinen Hals. Er roch so gut, fühlte sich so warm und wirklich an, dass ich das freudige Gefühl genoss, das mir allein seine Nähe vermittelte.

Blake war wahrscheinlich der vielseitigste, aber netteste Mann, den ich jemals kennengelernt hatte. »Meine Mutter hat deine wie eine Schwester geliebt«, vertraute ich ihm an.

»Ich weiß. Meine Mutter trauert immer noch um den Verlust ihrer besten Freundin«, erwiderte Blake.

Schweigend saßen wir dann zusammen, behaglich einer in die Arme des anderen geschmiegt. Es war weder unbeholfen noch schwierig. Tatsächlich fühlte ich mich zum ersten Mal seit meiner Rückkehr nach Rocky Springs wirklich zu Hause.

Kapitel 20

Blake

»Bist du froh, nicht mehr Marcus sein zu müssen?«, fragte mich Harper neugierig, als wir am nächsten Tag in einem kleinen mexikanischen Restaurant in Rocky Springs beim Abendessen saßen.

Wie versprochen hatten wir die letzte Ruhestätte ihrer Eltern auf dem Friedhof besucht und auch das Grab meines Vaters. Harper hatte darauf bestanden, außer ihren eigenen Blumen für das Grab ihrer Eltern auch die Blumen für die Grabstätte meines Vaters zu besorgen.

Sie sagte, dass jede einzelne Blume, die sie aussuchte, eine besondere Bedeutung hätte, doch alles, woran ich mich erinnern konnte, war ihre ernste Miene, als sie beide Gräber mit den wunderschönsten Blumen schmückte, die wahrscheinlich den nächsten Tag nicht erleben würden. In den Bergen von Colorado war es nachts immer noch sehr kalt. Doch Harper schien sich nicht darum zu kümmern. Sie hatte darauf bestanden, jede einzelne Blume dort zurückzulassen und ich muss zugeben, dass meines Vaters Grab niemals hübscher ausgesehen hatte.

Wir stellten uns an jeden der Grabsteine und teilten einige unserer guten Erinnerungen an unsere Eltern. Mir fielen ein paar Dinge über meinen Vater ein, an die ich jahrelang nicht gedacht hatte.

Ich dachte einen Moment über ihre Frage nach, bevor ich antwortete: »Als wir Kinder waren, wollte ich tatsächlich Marcus *sein*.«

Harper blickte von ihrem Teller auf und runzelte die Stirn. »Warum?«

»Er hatte immer eine genaue Vorstellung von seiner Zukunft und außerdem hatte er Mut. Ich glaube nicht, dass es etwas gab, vor dem er sich gefürchtet hätte. Damals standen wir uns sehr nahe.«

»Heute nicht mehr?«, erkundigte sich Harper.

»Ich bin mir nicht sicher, ob überhaupt jemand Marcus nahekommen kann. Er hat sich verändert. Früher hatten wir diese besondere Verbindung, die eineiigen Zwillingen nachgesagt wird. Wir konnten beinahe die Gefühle des anderen spüren. Doch nachdem er begonnen hatte, die Welt zu bereisen, drifteten wir auseinander.« Ich wusste immer noch nicht, wie das geschehen war. »Seitdem ich begonnen habe, ihm zu helfen, sein Verschwinden zu tarnen, sind wir uns wieder näher gekommen, doch es ist nicht das Gleiche wie damals in unserer Kindheit.«

»Wir sind auch nicht mehr so unschuldig wie damals«, bemerkte Harper gedankenverloren. »Wenn wir älter werden, möchten wir manchmal ein paar Dinge für uns behalten.«

»Was hast du für Geheimnisse?«, fragte ich sie, weil ich es wirklich wissen wollte.

Sie zuckte mit den Schultern. »Über manche Dinge muss man nicht unbedingt reden.« Dann lächelte sie. »Ich persönlich bin froh, dass du nicht Marcus bist und dass du auch nicht mehr er sein willst. Du bist wundervoll so wie du bist.«

»Wenn du so denkst, bin ich auch froh, dass ich nicht mehr Marcus sein will.« Als eineiige Zwillinge mochten mein Bruder und ich in der Jugend vielleicht ähnliche Krisen durchgemacht haben, doch waren wir zu zwei sehr verschiedenen Individuen herangewachsen.

»Du hast deinen eigenen Platz gefunden, deine eigene Berufung«, stellte Harper fest.

»Ich habe nur ein wenig länger gebraucht als Marcus. Er wusste immer, dass er die Firma meines Vaters übernehmen würde. Keiner von uns übrigen Geschwistern hatte auch nur das geringste Interesse daran.«

»Also hast du schließlich herausgefunden, dass du Zanes Talent für die Wissenschaft teilst?«, erkundigte sich Harper, während sie ihre Mahlzeit beendete und ihre Serviette auf den Teller legte.

»Nicht so schnell wie Zane. Verdammt, er war immer schon wissenschaftlich begabt, sogar als Kind.«

Sie nippte an ihrem Wein, bevor sie bemerkte: »Manchmal dauert es eben ein wenig länger, bis man herausgefunden hat, wo man im Leben hingehört.«

Mir war sehr wohl bewusst, dass sie auf ihr eigenes spätes Erwachen anspielte, als sie sich entschloss, lieber etwas aus ihrem Leben zu machen, anstatt nur die Tochter eines reichen Mannes zu sein. »So wie du herausgefunden hast, dass du historische Gebäude bewahren und mit modernen Erweiterungen kombinieren willst?«

Sie lachte so natürlich, dass der Laut mir wie ein Stich ins Herz fuhr. Harper war wunderschön, wenn sie lächelte. Ihre Fröhlichkeit wirkte ansteckend. Sie trug ihr hinreißend blondes Haar heute offen, doch immer noch war sie in Jeans und einen alten Collegepullover gekleidet. In lässiger Kleidung schien sie sich wohl zu fühlen und, bei Gott, sie stand ihr verdammt gut.

»Ich habe alte Gebäude schon immer gemocht«, erklärte sie. »Ich habe Architektur als Hauptfach gewählt, weil ich schon immer gut im Entwerfen war und mir vorstellen konnte, wie Gebäude aussehen sollten oder könnten. Mein Spezialgebiet hat sich zufällig ergeben, aber ich liebe es. Ich würde nichts anderes machen wollen.«

»Du bist gut darin«, erwiderte ich ehrlich. Ich hatte Fotos einiger ihrer Projekte gesehen. Sie besaß erstaunliche Vorstellungskraft und Begabung.

»Danke«, murmelte sie. »Ich möchte gern glauben, dass ich in jedem Projekt einen kleinen Teil meiner selbst zurücklasse.«

Ich bezweifelte nicht, dass sie an jedem Ort, den sie entwarf, ein kleines Stückchen ihrer *Seele* zurückließ. Denn das war Teil ihrer Persönlichkeit. Bei allem, was sie tat, schien sie ihr Herz und ihre Seele zu geben. Selbst wenn es sich nur um die unwichtige Aufgabe handelte, Blumen auf ein Grab zu legen. Oder ein Gelände zu kaufen, auf das sie ein verzweifelt benötigtes Obdachlosenheim bauen wollte.

Ich erinnerte mich daran, dass ich Harper helfen wollte, einer größeren Anzahl der Obdachlosen ein Dach über dem Kopf zu verschaffen. »Ich würde wirklich gern deine Arbeit für die Obdachlosen in einer offiziellen Stiftung organisieren. Bist du dir sicher, dass du die Idee gut findest? Ich kenne viele Leute, die uns unterstützen und spenden würden.«

Harper legte den Kopf auf die Seite, als ob sie über die Folgen nachdenken würde. Zuvor schien sie mit der Idee einverstanden gewesen zu sein, doch bevor ich mit dem Papierkram begann, wollte ich sichergehen, dass sie ihre Meinung nicht geändert hatte.

»Ich denke, ich würde gern einen Schritt nach vorn wagen, wenn dadurch mehr Menschen geholfen werden kann, die kein Zuhause besitzen. Im Moment arbeite ich an Heimen, in denen die Menschen vorübergehend aufgenommen werden, doch das ist keine befriedigende Lösung. Wir brauchen dauerhafte Unterkünfte für diese Menschen, Sozialarbeiter und so viele Mittel, dass ich sie allein nicht aufbringen kann.«

Ich konnte die Leidenschaft in ihrer Stimme hören, als sie über ihre Arbeit für die Menschen, die eine Unterkunft brauchten, zu sprechen begann. Sie war eine äußerst erstaunliche Frau. Nur ein einziges Erlebnis vor zwölf Jahren hatte ihr Leben so bestimmend geprägt. Nur jemand mit einem großen Herzen würde so beständig an dem Problem weiterarbeiten. Harper mochte zwar darüber reden, wie verwöhnt sie als Kind gewesen war, und bei Gott, ich wusste es aus erster Hand, doch damals war sie ein Produkt ihrer Isolation von der wirklichen Welt gewesen. Sie war zu der unglaublichsten Frau herangereift, die ich je gekannt hatte.

»Ich werde das hinbekommen«, versicherte ich ihr. Und ich wollte mich wirklich gern daran beteiligen. Harper hatte etwas Wichtiges begonnen und ich wollte helfen, es wachsen zu lassen. Vielleicht konnte eine einzige Wohltätigkeitsorganisation nicht mit dem Problem der Obdachlosigkeit des ganzen Landes fertigwerden, doch gewiss konnten wir deren Zunahme verhindern.

Sie nickte. »Was werden wir morgen machen?«

Um ehrlich zu sein, ich versuchte, nicht an morgen zu denken, an ihren letzten Tag hier mit mir in Rocky Springs.

»Ich will nicht, dass dies hier endet, Harper. Nicht am Freitag. Warum muss es enden? Ich kann dich in Boston besuchen und du kannst nach Washington kommen. Mir steht ein Privatjet zur Verfügung. Wir können uns weiterhin sehen.« Mein Magen schmerzte schon jetzt, wenn ich daran dachte, dass Harper mich verlassen würde.

Langsam schüttelte sie den Kopf. »Fernbeziehungen funktionieren selten, Blake. Das weißt du. Wir wissen doch beide, dass unser Lebensstil und unsere Charaktere sich nicht mit einer lockeren Fernbeziehung vereinbaren lassen.«

Keine Art von Beziehung mit Harper würde für mich *locker* sein. Ich wollte die Beziehung vertiefen und jeden Moment außerhalb meiner Arbeitszeit mit ihr verbringen. Und das bedeutete nicht einmal pro Monat oder alle paar Monate. Ich wollte, dass sie... zu mir gehörte. »Das spielt alles keine Rolle. Ich will es trotzdem. Ich will dich wiedersehen.«

Harper schwieg und blickte mich über den Tisch hinweg an. Schließlich schüttelte sie erneut den Kopf. »Für mich wird das nicht gehen. Es tut mir leid. Wir könnten lediglich Freunde sein und ich glaube nicht, dass ich das kann. Ich würde... mehr wollen.«

»Dann nimm dir mehr! Es ist doch nicht so, als ob ich nicht bereit wäre, dir alles zu geben, was auch immer du willst.«

Mein Gott! Verstand sie es denn nicht? Ich hatte mein ganzes Leben als Erwachsener damit verbracht, auf sie zu warten. Niemals hatte es eine andere als Harper für mich gegeben und auch in Zukunft würde ich keine andere haben wollen. Falls sie mich wieder verlassen würde, wäre ich vollkommen nutzlos, vollkommen zerstört.

Vor unserem Wiedersehen hätte ich Harper vielleicht in einer geheimen Kammer in meinem Inneren verschließen und vergessen können, aber das funktioniert jetzt nicht mehr.

Ich starrte sie an und bemerkte, dass sie heftig schluckte und meinen Blick mied, als sie sagte: »Es liegt nicht an dir Blake. Es liegt an mir. Ich könnte dir niemals geben, was du verdienst.«

Sie erhob sich und begann, ihren Mantel anzuziehen. Sie ließ mir kaum Zeit, die Rechnung zu bezahlen, so schnell lief sie auf die Straße.

Ich folgte ihr wütend. Ich wusste nicht, warum alles schieflief, warum wir keine Lösung fanden. Ja, vielleicht war unsere Situation nicht gerade günstig, doch wenn man den Menschen gefunden hatte, mit dem man den Rest seines Lebens verbringen will, konnte man doch Kompromisse eingehen.

»Harper!« Ich holte sie auf ihrem Weg zum Auto ein, hielt sie am Arm fest und drehte sie zu mir herum. »Wir können eine Lösung finden. Ich bin mir sicher.«

»Es gibt keine Lösung«, beharrte sie dickköpfig.

»Warum nicht?«

»Es ist etwas Persönliches, Blake. Aber glaub mir, es liegt allein an mir. Du bist ein wunderbarer Mann und wenn ich eine normale Frau wäre, würde ich die tollsten Verrenkungen machen, um dich in meinem Leben zu halten.«

Ihre smaragdgrünen Augen waren tränenverschleiert und es schnitt mir ins Herz, sie so zu sehen. Irgendetwas quälte sie und ich wollte genau wissen, was es war, damit ich es aus dem Weg räumen konnte. »Warum bist du nicht normal?«

Es gab nichts Unnormales an ihr. In meinen Augen war sie perfekt.

»Kannst du nicht einfach akzeptieren, dass wir niemals mehr haben werden als die Zeit, die wir in den letzten Wochen miteinander verbracht haben?«

»Nein, verdammt nochmal, das kann ich nicht«, erwiderte ich barsch. »Ich kann nicht akzeptieren, dass wir uns nicht mehr wiedersehen sollen. Ich kann nicht akzeptieren, dass es keine Lösung geben soll. Und gewiss kann ich nicht akzeptieren, dass du mich nicht ebenso magst wie ich dich.«

Ihre Miene wurde distanziert. »Du wirst es akzeptieren müssen. Ich gehe und kann dich nicht wiedersehen.«

»Und wenn du schwanger bist?«, fragte ich verzweifelt.

»Lass uns nicht daran denken. Möchtest du wirklich Vater sein?«

»Verdammt, ja. Natürlich. Falls du schwanger bist, möchte ich, dass wir zusammenbleiben. Auch wenn du nicht schwanger bist, will ich das auch.«

»Ich bin nicht schwanger«, stellte sie knapp fest. »Aber ich werde dir eine Nachricht schicken, wenn ich es sicher weiß.«

Sie entzog mir ihren Arm, drehte sich herum und ging zum Auto.

Ich war verletzt und wütend, aber ich musste der Wahrheit ins Auge sehen und damit zurechtkommen. Sie wollte... mich einfach nicht.

Es konnte keinen anderen Grund dafür geben, da sie nicht nach einer Lösung suchen wollte. Und ich wollte auf keinen Fall einen Narren aus mir machen wegen einer Frau, die nichts weiter von mir gewollt hatte, als noch einmal die gleiche erotische Erfahrung zu genießen, die wir vor zwölf Jahren gemacht hatten.

Ich wollte es nicht wahrhaben, doch sie konnte mich nur aus einem einzigen Grund ablehnen – sie wollte keinen dauerhaften Platz in meinem Leben einnehmen. Vielleicht hatte sie deshalb behauptet, nicht normal zu sein. Sie wollte keine Bindungen oder Verpflichtungen.

Ich holte tief Luft und atmete langsam wieder aus. Dann folgte ich ihr zu meinem Wagen, entschlossen, irgendwie ein letztes bisschen Stolz zu wahren.

Kapitel 21

Harper

Ich verbrachte meinen letzten Tag in Rocky Springs damit, Blake aus dem Weg zu gehen. Ich sagte, ich fühle mich nicht gut und wolle mich ausruhen.

Doch ich wusste, dass er mir meine Entschuldigung nicht abkaufte.

Mein Gott, es brach mir das Herz, ihm auf diese Art wehzutun, doch hatte ich eine andere Wahl? Ich konnte mit ihm keine feste Beziehung eingehen, obwohl mein Herz niemals etwas anderes gewollt hatte. Und ich konnte ihm nicht nahe sein, ohne ihn anzuflehen, mich zu nehmen, trotz all meiner Mängel.

Nein, es war definitiv besser, mich von ihm fernzuhalten. Doch das war mir nicht leichtgefallen. Sobald ich bemerkt hatte, dass er das Haus verlassen hatte, um nach seiner Zucht zu sehen, hatte ich das Schwimmbad im Haus aufgesucht und dann verzweifelt versucht, mich im heißen Becken zu entspannen. Danach war ich wieder nach oben gegangen, hatte mich geduscht und dann versucht, ein Buch zu lesen.

Nichts, aber auch wirklich gar nichts konnte mich von dem Gedanken ablenken, dass ich mich viel lieber mit Blake auf der

Ranch herumtreiben würde, als mich mit irgendetwas anderem zu beschäftigen.

Mein Gott, wie hatte das alles passieren können? Wie hatte ich an den Punkt gelangen können, dass ich Blake nicht mehr verlassen konnte, ohne einen großen Teil meines Herzens und meiner Seele hinter mir zurückzulassen?

Mein Herz brach, als ich schließlich mein Buch zur Seite legte und alles in mir mir sagte, dass ich Blake die Wahrheit sagen sollte. Das Problem bestand aber darin, dass er mir wahrscheinlich versichern würde, dass es in Ordnung sei, dass ich nicht normal war, und dass wir eine Lösung finden konnten.

Aber ich wusste, ich konnte nicht wiederhergestellt werden. Ich wusste auch, dass unser Weg als Paar sehr steinig wäre und uns am Ende auseinanderreißen könnte.

Blake verdiente alles, was er sich wünschte: Liebe und seine eigene Familie. Er sollte eine Frau haben, die ihm alles bedeutete, und eine, die fähig war, ihm alles zu geben, was er wollte.

Ärgerlich wischte ich mir die Tränen aus dem Gesicht. Mir zu wünschen, ich könnte ihm angehören, war egoistisch. Ja, ich wollte Blake. Ich hatte ihn schon in dem Moment gewollt, in dem er vor zwölf Jahren ein dummes achtzehnjähriges Mädchen aus dem Obdachlosenheim errettet hatte.

Doch die Dinge hatten sich geändert und ich war nicht mehr nur unvernünftig in ihn verliebt.

Ich war eine Frau und liebte ihn mit jeder Faser meines Seins. Diese reifere Liebe brachte mich dazu, mich zu fragen, ob ich ihm nur einen Teil von dem Leben bieten wollte, das er führen wollte, oder ob er alles haben sollte.

Die Antwort war einfach. Ich liebte ihn. Blake verdiente es, alles zu haben, und das schloss eine Frau wie mich aus.

Ich war äußerst rastlos und tigerte in meinem Zimmer auf und ab, während ich versuchte herauszufinden, wie ich mich beschäftigen konnte. Ich dachte daran, wandern zu gehen, doch früher am Tag war ein eisiger Regen vom Himmel gefallen und ich war mir ziemlich sicher, dass er sich später in Schnee verwandeln würde, falls es weiterhin regnen sollte.

Schließlich zog ich mir eine Gymnastikhose, ein T-Shirt und meine Turnschuhe an und machte mich auf den Weg zu dem Teil des Hauses, in dem ich einen Fitnessraum gesehen hatte.

Falls ich keinen Weg fand, zumindest etwas von meiner nervösen Energie abzubauen, würde ich den Verstand verlieren.

Ich hatte die Tür erst einen Spaltbreit geöffnet, als ich aus dem Inneren des Fitnessraums ein stetes, klatschendes Geräusch in einem schnellen, wilden Rhythmus hörte.

Blake? Ich hatte angenommen, dass er sich noch draußen aufhielt.

Ich drückte die Tür noch ein bisschen weiter auf und spähte hindurch.

Der Fitnessraum war äußerst geräumig für ein Privathaus. Unter seinen hohen Decken beherbergte er Übungsmatten und eine Menge weiterer Gymnastikgeräte, die ich niemals zuvor gesehen hatte. Nicht dass ich gerade ein Trainingsfanatiker gewesen wäre. Ich zog es vor, im Freien zu gehen und mir die Landschaft anzusehen, und ich unternahm gern Wanderungen, wenn es möglich war.

Ich starrte fasziniert auf den hochgewachsenen Mann, der mit dem Rücken zu mir Seil sprang. Sein Tempo war so schwindelerregend, dass er und das Seil zu einem diffusen Fleck verschwammen. Als ich schärfer hinblickte, blieb das Seil wegen seiner hohen Geschwindigkeit, mit der es bewegt wurde, weiterhin undeutlich, doch den Mann erkannte ich sofort, der sich durch seine heftigen Sprünge abreagierte, mit von der Taille aufwärts nacktem Körper, nur mit einer leichten Gymnastikhose bekleidet.

Ich hielt den Atem an und fragte mich, wie lange er diesen brutalen Rhythmus noch einhalten konnte. Doch schließlich musste ich Luft holen, während er immer weitermachte und nicht einen Moment langsamer wurde.

Ich huschte in den Raum hinein und setzte mich in eine Ecke. Hoffentlich würde er mich nicht entdecken und sein Training unterbrechen.

Es schien mir eine Ewigkeit zu vergehen, bis er das Seil schließlich zur Seite warf. Überrascht sah ich, wie er sich zu einem großen Sandsack begab, der von der Decke herunterhing. Für eine Weile stand er vollkommen unbewegt, dann begann er mit einer Serie von Tritten, wobei er mit seinen hochfliegenden Füßen mehrere Markierungen auf dem Sack ansteuerte. Eigentlich hätte der Sack von ihm weg und dann wieder auf ihn zu schwingen müssen, doch er passte seine Tritte der Bewegung des Sandsackes so gut an, dass dieser kaum auf ihn zukommen konnte, bevor der nächste Stoß ihn traf. Immer und immer wieder.

Er bewegte sich mit der Anmut einer Ballerina und der Kraft eines Tigers. Als er einen unglaublich fließenden und blitzschnellen Rundum-Tritt absolvierte, duckte ich mich hastig in die Ecke. Ich war mir ziemlich sicher, dass er sich so schnell um sich selbst gedreht hatte, dass er mich nicht hatte bemerken können.

Wie sich herausstellte, lag ich damit falsch.

Er hielt inne und drehte sich zu mir herum, die Hände auf die Hüften gestützt und heftig atmend. »Ich dachte, du hättest dich entschlossen, dich bis zu deiner Abreise in deinem Zimmer zu verstecken«, bemerkte er keuchend und heiser.

Ich richtete mich auf und dachte über seine Frage nach. Doch ich starrte wie gebannt auf seinen getönten Körper, der mit einer dünnen Schicht Schweiß bedeckt war. »Du hast mir einmal erzählt, dass du früher Kampfsport praktiziert hast. Mir scheint, das tust du immer noch.«

Ich bewegte mich auf ihn zu, während ich mir bewusst wurde, dass ich wirklich genau das tat, was ich mir geschworen hatte, nie wieder zu tun.

Ich versteckte mich, ich lief davon.

Er griff sich ein Handtuch von einer Bank und rieb sich damit über sein Gesicht und den Oberkörper. »Taekwondo. Schwarzer Gürtel. Ja. Ich versuche immer noch, meine Fähigkeiten aufrechtzuerhalten. Mit einem Sparringpartner ist es einfacher, aber Marcus ist mein einziger anständiger Gegner und steht offensichtlich nicht zur Verfügung.«

»Macht dich das zu einer tödlichen Waffe?«, fragte ich im Scherz.

Er warf das Handtuch in einen Korb in der Nähe der Matte. »Niemals«, antwortete er ernst. »Wenn du auf jemanden triffst, der Kampfsport praktiziert, ist derjenige stets der Erste, der einen Kampf vermeidet, anstatt es zur Eskalation kommen zu lassen. Meine Kenntnisse wende ich nur an, wenn es sein muss.«

Blake war stark und kräftig, trotzdem nutzte er seine Stärke und seine Fähigkeiten niemals, um jemanden zu verletzen, wenn es sich vermeiden ließ. Ich glaube, ich bewunderte seine Haltung sogar noch mehr als seine Kenntnisse.

Ich zuckte mit den Schultern. »Tut mir leid, dass ich dir nicht helfen kann. Ich kenne nicht einmal die Grundbegriffe des Kampfsports.«

Seine grauen Augen fingen meinen Blick ein, als er nickte. »Ich weiß. Du wanderst gern.«

»Ja, aber draußen fällt Schneeregen. Deshalb bin ich hier heruntergekommen, um zu sehen, ob ich mich anderweitig beschäftigen kann.«

»Nervöse Unruhe?«, erkundigte er sich. Ich nickte.

»Wenn man vor etwas davonläuft, kann das passieren«, antwortete er leise.

»Blake, ich –«

»Sag nichts!«, warnte er mich mit zusammengebissenen Zähnen. »Erzähl mir nicht, dass es nicht so ist!«

»Das tue ich nicht«, erwiderte ich grimmig, »denn dann würde ich lügen. Ich würde gern glauben, dass ich aufgehört habe davonzulaufen, doch so ist es nicht. Nicht dieses Mal.«

»Warum tust du es dann?« Er starrte mich durchdringend an.

Ich wand mich unbehaglich. »Umstände, die ich nicht ändern kann. Es tut mir leid.«

»Um Himmels willen, sag mir einfach, was nicht stimmt, Harper! Ich werde alles tun, was in meiner Macht steht, um das Problem zu lösen. Aber bitte verlass mich nicht wieder! Nicht dieses Mal.«

Ich blickte wie gebannt in seine dunklen, sturmbewegten Augen. Meine Unentschlossenheit ließ mich zu Eis erstarren.

Konnte ich es ihm tatsächlich erzählen?

Die Möglichkeit hatte ich bereits tausend Mal in meinem Kopf hin und her gedreht, doch es konnte nichts Gutes dabei herauskommen, wenn ich ihm erklären würde, warum ich gehen musste, warum ich unsere Beziehung nicht fortsetzen konnte.

»Ich muss gehen«, sagte ich und senkte meine Augen, damit ich sein Gesicht nicht sehen konnte.

Mit blitzartiger Geschwindigkeit bewegte er sich auf mich zu und hob mein Kinn grob an, sodass ich gezwungen war, ihm wieder in die Augen zu blicken. »Verdammt, das bist nicht du, Harper! Du läufst nicht davon und du versteckst dich nicht. Von Anfang an waren wir ehrlich miteinander. Du weißt verdammt gut, dass ich nicht will, dass unsere Beziehung ein Ende findet. Nicht jetzt. Niemals. Was willst du sonst noch von mir hören?«

Mein Herz klopfte wild und mein Atem ging abgehackt, als ich so zu ihm aufschaute und befürchtete, meine Gefühle würden sich in meinem Blick widerspiegeln, während ich mir seine eindrucksvollen Gesichtszüge und das wilde Verlangen in seinen Augen einprägte.

Gott, wie ich mich dafür hasste, dass ich ihn zwang, mich mir gegenüber so verwundbar zu zeigen. Es war nicht fair, denn ich brauchte ihn ebenso sehr wie er mich brauchte. Aber ich liebte ihn zu sehr, um ihn an mich zu binden.

Langsam schüttelte ich den Kopf. »Ich habe dir nichts zu sagen. Und ich verbitte mir, dass du noch weiter über das Thema redest.«

»Gut«, sagte er scharf. »Dann werde ich mir einfach nur das hier nehmen.«

Im nächsten Moment hatte er mich mit einer blitzschnellen Bewegung auf die Matte hinuntergezogen. Nun knieten wir einander gegenüber und sahen uns an.

Ich wusste nicht, wie er es bewerkstelligt hatte, doch er hatte mir noch nicht einmal wehgetan.

Schnell legte er mir eine Hand in den Nacken und zog mich näher zu sich heran. Dann senkte er den Kopf, um mich zu küssen.

Kapitel 22

Harper

Im selben Moment, in dem sich unsere Münder vereinigten und Blake begann, meine Lippen zu liebkosen, war ich verloren. Seine Zunge tauchte tief in meinen Mund. Ich gehörte vollkommen ihm, mit Körper und Seele, stöhnte in seinen Mund und schlang ihm meine Arme um den Hals.

Seine Haut war noch feucht und heiß und ich strich ihm mit meinen Händen über den Rücken, wobei ich jeden Moment der Berührung seiner nackten Haut genoss.

Er fühlte sich so warm und lebendig an. Leise wimmerte ich, als er an meiner Unterlippe knabberte, als ob er mich mit jedem Nippen an meiner Haut und jedem Zungenschlag in Besitz nehmen wollte.

»Blake«, stöhnte ich verlangend und legte den Kopf in den Nacken, damit sein Mund jeden Zentimeter meiner nackten Haut erreichen konnte.

Plötzlich stand er auf. »Wenn du mich verlassen willst, dann werde ich dir jetzt etwas geben, an das du dich erinnern wirst«, schwor er, während er sich die Schuhe abstreifte und seine locker sitzende Hose bis zu den Knöcheln hinunterließ.

Im nächsten Moment schon blickte ich zu ihm auf. Er war vollkommen nackt. Mein Körper zitterte vor Begierde. Unerträgliche Lust überwältigte mich und ich griff nach seinem harten Schwanz, der sich direkt vor meinem Gesicht zu seiner vollen Größe aufgerichtet hatte. »Wir sind noch nicht fertig miteinander«, erinnerte ich ihn.

»Harper. Tu das nicht!«, raunte er.

Ich leckte über den empfindlichen Kopf seines Schaftes, während ich diesen fest in meiner rechten Hand hielt. Da er mich nicht wegstieß, wusste ich, dass ich fortfahren sollte.

Seine Hände verfingen sich in meinem Haar und lösten die Spange, sodass sich die Locken wie ein Wasserfall über meine Schultern ergossen.

Ich bewegte mich in einem Rhythmus, der ihn wahnsinnig zu erregen schien, denn seine Finger krallten sich fest in meine Haare. Als ich versuchte, ihn mit jedem Pumpen seiner Hüften in meinen Mund zu schlucken, führte er meine Bewegungen. Mit meiner freien Hand berührte ich seine Hoden und reizte sie ein bisschen, bevor ich meine Finger weiter nach hinten gleiten ließ und den knackigsten Hintern liebkoste, den ich mir vorstellen konnte.

Er stöhnte meinen Namen, was mich weiter anheizte. Ich wischte mit meinen freien Fingern über meine Muschi und streichelte dann wieder seinen Po, doch diesmal ließ ich einen meiner feuchten Finger in seinen faltigen Anus gleiten.

Ich konnte nicht weit vordringen, bis ich auf Widerstand stieß, deshalb krümmte ich meinen Finger ein wenig und begann, ihn von innen zu streicheln.

»Verdammt, Harper, ich werde kommen!« Seine Stimme klang urtümlich wild, als ob sie nicht mehr ihm gehörte.

Er klammerte sich fester an meine Haare und ich fuhr fort, mit meinem Finger zärtlich in seinen Anus hinein- und hinauszugleiten, derweil ich versuchte, ihn mit meinem Mund so zu befriedigen, dass er es niemals mehr würde vergessen können.

Sein Schwanz schien in meinem Mund anzuschwellen und gleichzeitig zog er an meinen Haaren, bis es wehtat. Doch schließlich strömte sein Samen in meinen Mund und ich schluckte ihn hinunter, wobei ich jedes wilde, erotische Stöhnen genoss, das er ausstieß, als er seine explosive Erlösung fand.

Ich leckte seinen Schaft, bis er sauber war, und lächelte, als er sich auf die Matte sinken ließ und auf seinen Rücken fiel.

»Gütiger Himmel! Ich dachte, du würdest mich umbringen«, stieß er zwischen heftigen Atemzügen hervor.

Ich saß auf der Matte und betrachtete ihn, bis sein Atem ruhiger ging.

Einige Minuten später machte er eine plötzliche Bewegung und begrub mich unter sich, bevor ich überhaupt daran denken konnte, ihm auszuweichen. »Warum zum Teufel hast du das getan?«, raunte er. »Warum?«

Ich schaute zu ihm hoch. »Ich wollte dir Vergnügen bereiten.«

»Das hast du in der Tat. Aber bei meinem Leben, ich kann dich nicht verstehen«, knurrte er, bevor sein Mund auf meinen herunterstieß. »Eine Frau macht doch so etwas nicht bei einem Mann, den sie nie wiedersehen will.«

Blake wollte einfach nicht verstehen, dass es *nicht* so war, dass ich ihn nicht wiedersehen *wollte*, sondern dass ich ihn nicht wiedersehen *konnte*.

Er küsste mich atemlos und meine Arme legten sich um seine feuchten Schultern. Ich versuchte, in diese einzige Umarmung mein ganzes Herz und meine ganze Seele zu legen.

Er zog sich hoch, brachte mich in eine sitzende Position und zerrte mir das T-Shirt über den Kopf. Bevor er es von sich warf, stutzte er. »Das ist mein T-Shirt«, stellte er ungläubig fest. »Das, was ich dich vor zwölf Jahren habe benutzen lassen.«

»Ich habe es behalten«, gab ich zu.

Obwohl so viele Jahre vergangen waren, war ich aus irgendeinem Grund nicht in der Lage gewesen, dieses alte T-Shirt wegzuwerfen. Vielleicht weil es der einzige Gegenstand war, den ich von ihm besaß.

Blake warf es von der Matte hinunter, befreite mich dann vom Rest meiner lockeren Kleidung und warf sie auf den Stapel.

Ich schnappte nach Luft, als er seinen Körper auf mich herabsenkte, bis wir Haut an Haut aufeinandertrafen.

»Du kannst meinetwegen davonlaufen, Harper, aber ich werde dich immer finden«, versprach er mit scheppernder Stimme, hob meine Beine an und legte sie sich um die Taille. »Wir sind füreinander bestimmt.«

Dann glitt er mit einem einzigen Stoß sanft in meine Muschi und dehnte mich, bis ich ganz von ihm angefüllt war, ganz von Blake erfüllt war.

»Jaaaa!«, stieß ich lustvoll hervor, eine vollkommen fleischliche und primitive Reaktion. »Fick mich! Bitte!«

Ich sagte nicht, dass wir nicht füreinander bestimmt waren, denn das Erlebnis war so grundlegend tief, dass es sinnlos war, die Wahrheit zu verleugnen.

Wir waren füreinander bestimmt.

Das Schicksal wollte es so.

Doch die Realität würde uns auseinanderreißen.

»Spüre mich, Harper! Und dann sag mir, dass sich das nicht richtig anfühlt!«, grollte er.

»Fick mich!«, gab ich zur Antwort. »Ich weiß, wie richtig sich das anfühlt.«

Fürs Erste hatte er gewonnen. Mit jeder Berührung war ich verloren, von jedem Stoß seines mächtigen Schwanzes verführt, als er mich so grundlegend in Besitz nahm, wie ich es niemals für möglich gehalten hatte.

Unsere Körper zuckten in wilder Lust, wir wurden höher und höher getragen und näherten uns immer mehr dem äußersten Glücksgefühl.

Ein Teil von mir hätte gern den Rhythmus verlangsamt und den Augenblick genossen, doch Blake hielt das wahnsinnige Tempo und rieb sich mit jedem brutalen Stoß an meiner Muschi.

Mein Orgasmus traf mich schnell und heftig. Hilflos bebte ich der Erlösung entgegen und schrie seinen Namen. »Blake! Ja! Fester!«

»Du bist so verdammt heiß für mich, Baby!«, stöhnte er. »Lass los!«

Das tat ich und klammerte mich an ihn, als ich mich immer und immer wieder zusammenkrampfte und ein beinahe schmerzhafter Höhepunkt meinen Körper überwältigte. Ich hielt meine Augen offen, denn ich wollte Blake betrachten. Er bäumte sich auf, umklammerte meine Schenkel, warf seinen Kopf in den Nacken und hämmerte noch einige Male in mich hinein. Ich konnte gerade noch den benommenen Ausdruck auf seinem Gesicht sehen, bevor es aus meinem Blickfeld verschwand. Seine Halsmuskeln spannten sich an, denn er warf den Kopf noch weiter zurück, als er seine eigene machtvolle Erlösung fand.

Er brach auf mir zusammen und ich begrüßte sein Gewicht auf mir. Ich hörte ihn keuchen.

»Ich werde dich nicht gehen lassen, Harper. Nein. Ich kann es nicht.«

Ich drückte fest gegen seinen Brustkorb. »Nicht heute Abend, okay?«, bat ich ihn. »Komm mit mir! Lass uns zusammen duschen und in einem Bett schlafen!«

Es war meine letzte Nacht und ich wollte ihm einfach nur nahe sein. Es war mir egal, ob mich später die Erinnerungen quälen würden. Ich wollte nur für diese Nacht leben, denn sie war alles, was mir blieb.

Er erhob sich und streckte die Hand aus. Ich ergriff sie und ließ mich von ihm hochziehen.

»Wir haben es schon wieder vergessen. Kein Kondom«, bemerkte er barsch.

»Denk jetzt nicht daran«, forderte ich in bittendem Tonfall und legte meine Finger auf seine Lippen. »Wenn etwas passiert, werde ich es dich wissen lassen.«

Er nickte. Dann nahm er mich hoch, kuschelte mich in seine Arme und trug mich in sein Schlafzimmer.

In dieser Nacht sprachen wir wenig. Unsere Körper sagten alles und ich schlief vollkommen erschöpft bis zum nächsten Morgen in seinen Armen.

Kapitel 23

Harper

»Bitte sag mir jetzt nicht, dass du dich davongeschlichen hast, ohne dich von Blake zu verabschieden«, sagte Dani enttäuscht. Sie lag ausgestreckt auf der Couch in meiner vorübergehenden Unterkunft in Boston. Obwohl sie in einer Zeitschrift blätterte, wusste ich, dass sie mir aufmerksam zuhörte.

Mit einer großen Tüte Kartoffelchips ließ ich mich auf einem Stuhl des möblierten Appartements nieder und schaufelte sie mir in den Mund, ohne darüber nachzudenken, was ich gerade aß.

Dani war gestern hier angekommen und ihr Gesicht zu sehen, war so ziemlich das Einzige, was mich im Moment glücklich machen konnte. »Ich habe mich nicht *davongeschlichen*«, widersprach ich, obwohl Dani Recht hatte. Ich hatte nicht gewusst, ob ich es schaffen würde, mich von Blake zu verabschieden. Außerdem hatte ich Angst gehabt, zusammenzubrechen und ihm alles zu erzählen. »Mein Flug ging bereits sehr früh morgens und außerdem musste ich noch den Mietwagen abgeben. Ich musste früh das Haus verlassen und wollte ihn nicht wecken.«

Dani blickte von ihrer Zeitschrift auf und legte sie zur Seite. Sie verdrehte die Augen und sah mich an. »Du hast nur noch Schwachsinn im Kopf. Du hast dich gedrückt. Warum?«

Gemessen an der Tatsache, dass Dani unter bedauernswerten Umständen gefangen gehalten worden war, sah sie recht gut aus. Ihr Gesicht war zwar noch verschrammt und sie war unglaublich dünn, doch sie aß wie ein Pferd und gewiss würde sie bald ihr Normalgewicht wiedererlangt haben. Ihr Haar hatte sie sich zu einer reizenden Bürstenfrisur schneiden lassen, ein Stil, der ihre Augen hinreißend groß wirken ließ.

Mehrmals hatte ich sie schon dazu drängen müssen, sich auszuruhen. Sie wollte ausgehen und Boston erkunden, was wahrscheinlich bedeutete, dass sie eine gute Story auftreiben wollte. Doch sie brauchte noch Ruhe. Ihre gebrochenen Rippen verursachten ihr immer noch große Schmerzen, obwohl sie selten klagte.

»Warum?«, wiederholte Dani ihre Frage, als ich nicht antwortete.

»Also gut. Ja.« Ich stopfte noch mehr Chips in meinen Mund, bevor ich weitersprach. »Ich hatte Angst.«

»Du liebst ihn, richtig?«

Ich nickte langsam und fuhr fort, an meinen Chips herumzukauen.

»Harper, ich verstehe ja, warum du zögerst. Aber als ich dachte, sterben zu müssen, traten die unwichtigen Dinge in den Hintergrund. Das Einzige, was mir wirklich wichtig war, waren die Menschen, die ich liebe, und mein Wunsch, zu ihnen zurückzukehren. Ich empfand Reue, vielleicht weil es so vieles gab, um das ich mich nicht hartnäckig genug bemüht hatte.« Sie stand auf und streckte sich, schnappte sich die Tüte Chips aus meiner Hand und ließ sich langsam wieder auf die Couch sinken.

»Dani, du weißt, warum ich ihn nicht heiraten kann«, argumentierte ich.

Sie kaute einen Mundvoll Chips, bevor sie antwortete: »Ehrlich, Harper, nein, ich weiß es nicht. Wenn du unter all dem Schwachsinn nach der Wahrheit suchst, bleiben zwei Möglichkeiten übrig: Entweder er liebt dich oder nicht. Es hört sich so an, als ob du ihm nie eine Chance gegeben hättest. Das ist so unfair. Und ich weiß doch, dass du der fairste und netteste Mensch bist, den ich kenne.«

»Wenn ich es ihm sagen würde, würde er antworten, es wäre in Ordnung und wir würden damit zurechtkommen«, erwiderte ich traurig. »Aber ich glaube nicht, dass alles in Ordnung wäre. Am Ende würde er seine Wahl bereuen, wenn das Neue sich abgenutzt hat.«

»Oh, um Himmels willen, das weißt du doch überhaupt nicht. Wann zum Teufel bist du eine solche Pessimistin geworden? Das war doch immer meine Rolle.«

Ich war normalerweise optimistisch und dachte positiv, doch jetzt fühlte ich mich nicht so. Ich fühlte mich deprimiert und litt unter gebrochenem Herzen und unter solcher Einsamkeit, dass meine Seele verzweifelt nach Blake schrie. »Seitdem ich mich in einen Mann verliebt habe, der nur das Beste verdient.«

»Er verdient *dich*. Es scheint mir so, als ob *du* das Beste für ihn bist«, gab Dani zurück. »Glück hat keine Garantie, Harper. Zum Teufel, woher willst du wissen, dass er nicht morgen stirbt? Oder dass du morgen stirbst? Jeder von uns kann urplötzlich aus dem Leben scheiden. Ich schwöre dir, ich werde mich niemals mehr von etwas abhalten lassen, das ich unbedingt tun will. Ich möchte nichts mehr bereuen müssen«, erklärte sie. »Und ich will auch nicht, dass es dir so ergeht.«

Ich bereute bereits einiges und immer ging es um Blake Colter. »Und wenn er es mir am Ende übel nimmt?«, fragte ich sie.

»Und wenn nicht? Und wenn er niemals heiraten wird, weil er nicht die Frau bekommen konnte, die er wollte? Du hast mir gesagt, dass du seit zwölf Jahren die einzige Frau warst, die er begehrt hat. Der Kerl hat seinen Stolz und wollte nicht herumrennen und seinen Samen überall verteilen. Was, wenn er immer noch das Gleiche empfindet?«

Ich runzelte die Stirn. »Ich habe niemals auch nur in Erwägung gezogen, dass Blake keine Frau finden könnte, die er liebt. Er ist der Traum der meisten Frauen.«

»Er liebt *dich*«, erwiderte Dani mit dem Mund voller Chips. »Wenn er sich bis heute noch mit keiner anderen Frau getroffen hat, warum sollte er es dann jetzt tun?«

Jetzt, da ich ein paar Tage Zeit zum Nachdenken gehabt hatte, sah ich ein, dass ich Blake die Wahrheit hätte sagen und alles auf eine Karte hätte setzen sollen, egal wie es ausgegangen wäre. Nun, da ich nicht mehr dem Sturm der Gefühle ausgesetzt war, der mich in seiner Nähe stets überwältigte, wusste ich, dass ich niemals über Blake Colter hinwegkommen würde. Ich liebte ihn einfach zu sehr.

Er hatte gesagt, dass er auf mich gewartet hatte. Und etwas tief in mir wusste, dass auch ich gewartet hatte. Die Zeit war vergangen und das Leben war weitergegangen, doch ich hatte stets etwas vermisst. In mir hatte ein Loch geklafft, das nur er hatte füllen können.

»Vielleicht hätte ich mich anders verhalten sollen«, lenkte ich ein.

»Ja, vielleicht hättest du ihm erklären sollen, wovor du Angst hast?«

Ich sah, dass Dani aufstand und zum Kühlschrank ging, um sich noch etwas zum Essen zu holen. »Ich werde dir etwas Gesundes zubereiten«, bot ich ihr an, als ich ihr eilig in die Küche folgte.

»Wirklich, Schwesterherz?«, fragte sie scherzhaft. »Nachdem ich gefangen und beinahe verhungert war, steht mir der Sinn nicht nach etwas Gesundem. Wie wäre es mit Pizza?«

»Die müssten wir bestellen«, sagte ich abwesend.

»Damit bin ich zufrieden«, stimmte Dani zu und nahm sich ein Sodawasser aus dem Kühlschrank. Ich rief die Pizzeria an, die wir unten an der Straße gesehen hatten, und bestellte die Hälfte der Gerichte auf der Speisekarte. Mein depressives Essverhalten schien noch eine Weile anzuhalten und Dani musste zunehmen.

Dani schnaufte, als ich das Gespräch beendet hatte. »Nicht, dass ich mich beklagen möchte, aber brauchen wir *wirklich* so viele Gerichte? Ich meine, du hättest auf die Nachspeisen verzichten können. Ich denke, nach einigen Pizzen, Hähnchenflügeln, Sandwiches und dem, was du sonst noch alles bestellt hast, müssten wir ziemlich satt sein.«

»Du musst Gewicht zulegen«, verteidigte ich mich.

»Das wird mir noch früh genug gelingen. Falls ich noch eine Woche hierbleibe, werde ich alles zurückerlangt haben«, neckte sie mich.

Ich wollte ihr einen bösen Blick zuwerfen, doch musste ich sie schließlich anlächeln, als ich ihr schelmisches Grinsen sah. Dani war optimistisch und glücklich, seitdem sie in Boston angekommen war. Sie hatte mir einige scheußliche Dinge anvertraut, die sie während ihrer Entführung erlebt hatte, doch zumindest war sie nicht sexuell missbraucht worden. Trotzdem war die psychologische Quälerei, der sie ausgesetzt gewesen war, ziemlich erschreckend.

»Wirst du deine Arbeit wieder aufnehmen?«, erkundigte ich mich vorsichtig. Ich wollte sie nicht ermutigen. Ich persönlich wünschte mir, sie hätte einen anderen Beruf, einen, der sicherer war.

»Wenn ich soweit bin, ja«, antwortete sie. »Meine Vorgesetzten wollen nichts davon hören, bis ich einen sehr langen Erholungsurlaub hinter mir habe. Sie wollen nicht beschuldigt werden, eine Heldin zur Arbeit gedrängt zu haben, bevor sie nicht vollkommen geheilt ist«, erklärte sie verärgert.

»Fühlst du dich gut damit, dann wieder deine alte Position einzunehmen?«

Sie nickte. »Ja. Aber ich werde niemals wieder leichtsinnig sein.«

»Du warst immer vorsichtig«, sagte ich, als ob ich sie verteidigen wollte.

»Das stimmt. Leider behauptet Marcus das Arschloch aber, ich sei waghalsig. Er hat mir damit gedroht, sich jedes Mal, wenn ich einen neuen Auftrag übernehme, in meiner Nähe aufzuhalten. Was hat er vor? Will er Kindermädchen spielen?«

Ich lachte. »Marcus ist alles andere als ein Kindermädchen. Er ist ziemlich gefühlskalt.«

»Nicht immer«, betonte Dani. »Er hat auch seine guten Momente. Zugegeben, davon gibt es nicht gerade viele, aber tief in ihm steckt eine gewisse Liebenswürdigkeit.«

»Da bin ich mir sicher«, stimmte ich zu. »Immerhin hat er dich gerettet, obwohl er nicht dazu verpflichtet war. Selbst Tate hat seinen Hintern riskiert.«

»Tate ist ein guter Mensch«, sagte Dani anerkennend. »Marcus ist viel zu verklemmt. Ist Blake ihm ähnlich?«

Ich schüttelte den Kopf. »Sie sehen zwar gleich aus, doch sie besitzen unterschiedliche Charaktere. Blake scheut sich nicht, nett zu sein, und er mag die Menschen. Vielleicht macht ihn das zu einem guten Senator. Er ist süß und setzt sich leidenschaftlich dafür ein, was er für falsch oder richtig hält. Er hat einen wissenschaftlich ausgerichteten Verstand und er ist brillant. Geduldig ist er auch. Er wird eines Tages einen wunderbaren Vater abgeben.«

Dani ließ sich wieder auf der Couch nieder und ich kehrte zu meinem Sessel zurück, während sie überlegte: »Wenn Blake geduldig ist, dann sind er und Marcus wirklich sehr unterschiedlich.«

»Er hat auch einen ziemlich guten Sinn für Humor. Und ein charmantes Lächeln, das jeder Frau das Höschen nass werden lässt«, gab ich zu.

»Das setzt er aber nur bei dir ein«, scherzte Dani. »Harper, wie lange wirst du brauchen, um den Kerl aufzusuchen und dich zu entschuldigen, dass du dich davongestohlen hast?«

»Ich bin nicht davongeschlichen«, sagte ich stolz. »Ich bin lediglich... gegangen.«

»Harper«, schalt mich Dani.

Ich betrachtete ihre enttäuschte Miene. »Ich weiß ja, dass du Recht hast. Jetzt, mit etwas Abstand, sehe ich ein, dass ich ihn unfair behandelt habe. Ich hatte Angst, er würde mich abweisen. Ich hatte Angst, ich könnte ihm nicht geben, was er will. Ich hatte Angst, dass meine Probleme mit der Zeit unsere Beziehung zerstören und ihn unglücklich machen würden.«

»Du musst ihm zumindest eine Chance geben. Wenn du das nicht tust, wirst du niemals wissen, was er empfindet. Ich sah ihn ankommen, als ich Washington gerade verlassen wollte. Ich kann dir sagen, der arme Junge wirkte gehetzt und unglücklich. Und gewiss hat er nicht gelächelt.«

Mein Kopf flog hoch und ich sah sie gespannt an. »Du hast Blake gesehen?«

»Ja. Ich ging gerade an Bord von Marcus Flugzeug, als Blake aus seinem Privatjet stieg. Wir sind dicht aneinander vorbeigegangen, doch er hat mich nicht einmal erkannt. Ich glaube, er war ganz in seiner eigenen Welt versunken.«

Ich runzelte die Stirn. »Ich weiß nicht, was ich tun soll«, flüsterte ich laut mit unverstelltem Schmerz in der Stimme.

F. A. Scott

»Geh. Und. Besuche. Ihn!«, drängte Dani. »Nach Washington ist es nur ein Katzensprung und wir haben drei Brüder, von denen jeder einen Privatjet besitzt. Oder du mietest einen. In etwas über einer Stunde kannst du dort sein.«

Ich würde mit Sicherheit nirgendwohin gehen, bis Dani wieder auf dem Posten war. »Ich werde darüber nachdenken«, versprach ich.

»Denk gut darüber nach!«, verlangte sie. »Ich hasse es, dich so zu sehen. Und alles, was in der Vergangenheit geschehen ist, lässt sich nicht mehr ändern. Du verdienst es, glücklich zu sein, ebenso wie Blake. Du kannst das nur nicht erkennen.«

Es klingelte an der Tür und ich bedeutete ihr, sitzen zu bleiben. Sie war heute schon zu viel auf den Beinen gewesen.

Ich blickte durch den Spion und sah, wie der arme Pizzaauslieferer all die Gerichte jonglierte, die ich bestellt hatte.

Eilig holte ich meine Geldbörse und war mir bewusst, dass der Junge ein großzügiges Trinkgeld verdiente.

Kapitel 24

Blake

Zum ersten Mal, seitdem ich Senator geworden war, war ich heute während einer Sitzung abgelenkt gewesen.

Dafür hasste ich mich selbst.

Ich musste arbeiten, aber ich schien keinen klaren Gedanken fassen zu können. Seit dem Moment, in dem ich aufgewacht war und herausgefunden hatte, dass Harper nach Boston abgereist war, war ich nicht mehr ich selbst gewesen.

Mein Zustand wechselte von depressiv zu wütend und ich wusste nicht, ob ich Harper anschreien oder sie anbetteln wollte zurückzukommen.

Mein Stolz war mir inzwischen egal. Es gab wichtigere Dinge, als eine Demütigung zu vermeiden.

»Ich habe sie«, sagte Marcus, als er mein historisches Haus in Georgetown betrat, wo ich mich aufhielt, wenn ich in Washington beschäftigt war.

Ich hätte wahrscheinlich näher an Capitol Hill wohnen können, doch ich zog den Charme eines historischen Wohnsitzes einer zeitgenössischen Eigentumswohnung vor. Hier fühlte ich mich mehr zu Hause.

Ich hatte mir gerade einen Drink einschenken wollen, doch jetzt drehte ich mich neugierig herum. »Was hast du?«

Ich füllte mein Glas und bot auch Marcus einen Drink an.

»Ich habe Harpers gegenwärtige Adresse in Boston. Du willst bestimmt dorthin, sobald deine Arbeit hier getan ist«, erwiderte Marcus, als ob er mich herausfordern wollte zu leugnen, dass ich ihr hinterherlaufen würde.

Ich nickte. »Gut. Ich bin froh, dass du ihre Adresse herausgefunden hast. Das spart mir Zeit.« *Zum Teufel mit meinem Stolz.* Mir war es mittlerweile egal, ob ich einen Narren aus mir machte. Irgendwie würde ich Harper zurückbekommen. Was für ein Problem auch immer sie mit Beziehungen haben mochte, ich würde es lösen. Ich wollte sie doch nicht in Fesseln legen. Ich wollte sie doch nur lieben und von ihr geliebt werden.

Marcus grinste und legte einen Zettel auf einen kleinen Beistelltisch. »Hättest du sie nicht einfach fragen können? Du hast doch ihre Handynummer, richtig?« Ich hatte zwar ihre aktuelle Nummer, aber ich hatte mich nicht überwinden können, sie anzurufen. Falls sie mich vollkommen abservieren würde, sollte sie das von Angesicht zu Angesicht tun. »Anrufe haben bei uns in der Vergangenheit nicht gut funktioniert«, erklärte ich und reichte Marcus ein Glas guten Scotch. »Und ich bezweifle, dass sie mir ihre Adresse gegeben hätte, falls sie meinen Anruf überhaupt entgegengenommen hätte.«

»Bist du dir sicher, dass du dieser Frau hinterherlaufen willst?«, erkundigte sich Marcus zweifelnd.

»Ja«, erwiderte ich knapp.

»Warum zum Teufel hat sie dich überhaupt sitzen lassen?«

»Ich wünschte, ich wüsste es«, erwiderte ich seufzend. »Aber irgendetwas stimmt nicht und ich muss herausfinden, was los ist. Harper ist nicht der Typ, der einfach davonläuft. Wenn sie mich nicht wollen würde, würde sie es mir ins Gesicht sagen. Irgendetwas hält sie zurück. Irgendetwas bedrückt sie. Ich weiß nur nicht, wo das Problem liegt.«

»Willst du, dass ich ein paar Nachforschungen anstelle?«, schlug Marcus vor.

»Ja... Nein...« Wollte ich es wissen? Zum Teufel, ja. Doch ich wollte es von Harper selbst hören. »Nein. Sie soll es mir selbst sagen. Keine weiteren Missverständnisse!«

»Na gut. Aber ruf mich an, falls du etwas brauchst!«, sagte Marcus schroff. »Ich bin auf dem Weg nach Rocky Springs.«

»Ich werde bald nach Colorado zurückkehren. In Boston wird es entweder gut oder schlecht laufen.« Ich war jetzt bereits seit beinahe zwei Wochen in Washington und wir würden eine Pause haben, bevor wir wieder zusammentreten würden.

»Viel Glück«, wünschte mir Marcus grimmig. Dann leerte er sein Glas und wandte sich zur Tür.

»Das werde ich brauchen.« Ich folgte ihm zu seinem Wagen, in dem der Chauffeur auf ihn gewartet hatte, und sah der Limousine hinterher, als sie die Straße hinunterfuhr und verschwand.

Morgen früh würde ich nach Boston aufbrechen und ich war entschlossen, Harper zur Rede zu stellen – hauptsächlich wollte ich wissen, warum zum Teufel sie mich verlassen hatte und warum sie sich so dagegen wehrte, wenigstens den Versuch zu wagen, an unserer Beziehung zu arbeiten.

Jeden Tag verlangte es mich mehr nach ihr und die Sehnsucht fraß mich auf. Harper war immer der fehlende Teil von mir gewesen. Ich hatte sie erst wiedersehen müssen, um das zu erkennen.

Ich leerte mein Glas und stellte es in das Spülbecken der Bar. Dann ging ich ins obere Stockwerk hinauf. Ich hatte noch einiges zu packen, denn ich wollte sehr früh abreisen.

Ich hoffte verzweifelt, dass ich Harpers abwehrende Haltung würde brechen und ihr schließlich die Informationen würde entlocken können, die ich brauchte.

Harper

Dani blieb eine Woche bei mir, bis sie abreiste, um unsere Brüder zu besuchen. Sobald sie gegangen war, musste ich mich mit mir selbst begnügen und ich hasste es.

Ich brauchte nicht lange, um zu der Entscheidung zu gelangen, dass ich aufhören musste, vor Blake davonzulaufen. Ich musste es ihm sagen und mit den Folgen zurechtkommen, wie auch immer sie ausfallen würden.

Meine Schwester hatte Recht. Das Leben war zu kurz für diese Art von Schwachsinn.

Ich drückte mich.

Ich lief vor etwas Gutem davon.

Ja, es konnte damit enden, dass ich abgewiesen wurde oder dass er es mir gar verübelte, doch zumindest würde Blake Klarheit über meine Gefühle erlangen.

Ich liebte ihn. Seitdem ich das erste Mal mit ihm zusammen gewesen war, war er immer der Einzige für mich geblieben. Offensichtlich empfand er mir gegenüber das Gleiche, hatte er doch während der letzten zwölf Jahre jede Frau abgewiesen, die ihm nachgesehen oder versucht hatte, seine Aufmerksamkeit auf sich zu ziehen.

Ich hatte mich mehrere Tage damit geplagt herauszufinden, was ich tun sollte, und mich schließlich entschlossen, dass ich ihm persönlich gegenübertreten musste.

Ich würde nach Washington fliegen. Mein Bruder Jett hatte Blakes Adresse in Georgetown ausfindig gemacht und mir seinen Privatjet zur Verfügung gestellt.

Am Ende des heutigen Tages würde Blake entweder der meine sein oder ich würde ein gebrochenes Herz haben. Doch das war immer noch besser, als nicht zu wissen, was geschehen wäre, wenn ich es ihm einfach gesagt hätte.

Dani hatte Recht gehabt, auch ich verdiente es, glücklich zu sein. Und was vor Jahren geschehen war, ließ sich nicht mehr ändern. Ich musste mich nicht gebrochen fühlen und das war mir auch noch niemals passiert, bis ich so verletzlich geworden war. Ich hatte mich mit meinem Leben eingerichtet... doch dann hatte ich Blake wiedergesehen und meine Gefühle hatten mich wieder vollkommen durcheinandergebracht.

Doch nun war ich bereit, mein Schicksal in die Hand zu nehmen. Meine Schwester war in Sicherheit, daher war ich nun auch von der ständigen Angst um sie befreit. Endlich konnte ich wieder einen klaren Gedanken fassen und wusste, was ich wollte und was ich tun musste, um es zu bekommen.

Sicher, ich nahm ein großes Risiko auf mich, mit gebrochenem Herzen zu enden, doch Blake war das wert.

Unruhig zappelte ich hin und her, als ich darauf wartete, dass Jetts Flugzeug endlich startete. Es war äußerst luxuriös ausgestattet, mit cremefarbenen Ledersitzen und einem Schlafzimmer im Heck, doch das beachtete ich kaum. Ich wollte nur noch so schnell wie möglich zu Blake gelangen und ihm die Geheimnisse anvertrauen, die ich so lange für mich behalten hatte.

Ich seufzte, als sich der Flieger endlich in die Luft erhob.

Und wenn er nicht mit mir reden will?

Und wenn er mich nicht mehr will, nachdem er alles erfahren hat?

Warum stellten sich solche negativen Gedanken immer dann ein, wenn man sich entschlossen hatte, sein Herz in die Waagschale zu legen?

Dani hatte sehr viel zu meiner Entscheidung beigetragen, indem ich ihr zugehört hatte, als sie über ihre Erlebnisse mit ihren Entführern geredet hatte und dass sie niemals wieder etwas bereuen wollte. Ich erkannte, wie wenig ich eigentlich mein Leben genoss. Es erfüllte mich zwar, doch andererseits waren meine Seele und mein Herz leer und ich wollte so nicht weitermachen.

Nicht, wenn ich nicht allein sein musste.

Nicht, wenn Blakes Liebe groß genug war.

Ich lehnte jeden Drink und jeden Imbiss ab, den mir die Flugbegleiterin anbot, denn mein Magen schmerzte. Auf dem Flughafen wartete Jetts Wagen auf mich und auf dem Weg zu Blakes Haus versuchte ich, mich mit tiefen Atemzügen zu beruhigen.

Als wir ankamen, nahm ich meinen kleinen Koffer und dankte dem Fahrer mit einem großzügigen Trinkgeld. Trotz meiner Angst konnte ich nicht anders, als die Reihe der historischen Häuser zu bewundern, die alle auf die eindrucksvollste Art restauriert waren.

Es gefiel mir, dass Blake dieses Haus anstelle einer näher am Kapitol liegenden Wohnung als Wohnsitz gewählt hatte. Die Architektin in mir hätte gern einen Spaziergang gemacht und die Restaurierungsmaßnahmen untersucht, die an den Häusern vorgenommen worden waren, doch im Moment hatte ich dringendere Probleme zu lösen.

Ich klingelte an der Haustür und wartete, bis endlich jemand die Tür öffnete.

Leider zeigte sich nicht das Gesicht, das ich erhofft hatte.

Die Frau war mittleren Alters und hielt einen Staubwedel in der Hand. »Ich möchte zu Blake Colter«, sagte ich zögernd.

»Er ist nicht hier, Madam.« Die Frau war zwar höflich, aber kurz angebunden.

Verdammt! »Ist er nach Colorado gereist?«

In diesem Augenblick klingelte mein Handy und ich jonglierte mit meinem Gepäck, um es aus der Tasche zu ziehen. Atemlos meldete ich mich. Meine Stimme verriet meine Angst und meine Enttäuschung, dass ich ihn verpasst hatte.

»Hallo?«

»Wo zum Teufel bist du?«, verlangte Blake zu wissen.

»In Georgetown«, antwortete ich ehrlich. »Ich wollte dich sehen.«

»Mist!«, fluchte er. »Ich bin in Boston. Ich musste dich sehen.«

Ich brauchte einen Moment, um zu erfassen, dass wir uns immer noch in verschiedenen Städten aufhielten, obwohl wir uns beide bemüht hatten, uns an einem Ort zu treffen.

Ich begann, so zu lachen, dass die Dame, bei der es sich offensichtlich um Blakes Haushälterin handelte, mich anstarrte, als wäre ich nicht ganz richtig im Kopf.

Am anderen Ende der Leitung ertönte ebenfalls Gelächter. »Unglaublich. Wir versuchen, zueinander zu kommen, und am Ende sind wir wieder an verschiedenen Orten«, sagte er mit Humor in der Stimme.

Ich kicherte. »Wenn du einfach zu Hause geblieben wärst...«

»Oder wenn du einfach in Boston geblieben wärst. Beweg dich nicht vom Fleck! In ein paar Stunden werde ich bei dir sein«, instruierte er mich. »Ist meine Haushälterin da?«

»Ja.« Ich übergab der verblüfften Frau, die immer noch in der Tür stand, mein Handy.

Sie sprach ein paar Minuten mit Blake, wobei sie meist ein oder zwei Wörter zur Antwort gab. Als sie das Gespräch schließlich beendet und mir das Telefon zurückgegeben hatte, trat sie zurück und bat mich ins Haus. »Bitte, kommen Sie herein! Senator Colter bittet sie, sich ganz wie zu Hause zu fühlen.«

Ich trat ein und bewunderte die Ausstattung, als ich bemerkte, wie einfühlsam die Architektur restauriert worden war. Ein reizendes Heim. Nicht protzig, doch mit Antiquitäten bestückt, die zu der Erbauungszeit passten. Sie geleitete mich in ein Familienzimmer, das mit moderneren Möbeln ausgestattet war, den Raum, der wahrscheinlich am meisten benutzt wurde. »Danke«, murmelte ich.

»Darf ich Ihnen etwas zu essen bringen? Oder etwas zu trinken?«

Obwohl ich eigentlich meinem zwanghaften Essensdrang folgen und nach einem Imbiss fragen wollte, sagte ich schließlich: »Nein danke. Ich möchte nichts.«

Die Frau zog sich zurück und schloss die Tür hinter sich. Ich zog Jacke und Stiefel aus und setzte mich auf die bequeme Ledercouch, immer noch verblüfft, dass Blake mich in Boston hatte aufsuchen wollen.

Das schenkte mir Hoffnung.

Das machte es mir leichter ums Herz.

Ich schaltete den Fernseher ein und zog eine Decke über mich.

Ich versuchte, wach und konzentriert zu bleiben, doch während der letzten Nächte hatte ich kaum geschlafen und ich fühlte mich erschöpft.

Ein paar Minuten später konnte ich meine Augen nicht mehr offenhalten und schlief ein.

Kapitel 25

Blake

Mein Rückflug nach Washington erschien mir wie eine Ewigkeit. Obwohl es nur ein Katzensprung war, fühlte ich mich während des ganzen Fluges rastlos, denn ich hoffte inständig, Harper würde noch bei mir zu Hause sein, wenn ich dort eintraf.

Als ich endlich die Treppe zu meinem historischen Anwesen hinauflief und dann den Schlüssel ins Schloss steckte, holte ich tief Luft. Mein Herz hämmerte vor Erwartung.

Und wenn sie mich nicht will?

Und wenn dies das letzte Mal ist, dass ich sie sehe?

Ich verscheuchte die negativen Gedanken und betrat mein Haus. Es herrschte tödliche Stille. Meine Haushälterin war offensichtlich gegangen. Doch als ich durch das förmliche Wohnzimmer schritt, hörte ich aus dem Familienzimmer das Geräusch des eingeschalteten Fernsehers.

Jetzt war es soweit. Die Zeit war gekommen, für das zu kämpfen, was ich wirklich wollte, was ich wirklich brauchte. Mein Leben war ohne Harper nichts mehr wert und ich musste ihr verständlich machen, dass ich alle Probleme lösen würde, was auch immer uns im Weg stehen mochte.

Ich drückte die Tür auf und spähte hindurch. Mein Blick wanderte von dem an der Wand montierten Fernseher zu der Ledercouch, auf der Harper lag und es sich so gemütlich gemacht hatte, dass ich bereits wusste, dass sie schlief, bevor ich mich ihr genähert hatte.

Mein Gott, wie schön sie war. Ihr Haar war offen und bedeckte teilweise ihr Gesicht. Ohne nachzudenken hockte ich mich nieder und strich ihr zärtlich die Strähnen aus dem Gesicht, um ihre köstlichen Gesichtszüge freizulegen.

Die dunklen Ringe unter ihren Augen sagten mir, dass sie wahrscheinlich während der letzten paar Tage so wenig Schlaf bekommen hatte wie ich, doch ansonsten sah sie hinreißend aus.

Mein!

Sie schien sich so natürlich in mein Zuhause einzufügen, als ob sie hierhergehörte, und mein Herz zog sich zusammen, als ich ihre Schuhe, ihre Handtasche und ihre Jacke auf einem Stuhl liegen sah.

»Sie muss bleiben«, murmelte ich heiser vor mich hin, während ich die Decke enger um ihren Körper zog.

Als ich zärtlich ihr Haar streichelte, rührte sie sich. »Blake«, sagte sie mit schlaftrunkener, erschöpfter Stimme.

»Schlaf, Harper! Wir können später reden. Ich bin hier.«

Ich hörte sie seufzen und dann begann sie wieder, tief und regelmäßig zu atmen. Ihr Vertrauen in mich verursachte mir Herzklopfen, als ich so auf sie hinunterblickte.

Ich zog mir einen Stuhl neben das Sofa, streifte mir die Schuhe von den Füßen und bewachte ihren Schlaf.

Harper

Als ich erwachte, spürte ich sogleich Blakes Anwesenheit. Meine Augen öffneten sich flatternd und sofort traf ich auf seinen stählernen Blick.

»Du bist hier.« *Brillant, oder?* Es war doch ziemlich offensichtlich, dass er hier war. Ich starrte ihn doch geradewegs an.

»Ich bin schon seit einer ganzen Weile hier. Ich wollte dir etwas Ruhe gönnen.«

Ich bemühte mich, mich aufrecht hinzusetzen, und wischte mir den Schlaf aus den Augen. »Wann bist du hier reingekommen?«

Er zuckte mit den Schultern. »Vor ein paar Stunden.«

»Du hättest mich wecken sollen. Es tut mir leid. Ich war so müde. Ich bin eingeschlafen.«

»Das Gefühl kenne ich«, erwiderte er barsch. »Ich habe auch nicht viel geschlafen.«

Ich musterte ihn, während ich immer noch versuchte, meine Gedanken zu ordnen. Er sah müde aus. Seine dunklen Haare standen an einigen Stellen vom Kopf ab, als ob er sie sich verzweifelt gerauft hätte. Sein normalerweise scharfer Blick war getrübt und sein Kinn war stopplig, als ob er sich ein oder zwei Tage nicht rasiert hätte.

Selbst in diesem unordentlichen Zustand war Blake in seinem Anzug ohne Krawatte und dem oben offenstehenden Hemd immer noch der schönste Anblick, den ich seit langem genossen hatte. In meinem Hals bildete sich ein Kloß, als ich die echte Traurigkeit in seinen Augen sah, und ich war nur noch von dem Wunsch besessen, alles wieder zum Guten zu lenken.

Ich wollte seine Welt wieder in Ordnung bringen, besonders seitdem ich wusste, dass ich diejenige gewesen war, die seinen jetzigen Zustand verursacht hatte. Ich erkannte seinen Kummer. Er sprang mich gewissermaßen an, denn er reflektierte meinen eigenen.

»Es tut mir so leid«, stieß ich gepresst hervor und hoffte, das Gefühl, das ich in diese fünf kleinen Worte legte, würde den Schmerz wiedergutmachen, den ich ihm verursacht hatte.

Und wie ich ihn verletzt hatte! Die Qual stand ihm ins Gesicht geschrieben.

»Warum hast du mich verlassen, Harper? Warum?« Seine Stimme klang sowohl wütend als auch flehend, verlangte zu wissen, warum ich davongelaufen war.

»Weil ich dir nicht alles sein kann, Blake. Ich kann nicht die Frau sein, die du brauchst«, begann ich mit meiner Erklärung.

»Du bist, verdammt nochmal, alles für mich«, unterbrach er mich heftig. »Alles!«

»Aber ich habe nicht die Voraussetzungen für eine feste Beziehung«, widersprach ich. »Ich bin keine Frau, mit der du für immer glücklich zusammenleben kannst.«

»Warum nicht, zum Teufel? Mein Gott, Harper, ich habe zwölf Jahre auf ein Wiedersehen mit dir gewartet. Vielleicht habe ich mir das selbst nie bewusst eingestanden, bis ich dich wiedergesehen habe, aber es ist die reine Wahrheit.« Er erhob sich, setzte sich zu mir auf die Couch und umfasste meine Schultern, sodass ich ihn ansehen musste. »Glaubst du nicht, dass ich genügend Möglichkeiten gehabt hätte, mich nach einer anderen umzusehen? Andere Frauen zu ficken? Mit einer ins Bett zu steigen, nur um mich abzureagieren?«

Ich betrachtete seine wilde Miene. »Ich weiß das. Ich weiß auch, dass du das hättest tun können.«

»Aber ich habe es nicht getan«, raunte er. »Und willst du wissen, warum nicht?«

Ich brachte kein Wort heraus, daher nickte ich.

»Weil ich niemals meine Liebe zu dir ablegen konnte. Es spielt keine Rolle, wie oft ich es versucht habe – du hast mich über ein Jahrzehnt lang verfolgt. Eine Nacht mit dir und ich war verloren. Du hast mir das Herz aus der Brust gerissen und es während all dieser Jahre behalten. Ich wollte niemals eine andere. Für mich gab es immer nur dich.«

Tränen liefen mir die Wangen hinunter, als ich antwortete: »Ich habe genauso empfunden.«

»Dann erklär mir um Himmels willen, warum du nicht bleiben kannst! Ich liebe dich, Harper. Ich habe dich immer geliebt.«

Ich spürte, wie mir ein Messer in die Brust fuhr. Der Schmerz war so intensiv, dass ich eine Hand auf mein Herz legen musste, um mich zu vergewissern, dass es nicht zerbrochen war. »Alles läuft falsch, Blake. So falsch.«

Er schüttelte mich. »Was? Sag mir doch einfach, was um alles in der Welt nicht stimmt! Ich werde es aus dem Weg räumen. Ich werde es zum Guten wenden.«

Ich wischte mir ärgerlich die Tränen von der Wange. »Du kannst es nicht aus dem Weg räumen. Das kann niemand.«

»Sag es mir!«

»Du würdest einen hervorragenden Vater abgeben«, erklärte ich mit schmerzverzerrter Stimme.

»Ja. Und ich würde dich gern schwängern, falls es das ist, was du willst. Für den Fall, dass du es noch nicht bemerkt hast, ich habe kein Problem damit, es zu versuchen.«

»Aber darin liegt gerade das Problem. Du kannst es nicht und wirst es auch in Zukunft nicht können.« Ich holte tief Luft und blickte ihm gerade in die Augen. »Ich kann keine Kinder haben, Blake. Niemals. Und das Problem kannst auch du nicht lösen.«

Es herrschte vollkommene Stille im Raum. Blake saß nur da und starrte mich an. Er sah verwirrt aus. »Warum nicht?«

»Ich bin vor zwölf Jahren schwanger geworden. Ich weiß, du hast ein Kondom benutzt, aber irgendetwas ging schief.«

»Haben wir ein Kind?«, fragte Blake vorsichtig.

Langsam schüttelte ich den Kopf. »Nein.«

»Alte Kondome«, erwiderte er. »Einer meiner alten Studienkollegen hatte sie mir gegeben, als er eine Freundin gefunden hatte und eine feste Beziehung eingegangen war. Seine Freundin nahm die Pille. Ich weiß nicht, wie lange er sie aufbewahrt hatte, doch als ich die Schachtel genauer in Augenschein nahm, nachdem ich zum College zurückgekehrt war, sah ich, dass das Verfallsdatum seit längerer Zeit abgelaufen war. Ich habe dann nicht mehr weiter daran gedacht, weil ich nichts mehr von dir gehört habe.« Er zögerte einen Moment, bevor er in schroffem Tonfall fragte: »Warum hast du mich nicht angerufen? Was ist geschehen?«

Ich holte tief Luft und stieß sie wieder aus, versuchte, mich zu entspannen, bevor ich erklärte: »Ich habe das Baby verloren. Ich hatte eine Bauchhöhlenschwangerschaft, bei der das befruchtete Ei sich im Eileiter einnistet. Es ist geplatzt und ich wurde notoperiert. Ich kann keine Kinder mehr bekommen, Blake. Ich bin unfruchtbar.«

Ich sah, wie seine Augen aufblitzten, und konnte die Fragen praktisch hören, die sich in seinem Geist formten. Ich hatte eine möglichst einfache Erklärung abgeben wollen, doch ich wusste, ich würde nicht darum herumkommen, noch mehr Fragen zu beantworten.

Harper

»Wusstest du, dass du schwanger warst?« Blakes Augen waren wild und sein Kiefer war gespannt.

»Ich hatte es gerade erst herausgefunden«, erklärte ich. »Ich hatte mich kaum an den Gedanken gewöhnt, schwanger zu sein. Und ja, ich hätte es dir mitgeteilt. Du hattest das Recht, es zu wissen. Doch dazu ist es nicht mehr gekommen, denn dann musste ich bereits operiert werden. Der Fötus war niemals lebensfähig. Nach der Operation wurde festgestellt, dass ich eine Wucherung in beiden Eileitern hatte, die sie blockierte. Der Arzt hat einen Eileiter entfernt und versucht, den anderen zu säubern. Doch ich habe Probleme mit der Narbenbildung. Mein Gynäkologe hat getestet, ob ein Ei passieren könnte. Die Chancen stehen gleich Null.«

»Es gibt noch andere Möglichkeiten. Künstliche Befruchtung?«

»Möglich, aber schwierig. Blake, nachdem ich das Baby verloren hatte, war ich deprimiert. Verzweifelt. Ich glaube nicht, dass ich so etwas noch einmal durchstehen kann. Ich habe Jahre gebraucht, um wieder zu mir zu finden.«

Blake entledigte sich seiner Anzugjacke und warf sie auf einen Stuhl, dann legte er seine Arme um mich und zog mich auf seinen Schoß. »Wolltest du das Baby behalten, als du noch dachtest, es wäre eine normale Schwangerschaft?«

Ich sah ihn mit geschwollenen, geröteten Augen an. Die Tränen wollten nicht aufhören zu fließen. »Ja. Nachdem ich mich erst einmal an den Gedanken gewöhnt hatte, schwanger zu sein, wollte ich es unbedingt behalten. Ich verfügte über die Mittel, ein Baby zu unterhalten und trotzdem die Schule besuchen zu können. Außerdem wollte ich es, weil...« Ich wusste nicht, wie ich es erklären sollte.

»Weil es unser Baby war«, beendete er meinen Satz.

Ich nickte. »Weil es deins war«, verbesserte ich. »Damals konnte ich mir das nicht eingestehen, aber heute weiß ich, dass es so war.«

Er wischte mir mit seinem Daumen ein paar der Tränen von meinen Wangen. »Hast du etwa auch nur einen Augenblick gedacht, dass du kein Baby bekommen kannst, hätte etwas an meinen Gefühlen für dich geändert?«

»Für mich macht das einen Unterschied«, gab ich zu. »Du hast gesagt, du würdest gern Vater werden, und du wärst in der Tat ein ganz hervorragender.«

»Das ist mir vollkommen egal, Harper. Ich hasse es, dass du so leiden musstest, und ich wünschte, du hättest mich angerufen, damit ich mich um dich hätte kümmern können. Doch unter den gegebenen Umständen verstehe ich, warum du es nicht getan hast. Doch jetzt sind wir keine Studenten mehr und alles, was ich jemals wirklich wollte, bist du.«

»Du wirst eine Familie haben wollen, Blake«, protestierte ich.

»Ohne dich kann ich keine haben«, sagte er heiser und seine Augen flehten mich an, ihn zu verstehen.

»*Mit* mir kannst du auch keine haben«, erwiderte ich unsicher.

»Harper, du bedeutest mir alles. Wenn ich dich nicht habe, werde ich nichts haben.«

»Ich liebe dich«, platzte es aus mir heraus, denn ich konnte meine Gefühle nicht länger zurückhalten. *Mein Gott, wie ich diesen* starken, sturen Mann liebte, der niemals aufgeben würde und niemals aufgegeben hatte.

Ich spürte, wie sein großer Körper an meinem erbebte. »Ich liebe dich auch, Baby. Ich habe versucht, dir das vom ersten Moment an verständlich zu machen, in dem wir uns wiedergesehen haben. Es gibt keine andere Frau für mich. Hat es nie gegeben und wird es nie geben.«

Ich schlang meine Arme um seinen Hals und drückte ihn fest, während ich meinen Kopf auf seine Schulter bettete. »Also sind wir beide verloren?«

»Mein Herz, ich bin bereits seit dem Tag verloren, an dem du in dem Obdachlosenheim zu mir aufgeblickt hast. Doch, wenn du sagst, du gehörst mir, werde ich gern verloren sein.«

Ich drückte seinen Arm. »Du darfst die Entscheidung nicht so leichtnehmen, Blake. Wenn du mich hast, wirst du wahrscheinlich kein Kind haben.«

»Warum können wir nicht einfach ein Kind adoptieren, eins dieser obdachlosen Kinder, die Eltern brauchen? Harper, ein Kind braucht nicht meine DNA in sich zu tragen, damit ich sie oder ihn lieben kann oder damit wir Eltern werden können.« Er tätschelte meinen Hals, um mich zu trösten.

Immer schon hatte ich ein Kind adoptieren wollen. Ich hatte sogar geplant, es als alleinstehender Elternteil zu wagen, sobald ich mich erst einmal fest niedergelassen hatte. Für viele der Kinder, die ein Heim suchten, war ein stabiler Elternteil immer noch besser als keiner. Doch die Tatsache, dass Blake sich nicht darum zu kümmern schien, ob ein Kind leiblich war, erfüllte mein Herz mit einem Glück, von dem ich nicht einmal gewagt hatte zu träumen.

Ich konnte Blake haben.

Und wir konnten unsere eigene Familie haben.

Ich musste nur daran glauben, dass er damit zufrieden sein würde.

Ich lehnte mich zurück und legte den Kopf in den Nacken, um in seine warmen, grauen Augen zu blicken, die mein Herz wie Butter dahinschmelzen ließen. »Du könntest damit leben, niemals ein leibliches Kind zu haben?«

»Warum sollten wir diesen zermürbenden Prozess durchlaufen zu versuchen, ein leibliches Kind zu bekommen, wenn so viele Kinder eine Familie suchen?«, fragte er mich ehrlich erstaunt.

»Mein Gott, du bist so ein erstaunlicher Mann, Blake Colter«, lobte ich ihn ehrfürchtig.

»So großartig bin ich nicht«, widersprach er. »Viele Paare adoptieren Kinder.«

Ja. Das machten viele Paare. Doch war das normalerweise eine Entscheidung, die getroffen wurde, wenn es keine anderen Möglichkeiten mehr gab oder ein Kind zusätzlich zu eigenen Kindern adoptiert wurde. Aber mein wunderbarer, wunderschöner Blake wollte es, weil er es für richtig hielt. »Ich liebe dich. Ich liebe dich für deine Unterstützung, dein Verständnis und dein großzügiges Herz. Ich liebe es, dass du mich akzeptieren kannst, obwohl ich einen Mangel habe.«

»Du. Hast. Keinen. Mangel.« Seine Stimme klang scheppernd und rau. »Harper, ich habe dich geschwängert und dann war ich nicht für dich da. Du warst ernsthaft krank und wer war da?«

»Niemand«, antwortete ich ehrlich. »Ich wollte nicht, dass meine Eltern es wussten, und alles geschah so schnell. Die Einzige, die es weiß, ist Dani, und ihr habe ich es erst Jahre später erzählt, als ich wusste, dass ich zu viele Probleme mit den Narben hatte, um fruchtbar zu sein.«

Er zog mich wieder an sich und hielt mich fest in seinen Armen, während er mein Haar streichelte. »Bleib bei mir, Harper! Verlass mich nie mehr! Ich will da sein, wenn du mich brauchst, ich will, dass du mich heiratest und wir werden bis in alle Ewigkeit glücklich sein. Ich verspreche es dir. Nur dich brauche ich wirklich. Alles andere ist eine Zugabe.«

»Ich liebe dich«, flüsterte ich an seiner Schulter. »Ich liebe dich so sehr. Ich wollte, dass du alles hast.«

»Das habe ich doch«, beteuerte er heiser. »Ich halte sie gerade in meinen Armen und dieses Mal wird sie nirgendwohin gehen.«

»Nein, das werde ich nicht.« Ich seufzte glücklich auf. »Nicht jetzt, aber in ein paar Tagen muss ich in Boston sein.«

Er hob mich hoch und setzte mich mit gespreizten Beinen auf sich. »Dann, denke ich, werde ich mich mal besser an die Arbeit machen.« Ich lächelte auf ihn hinab, ein Lächeln des puren Glücks. »Und was genau willst du tun?«

»Dich davon überzeugen, dass ich dich immer so glücklich machen werde, wenn du mich heiratest, dass du niemals etwas vermissen wirst«, antwortete er ernsthaft.

Oh Gott! Als ob ich nicht bereits meine wildesten Träume ausleben würde, wenn Blake mir gehörte? »Und wie wollen Sie das bewerkstelligen, Senator Colter?«, erkundigte ich mich schelmisch.

»Indem ich dich zum Kommen bringe, bis du dich nicht mehr bewegen kannst, selbst wenn du es wolltest«, erklärte er mir mit einem sexy Grinsen.

Mein Herz raste, als ich begann, langsam sein Hemd aufzuknöpfen. »Eigentlich sollte es meine Aufgabe sein, dich glücklich zu machen. Ich habe dich verlassen, obwohl ich mich verzweifelt danach gesehnt habe, mit dir für den Rest unseres Lebens zusammen zu sein«, wandte ich ein.

»Versteh mich nicht falsch. Ich bin vollkommen damit einverstanden, wenn du das tust, aber Baby, um mein Verlangen aufrechtzuerhalten, musst du lediglich atmen. Ich habe niemals aufgehört, dich zu begehren«, erwiderte er mit leiser und sündhaft wollüstiger Stimme.

Als ich den letzten Knopf erreichte, schob ich die Teile seines Hemdes auseinander und legte meine Handflächen auf seinen muskulösen Brustkorb. Blake war überall so fest und hart. Ich wollte nur noch mit seinem warmen, starken Körper verschmelzen. »Ich auch nicht.«

Er erhob sich und zog mich mit sich. Er hielt mich fest, bis meine Füße auf dem Boden standen. Dann ließ er mich los, damit er sich sein Hemd ausziehen konnte, und ich fackelte nicht lange und zog mich vor seinen Augen vollkommen nackt aus. So ließ ich ihn wissen, dass ich keine Geheimnisse mehr vor ihm verbarg. Ich gehörte ihm und war bereit, mich vor ihm zu entblößen – sowohl buchstäblich als auch sinnbildlich.

Ich schwor, dass niemals mehr Geheimnisse zwischen uns stehen würden. Wenn Blake so mühelos mit der Tatsache umgehen konnte, dass ich niemals ein leibliches Kind von ihm würde haben können, dann gab es nichts, das wir nicht gemeinsam durchstehen konnten.

Er beobachtete mich mit wildem Blick, als ich mich nackt auszog und entledigte sich des Rests seiner Kleidung, ohne nur einmal von mir wegzusehen.

Die Luft um uns herum sprühte vor sexueller Spannung, doch keiner von uns sprach ein Wort. Wir kommunizierten mit unseren Körpern und unseren Augen. Er verstand genau, was ich ihm vermitteln wollte, und in dem Moment, in dem ich das letzte Kleidungsstück ablegte, breitete er seine Arme aus.

Ich flog ihm entgegen und biss mir auf die Lippe, um nicht zu stöhnen, als wir Haut auf Haut aufeinandertrafen. Ich schlang ihm die Arme um die Taille und strich ihm mit den Händen über seinen erhitzten Rücken, während er in meine Haare griff, um meinen Kopf zurückzubiegen, sodass er mich mit einem Kuss verschlingen konnte, der wollüstiger war, als alle anderen, die er mir je geschenkt hatte.

Mein Körper reagierte beinahe gewaltsam, erregt von dem Wissen, wie sehr er mich brauchte und wie verwundbar wir uns einander gezeigt hatten.

Ich stöhnte in seinen Mund, getrieben von dem Verlangen, dass unsere Körper sich vereinigten. Doch er löste sich von meinen Lippen, hielt meine Haar umklammert und ließ seinen Mund über jeden Zentimeter meiner nackten Haut gleiten, den er finden konnte.

»Blake! Bitte! Ich brauche dich!«, wimmerte ich und ließ meine Finger durch sein Haar gleiten.

Meine Gefühle überfluteten meinen Körper und ich brauchte schnelle Befriedigung.

»Du wirst mich bekommen. Jeden Zentimeter von mir«, raunte er und trat einen Schritt zurück, sodass seine Hände meine Brüste umfassen konnten. Er reizte jede Brustwarze, bevor er seine Finger abwärts bewegte und mit ihnen zwischen meine Schenkel tauchte.

»Ja«, stieß ich ermunternd hervor. »Berühr mich!«

Ich war bereits feucht und bereit für ihn und spürte, wie sich sein Körper anspannte, als seine Finger leicht durch meine Falten glitten.

»Baby, du bist so bereit für mich.«

»Das bin ich schon seit einer Weile.« Ich fuhr mit der Hand zwischen uns und umfasste seinen harten Schwanz.

»Tu das nicht, Harper«, stöhnte er und zog meine Hand weg. »Ich muss jetzt in dir sein.«

Er fasste mich um die Taille, hob mich hoch und trug mich zu einer Konsole. Dort legte er meine Hände flach auf deren Oberfläche, nachdem er mich auf dem Boden abgestellt hatte. »Halt dich fest!«, verlangte er, während er mit den Füßen meine Beine spreizte.

Ich wusste, was er tun würde, und ich war so bereit für ihn, dass sich mein Unterleib allein bei dem Gedanken zusammenzog, dass ich ihn so tief wie möglich in mir haben würde.

Ich zitterte vor Erwartung, als er sich hinter mich stellte und seine Hände meinen Rücken hinab und dann über meine Pobacken fuhren. Seine Hände tauchten zwischen meine geteilten Schenkel und massierten meine Klitoris, während ich hilflos darauf wartete, dass er mich nahm.

»Blake! Bitte!«, bettelte ich, denn ich brauchte es heiß, fest und schnell, um das Verlangen in mir zu stillen.

Wieder griff er in mein Haar und zog meinen Kopf hoch. »Schau hin!«, verlangte er. »Sieh uns an, während ich dich zum Kommen bringe!«

Ich hatte den Spiegel an der Wand noch nicht bemerkt, bis er meine Aufmerksamkeit darauf gelenkt hatte. Meine Augen hefteten sich auf sein Gesicht. Er beobachtete mich bereits und unsere Blicke trafen sich im Spiegel.

Blakes nackte Begierde und seine Augen aus geschmolzenem Silber verschlangen mein Spiegelbild. Ich hatte nichts zu verbergen. Ich liebte diesen Mann heiß und innig und ich würde niemals mehr meine Gefühle vor ihm verstecken.

Ich erwiderte seinen begierigen Blick und befahl: »Fick. Mich. Jetzt!«

Er beugte sich vor, seine rauen Hände griffen nach meinen Hüften und mit einem einzigen schnellen Stoß vergrub er sich tief in mir und dehnte mich, bis ich vor Befriedigung stöhnte. »Oh Gott! Ja!«

Ich hielt den Kopf erhoben und beobachtete erregt, wie Blakes Gesicht einen wilden und hungrigen Ausdruck annahm. Die Spannung unserer Körper verstärkte sich, als er sich zurückzog und dann wieder in mich hineinfuhr. »So feucht. So eng. Mein Gott, Harper. Ich kann nicht genug bekommen.«

»Nimm alles! Alles, was du willst«, ermunterte ich ihn atemlos. Er sollte mich endlich, nach all den Jahren, für immer in Besitz nehmen.

»Mein.« Begierig entwich das eine Wort seinen Lippen.

»Ja. Ich habe immer dir gehört. Nimm mich!«

Er begann beinahe wild, in mich hineinzustoßen, doch ich begrüßte seine brutale Kraft und Geschwindigkeit.

Ich brauchte dies.

Ich brauchte ihn.

Je härter er zustieß, desto größer wurde unsere Begierde. Meine Hände glitten weiter bis zur Kante der soliden hölzernen Konsole und klammerten sich daran fest. Ich meinte, den Verstand zu verlieren. Unsere heftigen Atemzüge und das Klatschen unserer aufeinanderprallenden Körper waren die einzigen Geräusche im Raum.

Ich spürte, wie sich mein Orgasmus zu einer Intensität aufbaute, die mir beinahe Angst einjagte. Im selben Moment sah ich, dass über Blakes Gesicht unkontrollierte Stürme jagten.

Seine Hände glitten von meiner Hüfte nach vorn an meine Muschi und sanken tief in sie hinein. Dann rieb er meine Klitoris, während er mit seinem Schwanz seinen wahnsinnigen Rhythmus beibehielt.

»Blake! Oh Gott! Ich kann nicht mehr«, schrie ich.

»Du kannst. Komm für mich!«, befahl er.

Ich blickte in den Spiegel und erkannte kaum mein eigenes wollüstiges Spiegelbild, als mein Orgasmus die Kontrolle über meinen Körper übernahm und ihn durchschüttelte.

»Blake! Ich liebe dich! Ich liebe dich!«, schrie ich in unkontrollierter Ekstase.

»Ja mein Herz. Komm für mich!«

Das Pulsieren war so heftig, die Zuckungen so stark, dass mich meine Beine kaum mehr trugen, als Blake noch einige Male in mich hinein hämmerte, bevor er schließlich mit einem Stöhnen seine eigene Erlösung fand. »Ich liebe dich, Harper. Es gab immer nur dich für mich.«

Ich erbebte bei seinen Worten und während der letzten Wellen meines Höhepunktes zog mich Blake an sich und schlang fürsorglich seine Arme um mich, sodass ich nicht fallen konnte.

Er löste sich von mir und nahm mich auf seine Arme. Dann trug er mich zur Couch und legte sich mit mir auf ihm darauf.

Ich bettete meinen Kopf auf seine Brust und lauschte, bis sich sein Herzschlag beruhigte. Mein Körper war gesättigt und mein Herz mit solcher Freude erfüllt, dass ich kaum atmen konnte. Ich liebkoste sein stoppliges Kinn und seinen Hals. »Ich liebe dich«, wiederholte ich, denn ich konnte es ihm nicht oft genug sagen, jetzt, da ich die Worte endlich ausgesprochen hatte.

»Ich liebe dich auch. Und wir werden heiraten«, sagte er schroff, während er beschützend seine Arme um mich legte.

Ich lächelte. Ich hatte jetzt keinen Grund mehr zu widersprechen. Daher erwiderte ich frohen Herzens: »Ja. Ja, das werden wir. Ich werde niemals mehr davonlaufen.«

»Fuck sei Dank.« Seine Stimme klang erleichtert.

Ich lachte und fragte mich, was seine Wähler wohl sagen würden, wenn sie ihn so unbekümmert fluchen hören könnten.

Er gähnte und ich wusste, dass er wirklich erschöpft sein musste. »Du hast doch bestimmt ein ausgesprochen bequemes Bett hier?«

Er lächelte zu mir auf. »Das habe ich. Ein schönes. Möchtest du es sehen?«

»Gewiss.«

Er nahm mich auf den Arm, ein so glückliches Lächeln auf dem Gesicht, dass mein Herz vor Freude hüpfte.

Blake zeigte mir sein Schlafzimmer. Er hatte *wirklich* ein sehr bequemes Bett.

Da ich wusste, ich würde es für immer mit Blake teilen, erschien es mir mehr als nur bequem; es war spektakulär.

Epilog

Harper

Zwei Monate später…

»Ich bin schwanger.« Ich sah wirklich keine Möglichkeit, Blake vorsichtig auf die Tatsache vorzubereiten, dass ich sein Kind erwartete, also platzte ich ohne Umschweife damit heraus.

Ich hatte gewartet, bis wir beide zusammen in Rocky Springs sein konnten, um ihm die Nachricht persönlich zu überbringen. Die Ultraschalluntersuchung hatte bestätigt, dass das Ei entgegen aller Voraussagen den vernarbten Eileiter passiert hatte, und nun wuchs sein Baby in meinem Bauch heran. Ich war von Angst besessen zu dieser Untersuchung gegangen, da ich eine weitere Eileiterschwangerschaft befürchtete, doch das Schlimmste war ausgeblieben. Danach konnte ich es kaum erwarten, es Blake zu erzählen, sodass ich es ihm beinahe schon am Telefon auf dem Weg von Boston nach Colorado verraten hätte.

Wir wären beide mit einer Adoption zufrieden gewesen, doch dieses frohe Ereignis war wie der Zuckerguss auf einer süßen Torte.

Die letzten beiden Monate waren verrückt gewesen. Wir hatten beide die größten Verrenkungen angestellt, um uns zu treffen, wann immer wir es ermöglichen konnten. Ich vermisste ihn so sehr, wenn wir nicht zusammen waren, dass ich Herzschmerzen bekam. Also war ich selbst für ein oder zwei Tage nach Washington geflogen, um ihn zu sehen, oder er war nach Boston gekommen, nur um einen freien Tag mit mir zu verbringen.

Es war die glücklichste Zeit meines bisherigen Lebens. Blake verwöhnte mich unbeschreiblich und überschüttete mich mit Liebe und netten kleinen Aufmerksamkeiten, die er nur ausgesucht hatte, weil sie ihn irgendwie an mich erinnerten. Ich gab ihm seine Liebe zurück und tat alles, nur um ihn lächeln zu sehen.

Und er lächelte oft, was mein Herz jedes Mal beben ließ. Ohne Zweifel war er glücklich. Und ich war überaus froh, nie mehr Qual und Traurigkeit in seinen schönen Augen zu sehen.

Er drehte sich herum, vergaß den Drink, den er gerade hatte zubereiten wollen, und kam zur Couch zurück, um sich neben mich zu setzen. »Hast du wirklich gerade gesagt, du seist schwanger?«, fragte er verwirrt.

»Ich hätte wahrscheinlich sagen sollen: ›Wir sind schwanger‹«, verbesserte ich mich mit einem zitternden Lächeln.

»Mist! Wir müssen sofort ins Krankenhaus fahren«, sagte er mit besorgter Stimme und begann, sich zu erheben.

Ich zog an seinem Hemd und zwang ihn, sich wieder zu setzen. »Du verstehst nicht. Es geht mir gut. Ich habe eine Ultraschalluntersuchung machen lassen. Ich bin schwanger. Diesmal ist es eine normale Schwangerschaft. Der Arzt sagt, so etwas ist möglich. Manchmal schaffen es die Eier, den Eileiter zu passieren, obwohl dieser mangelhaft zu sein scheint.«

Ich sah, wie er sich besorgt mit einer Hand durch sein Haar fuhr und diese einzelnen unordentlichen Strähnen erzeugte, die dann von seinem Kopf abstanden, was ich so sehr liebte.

»Ist das sicher für dich?«, erkundigte er sich mit aus Besorgnis zusammengezogenen Augenbrauen.

Mein Herz schlug schneller, als ich die Angst in seinen Augen sah. Ich nahm seine Hand in meine und versicherte ihm: »Es ist alles in Ordnung. Es geht mir gut. Wir werden lediglich ein bisschen schneller Eltern, als wir geplant hatten.«

Er sah aus, als wäre er ziemlich stolz auf sich, als er plötzlich zu lächeln begann. »Wir haben ein Baby gemacht.« Er sprach es so aus, als wären wir das einzige Paar, das eine solche Leistung vollbracht hatte.

Er legte unsere ineinander verschlungenen Hände auf meinen noch flachen Bauch.

Wenn ich nicht solche Probleme mit der Fruchtbarkeit gehabt hätte, wäre ich wahrscheinlich in Lachen ausgebrochen. Da wir so viel Zeit mit dem Akt der Vereinigung verbracht hatten, wäre ich ohne diese Schwierigkeiten ohnehin unvermeidlich schwanger geworden. »Wir haben mit Sicherheit genug geübt«, neckte ich ihn.

»Ich mache mir immer noch Sorgen«, gab Blake mit verwirrter Miene zu. »Ich will dieses Baby, aber trotzdem habe ich Angst, dass dir etwas zustoßen könnte.«

Mein Herz zog sich zusammen und meine Liebe für den Mann, der neben mir saß, verschlug mir beinahe die Sprache.

Ich war vollkommen gesund und die Schwangerschaft verlief völlig normal. Aber Blake war immer noch besorgt darüber, dass sie negative Folgen für mich haben könnte. »Der schwerste und beinahe unüberwindliche Abschnitt ist vorüber. Mit meinen anderen weiblichen Teilen ist alles in Ordnung«, versicherte ich ihm.

»Baby, ich kann dir ein Attest ausstellen, dass mit deinen anderen weiblichen Teilen *immer* alles in Ordnung war«, erwiderte er in besserwisserischem Tonfall.

Ich schlug ihm leicht auf den Arm. »Ich meine es ernst, Blake. Mir wird es gut gehen. Unserem Baby wird es gut gehen. Ab diesem Punkt verläuft alles für uns beide ganz normal.«

Er ließ einen tiefen Seufzer hören und zog mich auf seinen Schoß. »Dir darf nichts passieren, Harper. Ich würde es nicht überleben.« Er zögerte, bevor er fragte: »Bist du glücklich?«

Ich legte meine Arme um seinen Hals und er hielt mich beschützend umschlungen. »Machst du Witze? Ich bin überglücklich. Später können wir immer noch ein Kind adoptieren«, erklärte ich ihm zärtlich.

»Wir sollten nicht riskieren, dass das noch einmal passiert«, raunte er und bedeckte fürsorglich meinen Bauch. »Was, wenn es nicht gut gegangen wäre? Was, wenn es schiefgegangen wäre?«

»Es ist alles gut gegangen. Hör auf, dich zu sorgen!«

Er küsste mich auf die Stirn. »Ich kann nicht. Du bedeutest mir alles, mein Herz. Wenn eine Frau dein ganzes Leben in ihren Händen hält, kann dich das sehr wohl ängstigen«, knurrte er.

Ich wusste, dass ich das Gleiche empfinden würde, wenn die Rollen vertauscht wären und etwas geschehen wäre, das ihn hätte verletzen können. Ich wäre verrückt vor Sorge. Die Art unserer Liebe, die Art, wie wir einander brauchten, war ziemlich beängstigend. Doch ich würde es nicht anders wollen.

Ich liebte ihn mit jeder Faser meines Seins. Und ich mochte nicht einmal daran denken, wie ich mich fühlen würde, wenn ihm etwas zustoßen würde.

»Bist du glücklich?«, fragte ich ihn.

Seine grauen Augen suchten meine und wir hielten Blickkontakt, als er antwortete: »Du weißt, dass ich das bin. Es gibt nichts auf der Welt, das ich mehr liebe als dich und dieses Kind, das wir gemacht haben. Aber ich glaube, diese Schwangerschaft wird mich Jahre meines Lebens kosten.«

»Nein, das wird sie nicht. Ich fühle mich großartig«, widersprach ich. »Tatsächlich habe ich mich nie besser gefühlt.«

»Ich liebe dich. Ich werde dafür sorgen, dass du gesund bleibst«, versicherte er. »Ich muss dir etwas zu essen geben und dich dann schlafen legen.«

Ich setzte mich mit gespreizten Beinen auf ihn und fuhr ihm mit der Hand durch die abstehenden Haare. »Ich würde lieber zuerst mit dir ins Bett gehen«, schnurrte ich voller Erwartung.

Ich hatte Blake seit zwei Wochen nicht gesehen und Nahrung war wirklich das Letzte, was mich interessierte.

»Essen!«, knurrte er. »Und sollten wir überhaupt Sex haben?«

Diesmal lachte ich wirklich, denn ich konnte nicht anders. »Ich bin vollkommen gesund. Und ich glaube, meine Hormone spielen verrückt, weil ich nur noch daran denken kann, dich nackt auszuziehen.«

Sein Kopf traf auf die Rückenlehne des Sofas, als er stöhnte: »Fuck!«

»Genau das«, scherzte ich und senkte dann meinen Mund auf seinen hinab.

Schnell hatte Blake sein Unbehagen vergessen und seine Arme schlossen sich fester um mich, während seine Hände besitzergreifend meine Pobacken umfassten.

Ich genoss seinen verlangenden Griff und erkundete gründlich seinen Mund, während ich mich ganz dem Gefühl hingab, endlich zu wissen, dass er mir gehörte.

Als ich meinen Kopf hob, trafen sich unsere hungrigen Blicke. Mein Herz begann zu rasen und ich leckte mir die Lippen.

»Du bringst mich noch um«, beschwerte er sich lautstark.

Lächelnd strich ich mir die Haare aus dem Gesicht. »Für mich fühlst du dich recht lebendig an«, sagte ich spielerisch und ließ mich auf seine sichtbare Erektion sinken.

»Du wirst es nicht erleben, dass ich nicht hart bin, wenn du in meiner Nähe bist«, erklärte er heiser.

»Ich liebe dich. Und wir werden ein Baby haben. Eine gesunde Schwangerschaft. Mein Leben könnte nicht besser sein«, versicherte ich mit vor überschwänglichen Gefühlen rauer Stimme.

»Ich liebe dich auch, Baby«, antwortete er ebenso zärtlich. »Ich bin glücklich. Ich brauche nur etwas Zeit, mich an den Gedanken zu gewöhnen, dass wir ein Kind haben werden. Verdammt, ich kann noch immer nicht glauben, dass du mich heiraten wirst.«

Ich trug seinen Ring an meinem Finger und wir hatten vor, in sechs Monaten zu heiraten. Ich wollte dauerhaft nach Rocky Springs umziehen, bevor wir uns dort vermählten. »Ich werde den Job in Boston frühzeitig beendet haben.«

»Gut.« Er nickte. »Dann kannst du mich schon zu einem früheren Zeitpunkt heiraten.«

»Darüber würde ich nicht mit dir streiten.« Ohne Zweifel würde meine Schwangerschaft zu bemerken sein, wenn wir heirateten, doch das kümmerte mich nicht. Der Tag, an dem ich Blake Colter als Partner und Ehemann bekommen würde, würde trotzdem der glücklichste Tag meines Lebens werden.

»Ich möchte meinen Lebensstil ändern. Wenn das Baby da ist, möchte ich nicht mehr ständig unterwegs sein«, knurrte er.

»Darüber werden wir noch reden.« Blake musste bald darüber nachdenken, ob er sich einer Wiederwahl stellen wollte. »Ich möchte nicht, dass du etwas aufgibst, nur um bei mir zu sein.«

»Wir werden einen Kompromiss aushandeln«, widersprach er. »Du gibst gerade dein Umherreisen auf, um in Colorado zu arbeiten.«

»Das fällt mir nicht schwer«, erklärte ich ungefähr zum zwanzigsten Mal. »In Colorado gibt es genügend Jobs für mich. Und wir wollen doch nicht wochenlang getrennt sein.«

»Dann werde ich mich vielleicht auch nicht der Wiederwahl stellen.«

»Oder vielleicht doch und ich werde meine Jobs um deine Termine in Washington herumlegen.« Ich war viel flexibler als er und mit ihm hin- und herzupendeln war nicht gerade ein Opfer.

»Wir haben zwölf Jahre aufeinander verzichten müssen. Das werde ich nicht wiederholen.«

Ich lächelte ihn zärtlich an. Die Sehnsucht, die in seinem tiefen Bariton schwang, berührte mich an Herz und Seele. »Das werden wir sehen«, versprach ich.

Er nickte. »Gleich nach dem Essen«, betonte er.

»Was direkt nach dem hier stattfindet.« Ich fuhr mit meinen Händen durch sein Haar und schwang meine Hüften, um ihn davon zu überzeugen, die Dinge auf meine Art zu sehen.

»Essen, Frau. Du bist schwanger«, erwiderte er grollend.

»Ich habe zu Mittag gegessen«, widersprach ich. »Dich brauche ich dringender.«

»Ich werde dich immer brauchen, Harper. Und so war es schon immer. Du bist, was ich in meinem Leben vermisst habe.«

Ich seufzte. »Bring mich ins Bett, Blake!«

Langsam erhob er sich und wies mich an, mich mit meinen Beinen an seine Hüfte zu klammern. »Ich werde dir geben, was du willst... diesmal. Wahrscheinlich weil ich mich selbst nicht beherrschen kann.«

»Alles, was ich will, bist du«, flüsterte ich ihm ins Ohr, während er mich ins Schlafzimmer trug.

»Du hast mich«, antwortete er verführerisch.

»Endlich«, seufzte ich und legte meinen Kopf auf seine Schulter. Vielleicht hatte ich nicht immer erkannt, dass ich auf diesen Mann und auf diesen Zeitpunkt in meinem Leben gewartet hatte, um ihn in Besitz zu nehmen. Als ich noch nicht gewusst hatte, dass Blake vor all den Jahren mein Retter gewesen war, hatte ich mich gehasst, weil ich geglaubt hatte, ich hätte mich in Marcus verliebt. Doch trotzdem war ich nicht in der Lage gewesen, mir einzureden, dass ich diesen Mann nicht brauchen würde, der auf so liebliche Art mein Erster gewesen war. Ich hatte nicht geahnt, dass der Mann, den ich brauchte, nicht Marcus war. Und ich hatte allen Grund der Welt, immer noch den Mann zu lieben, der mich vor so langer Zeit in einer verschneiten Nacht gerettet hatte.

Zum ersten Mal, seit ich erwachsen war, machte mein Leben endlich wieder Sinn, weil die Liebe meines Lebens jetzt und schon immer *Blake* Colter war.

»Bist du sicher, dass wir das tun sollten?«, fragte Blake unsicher, als er mich vorsichtig auf das riesige Bett legte.

Das Zögern eines Mannes, der sich normalerweise seiner selbst so sicher war, rührte mich. Ich wusste, es lag in seiner Sorge um mich und unser Baby begründet, und seine Verwundbarkeit berührte mein Herz.

»Da bin ich mir sicher«, erwiderte ich und schlang die Arme um seinen Körper, als er sich auf das Bett sinken ließ. »Wenn wir es nicht tun, werde ich eine sehr launenhafte Schwangere sein. Hormone«, erinnerte ich ihn neckend.

Er grinste. »Du wirst niemals launisch werden, doch das werde ich trotzdem nicht riskieren.«

Ich nickte. »Kluger Mann.«

Mit einem verteufelt verführerischen Lächeln begann er, mir zu beweisen, wie brillant er sein konnte.

~*Ende*~

Biografie

J.S. Scott ist eine Bestsellerautorin pikanter Liebesromane. Sie ist eine begeisterte Leserin von Büchern und Literatur jeglicher Art. J.S. Scott schreibt, was sie selbst gern liest, und das sind zeitgenössische sowie paranormale erotische Liebesgeschichten. Sie handeln meistens von einem Alphamännchen und haben ein Happyend, denn so schreibt sie sie einfach am liebsten!

Besuchen Sie mich auf:
http://www.authorjsscott.com
https://www.facebook.com/J.S.ScottGermany/

Oder senden Sie eine E-Mail an:
JSScott_author@hotmail.com

Sie finden mich ebenfalls auf Twitter:
@AuthorJSScott

Bitte tragen Sie sich auf meiner E-Mail-Liste ein, um über Neuigkeiten, neue Veröffentlichungen und exklusive Textauszüge informiert zu werden: http://eepurl.com/b2DuYn

Bücher von J. A. Scott

Ein Milliardär voller Leidenschaft – Die Serie:

Entfesselte Leidenschaft (Buch 1)

Das Herz des Milliardärs:
Ein Milliardär voller Leidenschaft ~ Sam (Buch 2)

Die Erlösung des Milliardärs:
Ein Milliardär voller Leidenschaft ~ Max (Buch 3)

Der Milliardär und sein Spiel:
Ein Milliardär voller Leidenschaft ~ Kade (Buch 4)

Ein Milliardär außer Kontrolle:
Ein Milliardär voller Leidenschaft ~ Travis (Buch 5)

Ein Milliardär ohne Maske:
Ein Milliardär voller Leidenschaft ~ Jason (Buch 6)

Milliardenschwer und ungezähmt:
Ein Milliardär voller Leidenschaft ~ Tate (Buch 7)

Milliardenschwer und ungebunden:
Ein Milliardär voller Leidenschaft ~ Chloe (Buch 8)

Milliardenschwer und unerschrocken:
Ein Milliardär voller Leidenschaft ~ Zane (Buch 9)

Milliardenschwer und unerkannt:
Ein Milliardär voller Leidenschaft ~ Blake (Buch 10)

Die Sinclairs – Die Serie:

Kein gewöhnlicher Milliardär (Die Sinclairs, Buch 1)

Der verbotene Milliardär (Die Sinclairs, Buch 2)
(ab Ende Juli 2017 erhältlich)

Die Walker-Brüder – Die Serie:

Lass los!: Eine Geschichte der Walker-Brüder
(Die Walker-Brüder, Buch 1) **(ab Mitte Oktober 2017 erhältlich)**

**Und auch die folgenden Bücher von J.S. Scott werden in Kürze
auf Deutsch erhältlich sein:**

Aus der Reihe »Ein Milliardär voller Leidenschaft«:

Billionaire Unveiled ~ Marcus (Buch 11)

Aus der Reihe »Die Sinclairs«:

The Billionaire's Christmas (A Sinclairs Novella)

The Billionaire's Touch (Buch 3)

The Billionaire's Voice (Buch 4)

The Billionaire Takes All (Buch 5)

The Billionaire's Secrets (Buch 6)

Aus der Reihe »Die Walker-Brüder«:

Release! (Buch 1)

Player! (Buch 2)

Obwohl die Serie »The Walker Brothers« zwanglos mit der Reihe
»Ein Milliardär voller Leidenschaft« verbunden ist, stellt sie eine
eigenständige Serie dar, die auch gelesen werden kann, ohne die Bücher
von »Ein Milliardär voller Leidenschaft« zu kennen. Es handelt sich
ebenfalls um eine heiße Liebesromanreihe mit Alpha-Milliardären.